춤추는 소나무

[예술문화총서 08]

춤추는 소나무

정경환 희곡집

해피북미디어

차례

서문

"연극 하지 마라!"

거짓을 행하다 들키면 듣는 말이다.

모두가 진실이라고 외치는 세상에 연극은 거짓임에도 당당한 예술이다.

내가 연극을 시작하기 전 만났던 그 어떤 세상보다 연극이 더 솔직했다. 내가 연극에 매료된 이유다.

희곡은 공연되기 전까지는 단지 텍스트로 존재할 뿐 생명을 부여받지 못한다. 무한한 상상력을 제공하는 우주를 담아 검은 무대에 빛이 들어오면서 생동하는 관념들이 배우들의 연기를 통해 제시되는 연극.

희곡은 공연되어야만 살아난다. 난 연출하기 위해 희곡을 쓴다.

나의 작품은 무대 위에 형상화된 것을 계산하고 글을 쓰기에, 어쩌면 잘 읽히는 글은 아니다.

연출 예술은 창조적인 연출기법으로 무대라는 한정된 장소에서 무한한 상상력을 자극하는 가능성 때문에 역동적인 창조의 희열을 느끼게 한다.

작가는 작품으로 말한다

이야기를 창작하는 일은 정서적 기억들을 끄집어내야 한다. 직접적인 기억들은 고통이 수반되어 괴로웠고, 간접적인 기억들은 공감하기에 슬픔이 먼저 다가왔다.

모든 이야기는 인물로 시작한다. 아직도 화해 못한 세상에 초라하고 남루한 나의 삶과 닮은 인물들이 나의 작품에 등장했다.

이 인물들을 통해 나는 무엇을 얻고자 했던가.

만족하지 못하고 여기까지 왔다

작가란?

지망생에게 선생이 말했다. 작가의 '가'란 집^家이다. 일가를 이룬 자만이 가지는 작가라는 이름. 작가가 되려면 자기만의 독창적인 글씀이 있어야 한다는 말, 이 말은 어린 작가 지망생의 가슴에 문신이 되어 남겨졌다. 겁이 없었다. 나 자신을 과대평가했다. 작품이 하나 끝나고 나면 자찬과 초라한 변명으로 정리하고 다시 시작해야 했다.

새로운 시작을 할 때마다 뭘 그리도 붙잡고 불면을 자랑하듯이 스스로에 도취되었던가.

희곡, 뮤지컬, 시극, 무용극, 오페라 등 극이란 극은 다 써보았다. 그리곤 만족하지 못하고 여기까지 왔다. 백지의 공포, 두려움은 언제나 날 작게 만들지만 새로운 작품에 대한 기대는 여전히 날 설레게 하고 있다.

　　2009년 첫 공연 희곡집 『나 테러리스트』를 냈다. 이후 2010년부터 십 년 동안 쓰고 연출한 작품 중 대표작 6편을 모아 두 번째 공연 희곡집을 낸다. 초라한 변명, 아쉬움이 가득 남았지만 작업의 환희에 도취되어 행복한 세월이었다.

　　함께한 작업자들! 배우들! 나의 오기에 묵묵히 인내하며 격려해 주어서 고맙습니다.

2020년 늦가을 소극장에서

이사 가는 날

2010.11.11-11.27 자유바다 소극장
출연진: 이동희, 양성우, 송민정, 권혁철, 권은하, 권혁진, 문지연

2011.10.25-10.27 대학로 알과 핵 소극장(한국소극장연합회
초청공연)

2011.11.1-11.20 자유바다 소극장
출연진: 이동희, 양성우, 우명희, 안성혜, 권혁철, 오영섭, 이수정

2014년 충북연극제 <아버지의 이름으로> 출품.
극단 언덕과 개울. 충북음성예술회관.

무대

무대 뒤쪽으로 시골길이 있고, 앞엔 문만 달린, 방을 상징하는 무대.

프롤로그

객석으로부터 엄마, 아버지 눈치를 보면서 들어온다. 두려움, 공포에
싸여 있다.

아버지, 머리에 붕대를 감고 몹시도 아파 힘들어하고, 엄마 솥을 이고
손에 가방 들고 나타난다.

엄마 (눈치 보며 작은 목소리로) 이봐요 영감! 조용히… 천천
     히… 조심하세요.

아버지 단디 봐라. 혹시 앞에 뭐가 있는지.

엄마 …뒤엔 누가 안 따라오죠?

아버지 (경계한다) 아무것도 안 보인다. 아이고 머리야. 이기 무
     슨 꼴이고… 이 야밤에…. 어느 직일 놈들이 우리한테
     이라노. 법 없이 살 사람들한테… 뭔 원한이 있다고…
     우리한테 이라노.

엄마 쉿! 당분간 숨어 지내다 보면 알게 되겠죠? 조용히 여기
     서 기다리고 있다가 아무도 없을 때 들어가요.

아버지 (한숨을 쉰다) 갑자기 좋은 집 놔두고 내 꼴이 이기 뭐
     고? 나쁜 새끼들 내 한숨 채리고 보자. 잉!

엄마 평소에 성질 좀 죽이고 살지.

아버지 이 여편네가 확!

엄마 쉿! 도망가는 주제에, 성질은 남아가지고… 자 힘 좀 내
     보슈. 저곳으로 알았죠? 하나, 둘 하면 뛰어 들어가요.

하나… 둘… 가요!

(아버지 먼저 들어간다) 암전.

1장   아들의 집

조명 들어오면 텅 빈 방.
화장실에 뭔가가 잘 안 되는지… 고통스런 아들의 목소리. 전화 통화
중이다.

아들   확실하지? 아무도 없는 것… 분명히 확인했지? 그래 알
았어 임마! 내가 지금 바로 갈게… 뭐? 이 자식 또 같은
얘기 하고 있네… 알았다니까 임마. 내가 해결해주면 될
거 아니야… 너 자꾸 이러면… 사람 못 믿고… 이번 일
끝나고 국물도 없는 줄 알어 새끼야! (아버지, 엄마 의
식) 야 임마… 인제 전화 끊어… (목소리 낮춘다) 누가
왔어. 그래 임마! 하… 이 자식 알았다니까… 일단 얼굴
보고 얘기하자… 준다니까 이 새끼야!

아들, 통화 중에 엄마와 아버지 문 앞에 조심스럽게 와선…

엄마   (작은 목소리로) 우리 왔다. 아들아! 엄마 왔다!

아버지	이 집 확실히 맞나? 아들집! (문 앞으로 나오며) 나와라! 애비 왔다.
엄마	좀 조용히 해요! 뭐 잘났다고 도망 온 사람이 시끄럽게.
아버지	이 여편네가 뭐라고? 도망?… 잠시 피난이지. 이 자식이 애비가 왔는데 뭐 하는 거야? 어서 벨 눌러.

엄마, 놀라며 말린다.

| 엄마 | 동네 소문내시게요? (입을 막고) 조용히!… 애 목소리는 들리는데 뭘 하고 있나? …얘야 우리 왔다. |

아들, 문을 열고… 엄마, 아버지 집으로 들어온다. 눈치 보며 조심스럽다.

아들	(성난 목소리로) 이게 무슨 일이에요? 두 번 다시 안 보기로 했잖아요. 쫓아낼 땐 언제고.
아버지	(멀리 있다가 머쓱해서) 시끄럽다. 이놈이, 애비 앞에서 이 뭔 버릇이야! 인사 안 하나? 큰절!
엄마	그만해요. 아들아! 그래 이렇게 됐다. 우선 자초지종은 한숨 돌리고 나서 하고. 당분간 네 집에 신세 좀 지자. (엄살 피우며) 에휴! 얼마나 무섭고 힘들던지… 집 작아도 좋네!
아버지	아이고 머리야! (눕는다)

아들	엄마!… (엄마 짐정리로 정신없다) 이게 다 뭐예요? (엄마의 옷가방을 만지며) 아니 무슨 이사 왔습니까?
엄마	비싼 거라서… 중요한 것은 가져와야지. 누가 우리 집 빈집이란 걸 알고 혹 도둑이라도 들면 어떡하나?
아들	아버지는 뭐 가지고 오신 건 없어요?
엄마	뭘 말이냐?
아들	아뇨! (솥을 보며) 이건 왜 들고 왔어요?
엄마	네 아버지한테 물어봐라.
아버지	(누워 있다) 베개 가져온나!
아들	내가 지금 나가 봐야 되니까. 오늘은 알아서 주무시고 내일 와서 자초지종을 이야기하죠. 저 나갑니다.
엄마	아들아. 너 요즘 뭐 하고 사냐?
아들	알아서 뭐 하게요? 엄마가 무슨 힘이 있다고.
엄마	(주눅 들고) 아니… 갔다가 언제 오냐고. 빨리 오면 좋잖아.

아들, 나간다.

아버지	저거 봐라. 인사도 안 한다. 싸가지 없는 놈!… 아이고 머리야. 여가 방이가? 나 좀 누울란다. (퇴장)
엄마	인제 엄마까지도 무시하고 이 나쁜 자식!

아들 다시 들어오며

아들	엄마! 이 빌라에선 사고 치지 마세요. 떠들거나 나가시면 안 돼요! 알았죠?
엄마	그건 우리가 할 말이다. 우리 여기 온 것 아무한테도 말하지 마라. 알았지?
아들	엄마 이 빌라에 한 사람만 조심하면 돼요.
엄마	누구?
아들	(심각하게) 한 여자가 있는데… 아침에 와서 이야기하죠. 언제 갈 겁니까?
엄마	(궁색하게) 몰라. 아침엔 오지? 빨리 와라. 알겠지? 아들아! (손을 잡는다, 애원조다)
아들	친한 척하지 마세요. 쫓아낼 땐 언제고… 엄마! 이 손 좀 놓으세요. 새삼스럽게 손을 다 잡고… 그래 있을 때 잘하지.
엄마	…
아들	나도 이제 병신 소리 지겹습니다. 나 혼자도 잘살 수 있다구요. (알듯 모를 듯 미소 짓는다) (퇴장)
엄마	(혼잣말로) 내 이럴 줄 알았다. 저 자식이 뭐가 기분이 좋아 우릴 반갑게 대하겠어. 어이구 영감탱이. 자식들 다 쫓아내고… 이게 무슨 꼴이냐구? (암전)

멀리 개소리, 긴장된 음악

2장   아들과 후배 1

아버지 집… 몰래 들어오는 아들

아들   …

아들 후배, 도둑처럼 창문으로 넘어온다.

후배   어메 허벌라게 커브리네여. 누구 집일까?

아들   조용히 임마! 우리 집이다. 정확히 이야기하면… 우리
아버지 집.

후배   형님이 형님 집을 터는 것. 이것 맞습니까?

아들   털다니 이 자식이. 아들이 아버지 것, 좀 일찍 가져간다
는데… 절차를 생략하다 보니까 그런 거지.

후배   이 집 아무도 없죠? 우리 일 깔끔하게 했죠? 이 집 사람
들… 아니지 아버지 어머니 되시겠네요. 겁 엄청나게 먹
었을 겁니다… (했던 일을 표현) 매일 밤마다 개소리를
내고, 문을 다그락거리며… 밖을 나가면 미행하고… 겁
을 엄청나게 줬잖아요.

사이,
아들 집, 어둠 속에 깨어난 아버지, 먹을 것을 찾는다.

아버지	이 자슥은 집에서 밥도 안 해 먹는가? 아무것도 없네. 잠도 안 오고… 내도 늙었는갑다. 아이고 머리야! 이기 뭔 꼬라진지 모르겠다. (다시 잠든다)

사이,

아버지 집.

후배	잘했죠? 잘했죠? 이제 다시는 이 집에 오시기 싫을 겁니다… 무서워서.
아들	좋아. 일단은 어른들을 집 밖으로 유인한 건 성공인데.
후배	형님 돈 줄라고 했으면 어디 근사한 데 부르지 골도 좀 비우고…
아들	아직 남았다 일… 이것 봐라! (금고를 바라보며)
후배	어메 금고네요.
아들	그래 열어봐라.
후배	형님! 이건 전문분야라서 프로를 불러야겠는데요.
아들	아이 이 자식… 내 사정 뻔히 알면서…
후배	돈 아낄라면… 그냥 도끼로 찍고, 송곳으로 후비고 해머로 때리고 하면 안 될까요? 그러면 제가 할 수 있는데… 비상장치는 없지요?

생각 속에서 비상벨 운다. 두 사람 놀란다.

아들	(섬뜩하다) 내일 금고 전문가들 비밀리 섭외해! 다시 오자! (일어난다)
후배	(머뭇거리며) 동그란 것… 이것이 없으면 안 되는디요?
아들	내가 준다고 했잖아. 자식 말 많네. 가봐!
후배	형님! 요즘 시상 돈 안 주면 애들 안 움직여요. 저번 작업은 그나마 내 세수대야로 부탁하니까 외상으로 됐다니까요.
아들	(갑자기 흥분하며) 너 우리 아버지 머리는 누가 깼냐? 그냥 집에서 나오시게만 하라고 그랬지… 누가 우리 아버지 손대라고 했어.
후배	(피하며) 그건 우리가 한 일이 아닌데요?
아들	그래 분명히 니네들이 한 게 아니지?
후배	그럼요. 우리는 시킨 일만 합니다.
아들	이젠 가봐라.
후배	내일 안 주면 저도 일 못 합니다.
아들	너 있잖아. 내 하나 가르쳐주는데. 짜는 버릇 들이지 마라. 재수 없다. 내일 보자!
후배	요즘 세상 돈 없으면 아무것도 안 해요. 애들… 내일 오면 바로 주세요 꼭! (아들 문으로 나가며 퇴장) 부잣집 새끼들은 뭐든지 가르치려고 한다니까. 세상에 모두가 지 시다바리인 줄 아나. 십팔! (암전)

3장　둘째 날 아들집

어둠 속에서 벨소리, 조명 밝아진다.

아버지	아침부터 누고?
엄마	아들인가? 누구세요? (일어나 현관문 앞으로 나간다)
아버지	잠깐! 누군고 잘 봐라! 혹시.

엄마, 나가려다가 경계한다. 두 사람 조용히 있다.

다시 벨소리. 엄마 현관문 눈 구멍으로 쳐다본다.

아버지	누고? 아들 아니가?

엄마, 얼른 아버지 입을 막고… 아무도 없음을 확인하고 문을 열어
본다.

엄마	아무도 없는데요?
아버지	확실하지? (안심하며) 아침 무야 되는데… 뭐 좀 시키
무까?
엄마	(놀라며) 안 돼요! 확실히 모르니까. 아들 올 때까지 참
아봅시다.

4장   아들의 빌라, 동네 사람 유광미

부분 무대 유광미 등장, 고함친다.

광미   나와라! 좋은 말 할 때 나와서 광명 찾아라! 내가 누구 준 알지? 나 유광미야!

아버지 저건 또 뭐고? 저 미친년 누군데 고함 지르고 지랄이고.

엄마   설마 우리보고 나오라는 것은 아니겠지요? 가만히 들어 봅시다. 뭐라고 하는지.

광미   나의 애마! 메르세데스 벤츠에 스크래치 났다. 유광미 조사하면 다 안다고… 내 벤츠에 키스 낸 년놈 있으면 어서 자수하여 광명 찾아라! 열 셀 때까지 안 나오면 오늘 이 빌라 박살 낸다구. (노래) 자수하여 광명 찾자!

아버지 도대체 이 동네 꼬라지 와 이렇노?

엄마   우리 집이였으면 그냥 뜨거운 물을 확.

광미   세상이 미우면 세상을 욕하고, 사람이 미우면 사람을 때리면 되잖아. 왜? 자동차가 무슨 죄가 있다고, 이렇게 이쁘고 비싼 차를 작살을 내냐고? 좋은 말 할 때 나와라!

엄마, 아버지 커튼 뒤에 숨어서 밖을 본다.

광미   생깐다 이거지! 열 센다. 알지? 나 열 세고 나면 뚜껑 열리고 뚜껑 열리면 무슨 짓 할지 나 유광미도 모른다고.

엄마	(커튼 닫으며) 엄마야 독하게 생겼네.
아버지	보지 마라! 눈 마주칠라.
광미	십… 구… 어머! 내 뚜껑… 팔, 칠… 닫아주세요… 육, 오, 사… 어머! 내 뚜껑 열리려고 해! 제발… 셋, 둘, 하나! 유광미! 뚜껑 열렸다! (퇴장) 다 죽었어!
아버지	갔냐? 망할 년. 이 동네사람들 참 순하네. 누구 신고도 안 하나?
엄마	얘는 좀 괜찮은 동네에 살지… 안 그래요? 이런 무식하고 교양머리 없는 동네에 살면 애도 버린다니까.
아버지	내가 어쩌다가 이런 천한 것들 사는 데 와가지고… 이 자슥은 언제 오노? …배고픈데.
엄마	시끄러워요. 아이고 염치가 있어야지. 아버지라는 사람이 쫓아낼 땐 언제고.
아버지	시끄럽다. 뭐라 시부리쌌노. 주디 안 닥치나. 확 이기마.
엄마	(숨다가 달려든다) 이젠 나까지 쫓아낼라고… 그래 합시다. 이참에 위자료 두둑하니 받고 끝내자구요.
아버지	너! 아이고 머리야!… 마 조용히 있자이! (퇴장)

5장   딸이 돌아옴

엄마, 아버지, 배고프다. 오지 않는 아들만 기다린다.

딸이 여행 가방을 들고 복도를 걸어온다.

벨소리, 엄마 긴장한다.

엄마   아들 녀석 인제 오나 봐요.

아버지   잠깐… 누군고, 확인하고 열어주라!

문구멍을 보자… 가방을 든 딸.

딸   분명 이 집인데…

아버지   누고?

엄마   딸입니다. 여보!

아버지   딸이라고!… 잠시만… (우왕좌왕… 피하며 들어간다)
            잔다 해라.

엄마   (문을 열고) 그래 우리 딸 왔어! 이렇게 빨리 올 줄 몰
            랐다.

딸   (주위를 둘러보곤 가방을 내려놓는다)

엄마   이 무정한 것아! 이제서야 오냐? 그렇게 먼 데 있으면
            어떡하냐?

딸   (차갑다) 갑자기 왜 이러세요? 친한 척하시고.

엄마   이게 도대체 몇 년 만이냐? 우리가 그렇게도 미웠어? 나
            쁜 기집애.

딸   힘들어요. 18시간 비행기 타고 왔다고요. 내일 봐요.

엄마	너… 지금 우리 집이 어떻게 됐는지 알기는 하냐?
딸	망하기라도 했나요? 가진 것은 돈밖에 없는 우리 집이 설마 망하기라도 했어요?
엄마	넌 우리 집이 망했으면 좋겠다, 하는 표정이다. 그래 망했다. 아주 폭삭! …됐냐?
딸	엄마 피곤해요. 자러 갈게요. (방문 앞, 코 고는 소리 들린다) 여긴 누구 있어요?
엄마	니네 아버지 주무신다.
딸	아버지까지 이 좁은 집에?… 사실이군, 우리 집 망한 게.
엄마	망하긴, 잠시 도피했지, 아들 집으로.
딸	(웃음) 도피라구요? 천하에 아버지께서 도피라고요?
엄마	그래 이 망할 년아 속이 시원하지?
딸	저 나갈게요. 호텔에서 자든지 할게요. (짐을 든다)
아버지	(소리) 누구 왔나?
엄마	아버지께 인사해라.
딸	내일 다시 올게요. (짐을 들고 일어선다)
아버지	딸아! (암전)

6장   아버지와 딸

아버지, 엄마, 딸 눈치를 보며… 침묵이 길다.

엄마   (눈치 보며) 우리 자리에 앉아서…

아버지   (과장되게) 아이고 머리야!

엄마   (울며) 니네 아버지 머리가 완전히 깨졌어. 언 죽일 놈이 아버지 뒷머리를 까고 도망갔어. 이 죽일 놈이!

아버지   아버지 이번에 초상 칠 뻔했다.

딸, 아무런 반응하지 않는다.

아버지   (웃음) 똑 소리 나는 딸 오니까 이제 든든하네. 아이고 많이 변했네 우리 딸. 이야기 좀 하자! 우리… 자 여기 앉아 봐라 우리 딸!

딸   내일 다시 올게요!

아버지   딸아 가지 마라! 몇 년 만이고… 한번 안아보자. (안으며)

딸   (피하며) 저 잘게요. 이제 와서 서로 힘들게 하지 말자구요. (방으로 퇴장)

아버지   저년 저거… 뭐 하는 짓이고? 아버지한테.

엄마   꼴 좋수다… 그러니까 평소 잘하지.

아버지   시끄럽다. 뭐 좀 사 오라고 해라. 배도 고픈데.

엄마   당신이 해요. 아이고 몇 년 만에 보는 딸한테 우리 배고 프다 먹을 것 좀 없냐? 난 못해요. 참 당신 대단합니다. 정말 존경스럽네요.

아버지   내가 뭘?

엄마   딸 가슴에 못 박고 (아버지 말 흉내 내며) 집 나가라. 니가 참말로 이리 아버지를 배신할 줄은 몰랐다. 다시 보지 말자. 니는 인자부터 내 딸도 아니다…. 참말로 낯 두껍네.

아버지 시끄럽다! 딸과 아버지 아니가… 지가 우짤 긴데 아버지를 버릴 기가?

엄마, 방으로 들어가며

엄마 딸! 엄마다. (퇴장)

아버지 딸자슥한테까지 무시당하고… 딸이 저라는 것. 다 그 자슥 때문이다… 망할 놈의 자슥! 내 꼴이 이기 뭐고? 내가 그리 지랄같이 살았나? (거실에 눕는다) (암전)

시간경과… 전환
아버지 집. 다시 밤이다.

7장 아들과 후배 2

어둠 속에 플래시 불빛. 복면을 한 후배. 아들 어둠 속에 서 있다.

후배 형님? 형님?

아들 금고 위에 앉아 있다.

후배	놀래라! 형님 먼저 와 있었네요?
아들	벗어. 임마. 우리가 무슨 도둑놈이야! 어서 열어봐라. 너 혼자 왔어? 금고털이 프로 애들은?
후배	안 왔습니다. 착수금 없다고… 제가 한번 해볼게요. (장비를 꺼낸다)
아들	이 자식들이… 니가 어떻게? 뭔 실력이 있어서?
후배	(삐치며 나간다) 그럼 지금이라도 돈 주고 프로 쓰쇼.
아들	그냥 네가 해봐라.
후배	(망치와 송곳을 꺼낸다) 안 되면 이걸로라도 해보죠. 까짓것…
아들	금고가 무슨 핸드백이냐. 이 자슥아… 모자란 너를 믿은 내가 병신이지.
후배	자꾸 병신이라고 하지 마세요. 그럼 그냥 갈까요?
아들	자식, 삐치긴. 그냥 해라!
후배	성님 부모님들 우리 작전에 말려가지고 밤마다 개소리 엄청나게 들었을 겁니다. (혼잣말로) 지 자식새끼가 그렇게 했단 걸 알면…
아들	빨리 일이나 해라. 내 얼굴 빨개진다.
후배	하 이 자슥들 진짜 금고처럼 만들었네… 도저히 안 열립니다. 형님.
아들	그럼 그게 금고지 핸드백이냐? (멀리 개소리)

아들 집, 아버지 가위 눌린 비명소리. 깬다.

아버지   아이고 추워라! 배가 고프니까… 마 잠도 안 오고… 자꾸 개꿈만 꾸쌌고… 아이고 머리야! (방문 앞에서) 이불 좀 도라! 이불 좀… 아이고 말자… 체면이 아니지! (그냥 잔다)

8장   셋째 날

이불 쓰고 추워하는 아버지… 배고픈 엄마

아버지   (기침한다) 아이고 추워라. 이기 무슨 꼴이고? 내가 무슨 죄를 많이 지었다고 내가 이리 해야 되노? 아이고 머리야!

엄마   (일어서서 돌아다니며) 아들자식은 오지도 않고… 딸은 어디 갔을까?

아버지   야는 언제 나갔노? 배고파라! 설마 내 보기 싫어서 다시 나간 건 아니제? (기침)

엄마   당신 겨우 이 정도유? 이럴 때 도와줄 친구 하나 없어요?

아버지   시끄럽다. 배고픈데 말 시키지 마라! 아이고 머리야!

이때 딸 무언가를 들고 온다. 벨소리.

엄마	딸이네!
아버지	잠깐! 난 잔다고 해라! (방으로 들어간다. 문지방에서 밖에 딸과 엄마의 말소리를 주목한다)
딸	그럼 두 분. 이틀 동안 여기서 굶고 계신 거예요? 뭐라도 배달해서….
엄마	(맛있게 먹으며) 아이고 이게 며칠 만이냐? 딸… 고마워. 맛있는 거네.
딸	아버지는요? (아버지 방 안에서 엿듣는다)
엄마	응… 주무셔!
딸	아무것도 안 드셨잖아요. 깨우세요.
엄마	늦게 주무셨다. 나오시면 드리자… 푹 쉬시게!
아버지	(절망하며) 이기 뭐라고 하노? 배고파서 잠도 안 오는데… 얼른 날 불러줘야 나가지.
딸	좋은 집 놔두고 여기 왜 와계세요. 아버지 데리고 돌아가세요.
엄마	(울음) 네가 몰라서 그러는데. 우리가 오죽하면 여기에 도망을 왔겠냐? 무서웠다. 아마 조금만 늦었다면 나… 저세상에 갔을지 몰라. 끔찍하다 얘!
딸	무슨 일 있었어요?
엄마	말 하려면 길다. 이것 좀 먹고…
아버지	다 묵어뿌는 것 아니가? 그냥 나갈까?… 아니지 딸한테 약한 모습 보이면… 체면이 아니지… 아이고 배고파라!
엄마	맛있다. 세상에 밖을 못 나가고 이틀 굶었다고 어떻게

사람이 이런 것이 다 맛있냐. 이번 일만 잘 마무리되면, 우리 근사한 레스토랑에서 스테이크랑 샤토 몽블랑 레드와인에 알지?

아버지 이 여자가 배부르니까 웃고 있네. 아이고 배고파라! 언제 날 찾을라 하노?

딸 가진 것이라곤 돈밖에 없는 엄마, 아버지가 참 고생이 많으시네요.

엄마 너 옷도 좀 사야겠다. 우리 딸이 어떻게 키운 딸인데 거지꼴로 다녀서 되겠나? 너 왜 이렇게 사냐? 거지처럼.

딸 (화를 내며) 이제 그만해요! (아버지, 나갈려다 멈칫한다) 아직도 엄만 이렇게 사세요?

엄마 내가 왜? 내 돈 가지고 내 맘대로 못하냐? 너 많이 변했다. 외국 좀 갔다 오더니만.

딸 저 이제 그때 부잣집 딸 아니에요. 집에서 쫓겨났잖아요.

엄마 언제 우리가 널 쫓아냈냐? 네가 니 발로 나갔지. 애가 정말 말이면 단 줄 아나? 정말!
너 유학은 누구 돈이냐?

딸 됐어요. 이러면 저 다시 나가서 안 와요. 기억 안 나세요? 그때 제가 어떤 심정으로 떠났는지.

이때 복도로 유광미 걸어 들어온다… 벨소리

| 아버지 | 누가 이리 시끄럽게 잠을 깨우노? 으이! (나갈려고 한다. 하지만 나가지 못한다) |

9장   유광미 2

요란한 벨소리

광미	(문 앞에서) 문 열고 어서… 나와!… 죄 지은 자 얼마나 불안하시겠어. 숨어 있다고 세상이 모른다고 생각해? 좋은 말 할 때 나오세요.
딸	(문틈으로 본다) 저 여자 누구야 엄마? 여기 왜 왔지?
엄마	넌 가만히 있어.
딸	대꾸 안 했다가는… 무슨 짓이라도 할 것 같은데 저 여자!

요란한 벨소리

| 광미 | 안 열어! 내 애마에 키스를 만든 것 내 다 알고 있거든… 니네들은 내가 모를 줄 아는데 난 다 알거든 어서 나와! |
| 엄마 | 저런 교양이라곤 고양이똥만큼도 없는 년. 하여튼 못 사는 데 오면 인간들 수준이 이래요. 우리 아니다. 그냥 가라. |

광미   그러면 왜? 하루 종일 집에서 안 나와? 도둑놈 제발 저런 것 아니야? 나와 인간아!

엄마   이년이 미쳤나? 그냥 확!

딸   엄마 참어!

아들, 복도를 걸어온다.

아들   무슨 일이시죠?

광미   어머… 안녕하세요. 남자라 우리 교양 있게 대화할 수 있겠네. (갑자기 울음) 아세요? 내가 왜 이러는지?

아들   제가 알 필요가 있다는 생각이 들지 않습니다. 용건이 없으시면 문 닫겠습니다.

광미   잠깐! 지난번 내 차에다 키스를 낸 사람을 내가 알고 있지만 참았어. 인간은 누구나 실수할 수 있다. 하지만 아무도 용서를 구하러 오지 않았어. 인간이 죄짓고 생까면 안 되잖아? 인간이 뭐냐구요. 짐승 아니잖아? 안 그래? 나의 우아한 교양은 이제 그 용량이 앵코 났다구… 알지? 이 기분.

아들   …

광미   더럽거든.

아들   그래서 지난번엔 입구계단에 식용유를 뿌리셨나요?

광미   식용유?… 아 그건 미스테이크… 나의 실수!

아들   또 당신이 복수한답시고, 주차장에 차들 빵꾸를 낸 것도 당신의 짓이죠?

광미   어머 이건 아니다… 나 인간 유광미야. 빵꾸라니? 식용
유? 그건 내가 실수로 계단에 쏟았다가 닦으려고 가는
사이에 208호 그 시커멓게 생긴 여자가 넘어진 거지.

아들   그 아줌마 두 달 병원에 입원하셨거든요. 그리고 퇴원하
자마자 당신 무서워서 이사 갔습니다.

광미   어머. 좋은 데로 갔다지. 아마… 평수 넓혀서… 축하할
일이지. 그건.

아들   우리하곤 볼일이 없을 텐데 왜 여길 찾아왔죠?

광미   이 집이 수상하다니까. 커튼이 항상 쳐져 있고, 사람이
있는데도 너무 조용한 집!

아들   아무런 이유가 없으니까 그냥 가세요.

광미   그래요 오늘은 내가 아저씨 보고 참고 그냥 가주지. 잠
깐! 하지만 손님이 찾아오면 음료수라도 내오는 게 예
의 아니겠어요? 다음에 와서 마시지 뭐… 그렇다고 내
오진 말고… 잠깐! 유광미 항상 지켜본다고 전해…. 유
광미랑 눈 마주치지 말라고… 두 번 다시! 알겠지?… 아
들? 귀엽네… 안녕!

아들, 방으로 들어온다.

엄마   야 이 나쁜 놈아. 아침에 들어온다는 놈이 이제 오냐? 엄
마 아버지 굶어 죽이려고 이놈이…

아들	이거 (과자 봉지를 준다)… 누나 잘살았어?
딸	너 많이 남자다워졌다. 병신!
아들	병신? 누나까지 내가 병신처럼 보이나? 아직까지? (폼 잡으며) 나가시죠… 엄마가 저녁 한턱 쏘세요.
엄마	애는 내가 무슨 돈이 있다고… 잠깐 엄만 아직도 무섭 다. 누가 미행하지 않을까?
아들	편하게 지내세요. 당분간 걱정하지 마시고… 아버지는 요?
아버지	음!
엄마	주무신다. 깨시면 나가는 것 생각해보지 뭐!… 아직도 불안한데 (창문을 기웃거린다)
아들	괜찮다니까요. 누나, 그래 외국생활은 좋았어? 어디 있 었다고?
딸	(당황하며) 엉? 어… 인도!
엄마	아이고 거기 못사는 나라 아니냐? 뭐 그런 델 가냐? 아 버지와 엄마가 아무리 미워도 그건 너무했다. 가출을 하 더라도… 저 뭐냐 파리나 뉴욕 이런 데 좀 있지. 돈 놔두 고 어디 쓰냐?
딸	(화를 내며) 그만하세요! 아직도 모르겠어요? 엄마… 왜 내가 이렇게 하는지?
엄마	모른다 왜? 어디 엄마한테 화내고 있어… 나쁜 년!
아들	누나도 잘한 것 없어.
딸	넌 빠져 자식아!

아들	그만합시다.
엄마	그래 내 당장 내일이라도 집으로 돌아간다.
아들	엄마 안 돼! 그만하자니까요!
엄마	나쁜 것들… 지 부모 싫어서, 지 부모 미워서 나간 것들이 오죽하겠냐… 내 더러워서 간다.
딸	엄마 왜 모른 척을 하세요. 그때 생각 안 나세요? 우리 이제 가족 아니잖아요. 헤어졌잖아요. 왜 모른 척하세요?
아버지	아버지 일어났다! (모두들 한 곳을 응시한다) (조명 바뀌며)

사이

아버지	(완전히 쓰러짐) 아버지는 죽니 사니 하는데… 이것들이 아버지는 찾도 안 하고…. 아버지 방에 있다… 아버지 일어났다.

모두들 놀라며 일어난다. (암전)

10장　아버지와 솔제니친

아버지, 남은 빵부스러기 먹고 있다. 배가 고프다…
길 무대, 친구 등장.

친구	소련에 솔제니친이라는 소설가가 있었는데 『이반 데니소비치의 하루』라는 소설의 주인공이 귀리죽을 먹는 장면이 있다… "슈호프는 겉옷의 앞섶 호주머니에서 얼지 않게 흰 마스크로 싸놓았던 반원형의 빵 껍질을 꺼냈다. 그는 그것으로 그릇 밑바닥이나 옆구리에 눌러붙은 찌꺼기를 아주 정성스럽게 싹싹 훑기 시작했다. 다음 껍질에 묻어 나온 죽찌꺼기를 혀로 한번 핥은 다음 다시 그것으로 죽그릇을 닦았다… 죽그릇은 물로 씻은 것처럼 깨끗해졌다."
아버지	(자면서) 나는 이 세상에서 제일 맛있는 게… 삶은 고구마에 쉰 파김치 얹어서 묵는 거다…! (암전)

이때 부분 무대 친구 지나간다… 저 멀리 개 울음소리.

11장   가족

가족 모두, 어색한 분위기… 아버지는 먹기 바쁘다.

엄마	(헛웃음) 다들 모였다. 이게 얼마 만이냐? 안 그래요? 여보. 무슨 말 좀 해 보세요.
아버지	마 묵자!…

아들	언제 가실 거예요 아버지? 천천히 가셔도 돼요.
아버지	…그런데 니놈은 무슨 돈으로 이 집에 사노? 아무것도 없는 놈이…
엄마	왜 내 얼굴은 보세요?
아들	왜요? 굶어 죽기라도 바란 사람처럼.
아버지	됐다 마! 잘살면 됐다. 인자 니 혼자 살아가겠네… 아버지 도움 없어도… 내가 바라는 기다. 배가 고프니까… 생전에 안 묵는 기 들어가네. 이기 얼마짜리고?
딸	하나 더 드세요.
아버지	니가 사 왔나? 그래 맛 좋네… 나는 된장국에 정구지, 마 이런 것이 제일 맛있는 줄만 알았는데…
엄마	어지간히 배가 고팠나 봐요? …이거 하나 6,000원 한다 했나?
아들	5,700원요.
아버지	자슥들 어지간히 도둑놈이네… 뭐 풀 몇 개에 빵 발라가지고… 이기 몇 푼 들어간다고 디기 받아먹네.
아들	요즘은 이런 게 돈 번다니까요? 커피 한 잔 5,000원 받아요. 아버지. 우리도 하나 할까요?
아버지	(얼굴 쳐다보고 있다가) 마 됐다. 음식장사 아무나 하는 것 아니다… 묵는 걸로 돈 벌려면 어지간히 양심 많이 팔아야 된다… 딸, 니 혹시 그 자식하고 아직도 연락하고 지내나?
딸	(일어나며) 왜요? 아직도 할 말이 남아 있습니까? 그만큼

그 두 사람을 괴롭혔으면 됐지. 아직도 남아 있습니까?

아들 (화를 내며) 누나는 아버지한테 그게 뭐 하는 짓이야?

딸 아부하지 마 자식아!… 아버지! 지금이라도 정신 차리셔야 돼요. 이렇게 사시면 안 되잖아요?

엄마 얘가 몇 년 만에 와가지고 뭐 하는 짓이냐? 아버지 앞에서…

딸 잘 있는데 잘살고 있는데 저는 왜 불렀어요? 아무것도 변한 것 없으면서… 저 자식은 아직도 아버지 닮아가지고 정신 못 차리고 있고. 아버지는 옛날 그대로고… 저 얼마나 싫었는지 아세요? 우리 가족.

엄마 나는 왜? 어떻게 우리 집 식구는 모이면 싸우냐?… 다 그 사람들 때문이잖아?

딸 그분들이 왜요? 그 사람들이 왜요? 뭐 잘못했다고 그러세요?

엄마 그게 언제 때 이야긴데 이젠 그만해도 되지 않느냐 이거지 내 말은.

딸 엄마… 아버지… 상처는요 지운다고 지워지는 것이 아니에요… 잘못한 사람이 먼저 용서를 빌어야 지워질 수 있다구요.

아들 누나 그만해! 이게 뭐야? 아버지 앞에서…

아버지 그럼! 내가 용서를 빌어야 된다고?… 내가 왜? 잘못한 건 그 사람들인데…

딸 난 부끄럽단 말이에요. 아버지가 부끄럽다구요.

아버지	뭐 아버지가 부끄럽다고…. 내가 얼마나 우리 가족 행복을 위해 살았는데… 모르나?
딸	아버지가 바뀌기 전엔 우리 집은 행복해질 수 없어요.
아버지	아이고 머리야… 시끄럽다… 다 나가라!
엄마	여보 여기 우리 집 아닙니다… 나가려면 우리가 나가야 돼요.
딸	아빠… 우리 가족 언제까지 이렇게 살아야 돼요? 아버지만 변하시면 된다구요. 아버지가 어떻게 살아오셨는가를 생각해보시라구요. 왜 부끄러운지를… (울며 나간다)
엄마	애야! 어디 가니? 뭐 하냐? 이 자식아! 네 누나 잡아봐. (따라 나간다)

혼자 된 아버지… 궁색한 모습.

아버지	아버지를 저리도 무시하고… 내가 우찌 살았는지 지들이 알고 저러나? 나쁜 년! 내가 뭘 잘못했다고 딸자슥이 저라노?… 변해라고?… 뭘를?… 날로 우찌 해란 말이고? 생각해 보라고?… 이 아버지가 어떻게 살아왔는지를… 니들이 아나? (암전)

12장   고향친구

시골길.

70년대 유행가 〈바다가 육지라면〉 노래 들려오고 아버지의 총각 시절이다.

월남에서 돌아온 군복차림의 초라한 아버지, 시골 고향친구 집을 찾는다.

친구 저짜가 장군봉이고, 저 아래 도천이 흐른다. 칼을 씻었던 곳이제. 임진왜란 때 의병장이었던 분이… 저쪽 봐라. 저 언덕은 범바위이다. 경치 좋제?… 살아서 돌아왔네. 잘했다.

아버지 등장. 군복차림에 솥을 들고…

아버지 니, 이기 뭐꼬? 와 이리 사노?

친구 내가 와? 농사꾼 티가 안 나나? 그라면 니는 뭐 한다고 촌구석에 왔노?

아버지 월남 갔다가 오니까… 어무이 돌아가시고… 혈혈단신. 갈 데도 없고 가만히 보니까 할 줄 아는 게 아무것도 없더라… 니가 친구 중에 공부도 제일 많이 했고. 제일 똑똑한 친구 아니가… 뭐가 되어 있어도 될 놈은 우리 중에 니밖에 더 있나?

친구	… (웃음)
아버지	니는 대학도 나온 놈이 이런 촌구석에서 뭐 하는 기고?
친구	친구야… 저짜 봐라 범바위. 범이 이렇게 턱 하니 하늘을 보고 있다. 이 동네에서는 한 인물 날 거라고 한다. 큰 사람이라는 게 뭐꼬? 인물이 뭐고 말이다. 그런 사람이 나면 세상을 잘 구제할 거라 생각하나? 나는 안 믿는다. 이놈의 세상 1등들이 다 망쳤다. 다들 지 잘될 거라고 하다가 오히려 전쟁이나 하고 말이다… 여도 인물은 있었다… 6·25 때 빨치산 두목! …서로 대꼬챙이로 찌르고 직이고 죽고, 자슥들까지 다 망치고… 우리 아버지다! …내 대학 나와서도 사회 나가 봐야… 빨갱이 새끼라고 아무것도 못한다. 마 역적의 아들은 그냥 이렇게 살면 그기 세상에 도움 주는 거다.
아버지	…니가 잘되어 있으면 좀 낀기 볼라고 했더만은… 나도 농사나 지을까?
친구	하지 마라. 자본주의 사상에서는 장사가 최고다. 니는 배짱도 있고, 우직하고… 우리나라는 인자 잘 묵고 살라고 뭔 짓이라도 하는 나라다. 봐라 월남에서 우리 젊은 아들들이 피 값으로 장사밑천도 만들고… 니는 거기서 살아라.
아버지	내가 뭐 있나? …지금 걸치고 있는 불알 두 쪽밖에는 아무것도 없는데… 니처럼 공부를 많이 한 것도 아니고… 막막하다.

친구	인자 농촌은 희망이 없다고, 다들 도시로 도시로… 남자 새끼는 뭐를 하든 다 도시로 나가고 가스나도 국민학교만 졸업하면 봉제공장이다. 버스차장이다 다 나간다. 여기서는 희망은 없단다.
아버지	그라는 니는?
친구	하늘은 하늘이고 물은 물이다… 나는 이리 살란다.
아버지	여 참 좋네. 가슴이 시원해진다. 친구야, 내 당분간 니 밑에서 일 좀 할게. 세상 이야기나 해주면 어찌 살아야 되는지 니한테 좀 배우고… 내가 뭔가 공부가 될 것 같다.
친구	내한테 배울 건 아무것도 없고… 그래 볼래? 그라면 마, 여서 월남물 좀 빼고, 좀 쉬다 가라.
아버지	고맙다 친구야! (퇴장)

암전

13장 개 도둑들

어둠 속에서 두 사람. 개 짖는 소리.

개도둑1	아직도 멀었나? 와 이리 머노?
개도둑2	달도 없고 하늘이 도와주네… 다 왔다. 퍼뜩 가자.
개도둑1	가들 먹을 약 단디 챙깄제?

개도둑2	내가 장사 하루 이틀 하나? 니나 오늘 마 잘해라!
개도둑1	이까지 와야 되냐? 힘들구로.
개도둑2	이 집구석 물건들이 완전히 죽인다 아니가… 얼매나 잘 키워놨는지 돈도 많이 받는다. 이왕 고생하는 것… 마 한 번에 끝장 보자. 인자 조용히 따라온나… 소리 안 나게. (퇴장하다가 다시 돌아 들어오며)

개주인, 아버지… 노랫소리 들린다.

개도둑1	점마 주인 아니가?
개도둑2	몰라? 이 시간에 주인 없다 안 했나? 주인새끼 밤에 잠도 안 자고 뭐 하노?
개도둑2	아이… 주인새끼… 잠도 없나?
개도둑1	마 지도 좀 있으면 자겠지… 퍼뜩 자라!
개도둑2	퍼뜩 자라!

개, 울부짖는 울음소리!… 아버지의 목소리, 개를 잡는 소리.

개도둑1	(놀란 표정으로) 점마 저거 뭐 하는 거고?
개도둑2	저 새끼 완전히 미친놈이네! 아이고 저기 뭐 하는 짓이고?…
개도둑1	개새끼. 진짜 무섭네… 우리 그냥 가자. 점마한테 잡히면 우리도 작살나겠다.

개도둑2 십팔새끼… 완전히 악마새끼네… 다시는 안 온다… 마 가자. 진짜 나쁜 새끼네.

퇴장, 암전.

14장   기생집, 안동옥

한 상 거하게 차려진 음식… 기생집이다. 기생집 노랫소리.

두 사람, 친구는 여전히 농사꾼 차림… 아버지는 양복 차림에 말쑥하다.

아버지 어서 온나. 오늘 마 허리끈 딱 풀고 무보자!… 이거 한번 무봐라. 여 술 가져온나… 삐루로. 그라고 이쁜 것들 들어오라 해라!

친구 무슨 일이고?… 이기 다 뭐꼬? 니 무슨 돈 있다고…

아버지 자슥… 머스마 자슥이 궁색시럽구로… 내 니 고마워서 이란다 아니가… 한잔해라!

친구 니는 농촌에 살지 말고 인자 떠나도 될 것 같다. 저 땅에서 개 키운다고 고생 많았제?

아버지 개야 인부들이 키우는 거고… 내사 마 개 팔러 안 다니나. 우리 개새끼들이 인기가 좋다. 잘 팔린다 아니가…

　　　　　와? 인자 갔으면 좋겠나? 와? 니처럼 농사는 안 짓고 이렇게 빼입고 돌아다니니까 보기 싫나?

친구　니는 아무래도 내처럼 살면 안 될 것 같아서 그런다.

아버지　친구야 고맙다. 니 덕분에 월남 갔다 와서 막막했는데 이젠 알겠다. 우찌 살아야 되는지… 내 이 은혜 안 잊는다. 땅 빌린 값 더 올려줄까?

친구　많이 준다 아니가. 뭐 노는 땅인데… 니가 개라도 키워서 꼬박 돈을 주니까 나도 형편이 낫다.

아버지　있어 봐라. 아무래도 니보다는 내가 장사수완이 더 있다. 요즘 머리가 팍팍 돌아간다. 월남물을 문 게 내가 공부가 많이 됐다. 니는 가만히 있어라… 내가 조만간에 니 땅 사고 내가 니 다 먹여 살린다… 이것 좀 더 떠봐라! (음식을 권한다)

친구　(일어나며) 나는 조용하게 살고 싶다.

아버지　조용하게 살고 싶다? 내 와 이리 돈에 환장하는 줄 아나? 월남에서 매일 죽이고 살리고 하는데… 내 목숨 걸고 월남 간 이유 아나? 다 돈이 없어서 이렇다. 내 살아서 나가면 우짠동 악착같이 돈 벌라고 결심했다. 그래야 사람 죽이고 살리고 하는 일이 없을 것 같아서… 배고프면 서럽다. 난 배고픈 게 제일 싫다… 여 퍼뜩 안 들어오고 뭐 하노! 너거! (암전)

사이, 노랫소리… 전환

친구 (화를 내며) 니 이거 무슨 짓이고?… 사람새끼가 짐승새 끼가.

아버지 와? 내가 뭐 잘못했는데? 잘난 척하지 마라. 다 돈은 이렇게 버는 거다.

친구 아무리 개 팔아서 인간이 벌어먹고 산다고 해도 저 불쌍한 강아지가 무슨 죄가 있다고 다리를 부러뜨리노? 이 나쁜 놈아!

아버지 개가 뭔데? 개가 사람이가?… 자 봐라! 개다리를 부러뜨리 놓으면 지들이 기어 다니다가 엉덩이에 이만하게 살이 찐다. 그러면 근수가 얼마나 많이 나가노… 어차피 개 팔아 사는 것, 근수가 더 나가면 돈도 더 벌고 얼마나 좋노.

친구 그만해라… 인간이 인간다워야지. 인간이 돼가지고 그러면 안 된다. 아무리 그래도 개다리를 부러뜨려서 근수를 올리나? 이 짐승새끼야!

아버지 인간이 인간다워야지? 그럼, 인간이 뭔데? 니 사람 죽여 봤나? 난 죽여 봤다. 사람이 그리 대단하냐? 지 살라고 넘을 죽이는 게 사람이야. 나 살라고 월남에서 사람 얼마 죽였는지 니 아나? 그런데 저런 개새끼들 다리 좀 부러뜨린다고… 이라나? 사람도 짐승도 알고 보면 지 살라고 하는 것 똑같다. 나도 살라고 이란다. 사람을 우찌 하는 것보다 개새끼들을 이라는 게 차라리 안 낫나. 묵고 사는 것 똑같다. 빼앗아야 된다. 안 그라면 내가 뺏기는 게 돈이야! 알겠나 자슥아… 니 그래 잘났나? 니나 잘해라. 아버지가 빨갱이면 니는 안 하면 되지. 뭔 불만이 많아가지고 이런 데 사노?… 니 저짜 농장 만든 것 내가 벌어서 준 돈이다. 몰랐나?… 빙신 자슥아… 똑똑하면 알아야지… 돈 벌라면 이렇게 버는 거다.

친구 내가 니를 잘못 봤다… 난 이렇게는 안 산다… 내 땅에서 나가라… 나쁜 새끼 백정 같은 놈!

아버지 걱정 마라. 있으라 해도 나갈라고 했다. 잘난 체하지 마라. 나는 잘사는 게 소원이다. 야. 자슥아!… 내 인자 여서 떠난다… 인자 큰 데 가서 돈 왕창 벌어서 장가도 가고… 서울 간다. 임마. 잘 살거라!… (암전)

세월이 흐른다.

15장   아버지, 그렇게 살아가다

통행금지 사이렌 소리

안절부절 임신한 엄마, 어린 딸 누워 잔다.

엄마 날씨도 안 좋은데… 통행금지 시간도 지나가고, 이 사람이 오늘도 안 들어오실려나? 무슨 일을 하고 다니는지 모르겠네?… 오늘따라 왜 이리 마음이 불안한가 모르겠네.

솥을 보고 절한다.

딸	(일어나며) 엄마! 뭐 해 엄마? 아빠 오늘도 안 오셔?
엄마	니네 아버지 처음 엄마 만나가지고 날 보고 가르치더라. 저기 우리 어머니다. 절해라, 하면서 (아버지 말 흉내 내며) 니 이 솥이 나한테는 어떤 의미인지 알아야 된다. 어서 니도 빌어라. 니 이 솥은 절대 버리든가 잊어버리지 마라. 우리 어머니가 내한테 물려준 건데… 이 솥 6 · 25 때 피난 갈 때도 어무이가 이고 간 거다. 너거 아버지 이 솥단지에 쌀만 차가지고 있으면 어떤 경우라도 코 잘 골고 잘 잔다. 내한텐 이 솥이 부처님이고 어무이고 돈이다… 알겠제?
딸	엄마! 아빠 무슨 일 하는데?… 주인집 아들이 묻잖아.
엄마	우리 공주… 일찍 일어나야지 어서 자! (딸 잔다)

엄마도 잔다. 저 멀리 개소리… 사이렌 소리. (암전)

16장   아버지 직업

부분 무대 아버지, 형사

형사 오세병이! 요즘 우리 바쁜 것 모르나? 각하께서 유신하고 부정부패척결인가 뭔가 해쌌고. 니는 신문 안 보나? 부산에선 난리 났다. 우리 비상이다⋯ 바쁜데 와! 여까지 찾아와쌌노? 다른 사람 보면 우짤라고?

아버지 (고함치며) 내가 누군 줄 아나 이 새끼들아! 내가 바로 오세파트야. 와 오세파튼 줄 아나? 한번 물면 안 놓는다고 오세파트⋯ 왈왈왈⋯

형사 이 자식이, 대한민국 경찰을 협박하나? 니것은 챙겨줬잖아? 오 사장.

아버지 저거는 대가리 처묵고 난 꼬랑이 주는데 동업자끼리 이리만 안 되지⋯ 너거 잘 들어라. 지금 내, 너거하고 이리 와 리 먹고살고 있지만 인간 오세병이 월남에서 살아 돌아와가지고 무서운 것 하나도 없는 사람이다⋯ 그라면 내 좋다⋯ 수갑 채워도⋯ 어서⋯.

형사 오 사장 ⋯갑자기 왜 이래?

아버지 내 마 자수합니다! 밀수 부로카 오세병이 자수합니다. 자 자슥들아 어서 가자.

형사 누가 듣겠다 좀⋯. 모르고 니 지금 이러나? 우리만 먹는 게 아니다 임마⋯ 위로 상납해야 되는 것 모르나?

아버지　짜바리나 독고다이나 도둑놈은 한 가지 아니가? 꼬리 잡히면 내가 가지 너거가 가나? 그런데 너거는 8개 묵고 일 다 한 우리는 2개 주고 무슨 우리가 똥개가? 주면 묵고 안 주면 똥만 빨아야 되는… 그래 잘됐다. 이참에 학교 가서 손 씻고 개과천선해서 그냥 마음 편하게 살란다. 가자 경찰서… 너거 위 것들도 좀 보자 캐라… 내 지금 간다고… 어서… 경찰서장! 수사반장! 나온나. 오세병이 왔다!

형사　(입을 막으며) 이 새끼 독한 새끼. 알았다 임마. 내가 이런 밀수꾼 놈한테 협박당하고… 약한 놈이 기어야지…. 그래 좋다… 3개?

아버지　빨리 가자.

형사　와 이라노? 한국말은 끝까지 들어봐라! 음… 4개.

아버지　… 5개.

형사　이 새끼 순 강도네.

아버지　강도 아니다. 밀수다. 독고다이.

형사　좋다. 잘 들어라. 5개 준다… 다음번에 큰 것 한 번 물고 온나… 우리 마누라 내가 이리 부업하는 줄 모르고 대한민국 경찰 월급 많은 줄 알고 이번에 아파트… 알제? 맨션으로 분양 신청했단다… 그기 어디 한두 푼이가… 큰 것… 알았제? (퇴장)

아버지　개자식들 좋은 데 이사 가네. (혼잣말) 인자 거래 하지 말자… 너그들은 문만 따주고 눈 감으면 되지만 걸리면

내가 죽는 장사 인제 안 할란다. 잘됐다… 저 새끼들 똘
마니짓 해가지고 대충 사업 밑천 마련됐고… 이제 새로
운 것 하자. 오세병이 새출발 하자. 우리도 좋은 데 이사
가야 안 되겠나. 우리 이사 가자. 솥단지 챙기라.

사이, 아버지 집.

엄마   (임신한 배를 만지며) 아이구 배야!

아이 울음소리… (암전)

17장   콩 심은 데 콩 난다

길 무대. (친구 집) 어둠 속에 새끼 꼬는 친구. 건넌방 친구 아들 동식 공부하
고 있다.

방 무대. (오세병 집) 엄마 뛰어 들어오며 중학생 아들을 때리며 들어
온다.

엄마   야 도둑놈 새끼야! 내 인제 어찌 살아야 되나? 이 자식
을 어쩌면 좋아? 이놈아 니하고 내하고 같이 죽자… 오

늘 니하고 내하고 독약 먹고 팍 죽자. 응?

아들 나 혼자 한 것 아니에요. 다른 친구들도 했단 말이에요.

고등학생 딸, 들어온다.

엄마 딸아! 우리 새끼가 도둑놈이 됐다. 아이고 인제 남사스러워서 어찌 사냐?

딸 또? 너 왜 그랬어? 엄마한테 사달라고 하지 왜 그랬어?

엄마 딸아! 도둑놈 새끼를 키웠다 우리가… 이 일을 어찌하면 좋겠냐? 이 동네 부끄러워서 못 산다. 이사를 가든지… (울음, 다시 일어나며) 그래 친구를 잘못 사귀어서 그런 것 같아… 학교도 옮기고 하든지.

아들 재미로 했다고요… 다시는 안 하면 되잖아요.

엄마 그래그래! 우리 아들!

딸 재미로 도둑질을 하냐? 이 자식아! 왜 그랬어? 왜? 왜?

아들 (울며) 누나는 공부도 잘하는데… 난 공부도 못하는 게… 바보병신이라고 아버지도 구박하고… 나 학교 가기 싫어… 공부 못한다고 선생님이 놀린단 말이야.

엄마 선생님이 놀린다고? 이 나쁜 새끼. 내가 갖다 준 돈이 얼만데 우리 새끼 잘 봐달라고… 처먹고는 니한테 그랬다고? …내 이 자식을 감옥에 처넣어야지. 가자!

딸 엄마… 제발 정신을 차리세요… 이 자식이 잘못이잖아요.

아들   나 십팔 학교 안 가.

아들, 도망가고… 엄마, 딸, 따라간다.

사이,

친구 집… 총소리

친구   평생 대통령 할 줄 알았더마는… 말라고 욕심을 부리다
가 저 꼴을 당하노? 마누라까증 총 맞았는데… 지도 총
맞아 가뿌네… 소용돌이나 안 칠란가 모르겠다… 동식
아! 밤이 깊었다… 고만하고 자라!

동식   내일 기말고사예요. 아버지… 다 끝나 갑니다. 아버지…
먼저 주무세요!

친구   세상이 좀 바뀔라나? 자가 살아갈 세상은 제발 우리가
살아온 세월하곤 달라야 될 긴데… 제발. (암전)

18장   아버지의 사업

아버지, 엄마. 사과상자를 들고 들어온다.

아버지   아이고 대대장님, 저 오 중사입니다. 어서 인사해라… 월
남전 때 우리 대대장님이시다… 니 알제 지금은 뭐 하시

는지.

엄마　의원님께서는 우리 집에 은인이십니다… 이렇게 나랏일로 고생하시는 훌륭하신 분이 계신 덕분입니다.

아버지　아이고 바쁘신데… 이리 시간을 다 내주시고… 이번에 재선 되신 것 축하드립니다. 대대장님… 마 버릇이 되어 가지고… 국회의원님! 인간 오세병 절대 이 은혜 안 잊습니다. 이거… 저 별것 아닙니다. 그냥 사과상자입니다… 바쁘신데 마 우리 두 사람 가보겠습니다.

아버지, 엄마… 다른 장소로 이동해서 나오며

엄마　이번에 사과상자면 도대체 얼마예요?

아버지　007 가방은 5개… 사과상자 10개!

엄마　그럼?… 웅!

아버지　이번엔 좀 커야 된다. 내가 이번엔 많이 남겼다. 땅 팔아 가지고… 다 저 양반이 가르쳐 준 거 아니가… 마 이리 해야 또 정보가 내한테 흘러 안 오나… 니는 우리 아새끼들 신경 써라… 인자 돈 걱정은 하지 말고… 저 양반이 국회의원 하는 동안에는 마그지리 돈이다.

엄마　나는 정말 당신이 존경스럽습니다. 당신 참 인맥도 좋습니다.

아버지　돈을 벌라면 세상 돌아가는 걸 잘 알아야 된다… 정의 사회 구현! 월남 있을 때 우리 연대장이 대통령 하고 있

고… 대대장이 국회의원 하고 내가 세상이 이리 뒤집어
질 줄… 그때 우찌 알았겠노? 나라에 훌륭하신 분들이
다. 항상 감사하고 살아야 된다… 알겠제? (암전)

부분 무대… 아들… 뭔가를 들고 나간다.

딸   야 도둑놈 새끼야!

아들   간섭 마 누나는… 치워라! 왜 내가 도둑이야? 우리 집에
있는 것 내가 좀 쓰는데 왜? 간섭하지 마! 누나는…

딸   너. 네 잘못도 모르고… 얼마나 이게 나쁜 짓인 줄 몰라
이 자식아! …너 아버지 엄마 올 때까지 꼼짝 말고 있어.

아들   간섭 마! 대학생이라고 폼 잡고 있네.

딸   너 이 자식이… 언제 인간 될래?

아들   잘난 체하지 마! 엄마한테 이르기만 해봐. 나 누나 가만
히 안 둔다… 시발! (퇴장)

딸   이 자식이… 너 거기 안 서!

엄마, 들어온다.

엄마   넌 다 큰 애를 자식이 뭐니?

딸   엄마 쟤 큰일이에요… 쟤가 무슨 짓 하는지 아세요?

엄마   철들면 괜찮아지겠지. 잠깐 여기 와봐라… (귓속말) 딸
아 우리 큰 집으로 이사 간다. 좋지? (암전)

19장   시골 친구, 오세병이 찾아온다

친구가 찾아옴… 아버지 책상에 부동산 도면을 보고 있다.

아버지   니가 우짠 일이고? 고구마 농사는 잘되나?

친구   아이구마 집이 억수로 크고 좋네… 내, 니 집 찾는다고 좀 헤맸다.

아버지   요즘은 땅이 돈 아니가… 그기 돈을 막 가져오네… 니는 뭐 먹을 것 있다고 아직도 촌에 박히 사노?

친구   내사 마 좋다. 공기 좋고 내 적성에도 맞고.

아버지   적성? 니 머리가 아깝도 안 하나? 내가 니만큼 공부 잘했음 재벌 됐겠다. 그 학력 내 도.

친구   학력을 달라고? 맞다. 농사꾼한테 뭐 필요하노… 돈 쪼매 주고 가가라. (웃음)

아버지   오세병이 인자 니 밑에서 밥이나 얻어먹던 그때 아니다. 알제? (일어선다)

친구   언제? 아… 개장수 말이가… 니 개다리 뿌사가 장사하던….

아버지   쉿!… 시끄럽다 우리 집사람 듣는다… 아무한테도 그때 이야기는 하지 마라.

친구   알았다. 지금은 잘돼 있다 하니까 마 보기 좋다… 내 부탁 하나 해도 되나?…

아버지   뭔데?

이때 오세병의 아내 들어온다.

친구 아이다 마… 고구마 한 박스 갖다 놨다 삶아 무라… 내 일어설란다.

엄마 여보! 오랜만에 친구 오셨는데 어디 근사한 데 가서 저녁이라도 하시죠?

친구 아입니더… 괜찮습니다. 제수씨!

아버지 자슥… 아직도 존심은 남아가지고… 앉아라. 오랜만인데… 저녁은 묵고 내려가라.

친구 막차 끊기면 안 된다…

아버지 그럼 우리 집에서 자고 가면 되지. 농사꾼이 출근시간 있는 것도 아니고

친구 우리 집 먹여 살릴 식구 많다.

아버지 여편네도 없는 놈이 뭔 식구는?

친구 강생이, 도야지… 소도 한 마리 있다… 누런 것. 밥 주야 된다.

아버지 그 농사 돈 몇 푼 된다고… 아까 말하려는 게 뭐고?

친구 (말하려는데 딸 들어온다) 아무것도 아니다… 아 많이 컸네, 우리 아들하고 동갑인가 그렇제?

딸 (몹시도 반갑다) 안녕하세요? 아저씨… 잘 지내시죠?

친구 많이 컸네 시집가도 되겠다… 그래 아버지 닮아서 씩씩해서 좋다.

엄마	대학생이죠… 시집보내야죠. 아참… 아버지 닮아 똑똑한 일류대 다니는 아들은요?
친구	군대 인자 제대해가지고 복학할라고 합니다.
아버지	그 자슥 참… 인자 좀 있으면 졸업할 기고 취직하고 나면 니도 인자 형편 쫙 피겠네. 내 인자 좀 산다… 사업도 자꾸 커지고… 니 촌구석에 있지 말고 내 일 도운다 하고 나오면 안 되겠나?
친구	나 지금 너무 좋다… 인자 겨우 행복해질라고 하는데 내가 뭐 한다고… 간다.

친구, 퇴장

아버지	바보 자슥! 대학까지 나온 놈이 뭐한다고 그 지랄하고 사노?… 저리 살면 누가 알아주나? 지 새끼도 원망할 기다.
딸	왜요?… 농사짓는 게 어때서요? 왜 오셨어요… 엄마?
엄마	응? 몰라?… 어서 올라가라!

딸, 나간다.

엄마	너 또 어디 나가냐?
딸	학교요.
엄마	얘는 저녁인데… 뭘 또 공부한다고… 여자는 남편만 잘

만나면 행복이지.

이때 딸 퇴장.

아버지 자슥 그 말이 그리 안 나오나? 아들 복학하려고 하니까 돈이 필요하다고… 이럴 때 지난 신세 갚을라 했더만은… 빙신 자슥… 와 저리 사는지 모르겠다… 똑똑한 놈이.

엄마 당신?

아버지 와 내 얼굴을 빤히 쳐다보쌌노?… 니 무섭구로 와 그라노?

엄마 가만히 있어보셔요.

아버지 야가 새삼스럽게… (안아준다)

엄마 (울먹이며) 이렇게 큰 집에… 너무 행복합니다. 저는 인제 죽어도 괜찮아요.

술 먹은 아들 들어온다… 아버지, 엄마 놀란다… 다시 엄마는 아들을 숨겨 보호한다.

아버지 니는 뭐 한다고 이리 늦게 돌아다니노?

엄마 요즘 마음잡고 대학 갈려고 얼마나 열심인데요. 어서 올라가라.

아버지 누굴 닮아가지고 저리 모자리노 자슥!… 재수하면 대학

갈 수 있나? 그 자슥… 농사꾼인 게 하나도 안 부럽는데… 아들새끼 일류대학 다니는 게 나는 너무 부럽다.

엄마 여보. 당신 친구 아들… 집도 큰데 우리 애 가정교사 시킵시다. 우리 집에 있으면서.

아버지 그 좋은 생각이네… 저거 아버지 무슨 돈 있다고… 하숙비도 만만치 않을 건데… 야는 와 또 나갔노? 가스나가 밤늦게 돌아다니쌌노? 밖이 시끄러운데 일쩍 안 들어오고… 새로 사 온 테레비 잘 나오는가 틀어봐라!

텔레비전 뉴스시간… 시국사건, 대학생 데모, 소리 시끄럽다.

아버지 벌건 것들이 세상물정 모르고… 이리 잘살게 된 게 다 누구 덕택인 줄도 모르고 철딱서니 없는 자슥들!… 마 테레비 꺼라! (암전)

20장   세상을 본다는 것

길 무대. 친구와 그의 아들 동식이 방학을 끝나 학교로 돌아가는 길.

동식 나는 영혼을 바라본다… 그 안에는 신의 정신이 빛나고 있다. 그것은 태양과 영혼의 빛 속에서 세상공간에서 저기 저 바깥에도 그리고 영혼 깊은 곳 내부에서도 활동

하고 있다.

친구 동식아!

동식 네 아버지!

친구 여 한번 봐라… 어제 바람이 어찌나 세게 불던지… 마 살아남는 기 하나라도 있을란가 했디마니… 이것 봐라… 그 바람에도 안 떨어지고 붙어 있는 거…

동식 그리고 그 안에는 식물들이 생기 있게 자라고 있고… 동물들이 사이 좋게 거닐고 있고… 바로 그 안에 인간이 생명을 갖고 살고 있다.

동식, 아버지에게로 다가간다.

동식 아버지… 한번만 안아주세요.

친구 야가 와 이라노? 다 큰 아가 징그럽구로…

동식 (안으며) 고마워요… 아버지…

친구 엄마가 보고 싶어서 이라나?

동식 아닙니다… 아버지 학교로 돌아가야겠습니다.

친구 요즘 학교가 많이 시끄럽다 하더만… 몸 조심하거라.

동식 아버지 죄송합니다… 그럼.

친구 (아들의 뒷모습을 보며) 내 다 안다… 니 이 아버지가 불쌍해서 그러는 거…

동식 (저 멀리 보며) 아버지 건강하세요. 나는 아버지처럼 살고 싶지 않습니다. 산은 산이라 말하고… 물은 물이라고 말하고 살고 싶습니다. 이번에 잘못하면 당분간 못 뵐 줄 모릅니다… 몸 건강하세요… 아버지!

친구   자슥 마 조용히 살아주면 좋겠구만… 모난 돌이 정을 먼저 맞는다고… 걱정이네… 시국이 이리 불안할 때는 그냥 조용히 죽은 것처럼 살아야 되는데… 아들아… 아버지는 아들을 믿는다… 조심하거라!

21장　어두운 밤 - 엄마와 딸

방 무대. 깊은 밤… 딸, 시집을 읽고 있다.

엄마   너 왜 안 자고 일어났어?

딸   (책을 들고) 책 볼 게 좀 있었어요.

엄마   니네 아버지 오늘 밤도 안 오신다.

딸   엄마! 아버지 하시는 일… 전 왜 이렇게 불안한지 모르겠어요.

엄마   아버지가 왜?… 아버지 덕분에 우리가 이렇게 잘살잖아… 인맥이 좋아야 잘산다. 아버지 은혜 갚으려면… 너도 공부 열심히 해가지고 좋은 집안 사윗감을 보자.

딸   엄마! 나도 무엇이 좋은 것이고, 무엇이 잘못됐다는 것은 알아요… 제발 우리 집…

엄마   얘가… 대학생 되더니만 엄마를 가르치려고 하네… 세상

딸	물정도 모르면서… 잘난 체하고 있어… 그냥 자! (퇴장) (책을 펼치며) 나는 세상을 바라본다. 그 안에는 태양이 비치고 있고, 그 안에는 별들이 빛나며… 그 안에는 돌들이 놓여 있다. (암전)

22장 동식이 과외선생

친구 아들 동식이 과외선생이 되어 아들을 가르친다.

동식	집 좋다. 너는 부자 아버지 만나서 좋겠다. 공부 열심히 해라.
아들	형, 나 재수한다고 대학갈 것 같아?… 그러니까 너무 열심히 가르치려고 하지 마. 적당히 하고 아버지 돈 받아가면 되잖아.
동식	이 자식이… 너 성적 안 오르면 니네 아버지가 왜 나한테 돈을 주나?
아들	형… 나도 잘하고 싶은데 이 머리가 공부를 아주 미워해요. 공부 잘한다고 잘사는 것 아니잖아. 안 그래? 형 아버지는 대학 나와가지고 농사짓고 우리 아버지는 초등학교도 졸업 못 했는데도 잘살잖아.
동식	니 말이 맞네. 어쩜 니가 나보다 더 잘살 줄도 모르겠다. 그럼 너 부자 되면 나도 돈 좀 다오.

아들	그럼 내 특별히 형은 돈 좀 줄게. 기대해라.
동식	잘산다는 게 뭔 줄 아냐?
아들	잘 알지! 돈 벌어가지고 멋지게 사는 거지 폼 나게. 애들 좀 부리면서… 난 누구한테 무시당하고는 못 산다. 공부하는 것도 다 돈 벌고 잘살라고 하는 거잖아. 난 공부는 못하지만 잘살면 되잖아… 안 그래 형?
동식	산은 산이고 물은 물이다. 하늘은 하늘이고 사람은 사람이다. 잘산다고 하는 것은 사람답게 사는 거다. 자 공부하자.
아들	우리 아버지 돈 많아… 공부 좀 못한다고… 걱정할 필요 없잖아? (눕는다)
동식	이 자식이! 안 일어나!
아들	아야! …왜 때려? 나 공부 안 해.
딸	(들어오며) 동식이 형 왜 그래?
아들	잘난 대학생들끼리 잘 놀아보슈… (나가며) 이 몸은 공부를 너무 많이 해서 놀아야겠수다… (퇴장)
딸	너 공부 안 해? 임마! …형. …할 말 있어.
동식	뭔데?
딸	형… 나도 알아… 형이 지금 무슨 일을 하고 있는지…
동식	(놀라며) 넌 몰라도 돼.
딸	잘난 체하지 마… 세상의 모순… 혼자서만 짊어지고 있는 것처럼… 나도 대학생이야… 알 건 다 안다고…
동식	넌 안 돼!

딸	(뿌리치며) 나도 이 세상의 한 생명으로 태어난 자유로운 영혼이야. 하나의 의미는 되고 싶다구… 형이 하는 일 나도 돕고 싶어.
동식	자유로운 영혼? 날 도와준다고? 까불지 마! 지금 나, 니네 아버지 준 돈으로 살고 있어…

퇴장. 따라가는 딸… 아버지 이때 들어온다. 딸 다시 들어온다.

아버지	오늘도 데모한다고 길이 막히가지고 오늘 일 하나도 못 봤네. 세상물정 모르고 이 자슥들 …전부 다 모다가지고 확 그냥. 배를 곯아 봐야 저것들이 알라나? 우리 딸? 니는 저것들 노는 데 안 가제? 상종도 하지 마라… 세상 물정도 모르고 설치는 것들… 니는 공부만 하면 된다… 알았제?
딸	…
아버지	와 말이 없노? 니는 절대 안 하제? 마 아버지 불안하구로… 어서 말해라… 절대 안 하제?
딸	…네!
아버지	아이고마 그래 똑똑한 우리 딸이 그럴 리가 있겠나? 딸아! 우리 이사 간다… 더 큰 데로… 좋제? …좋제?
딸	네… 좋아요. 아버지… 존경합니다.
아버지	그래 그 맛에 아버지 산다. 밖에서 설친다고 뼈가 빠지도… 니 보면 무슨 일이든 겁이 안 난다… 아버지 존경

합니다! 와 이 말 진짜 기분 좋네. 용돈 있나? ⋯돈 필요 없나? 아버지가 좀 주까?

딸　　　아버지 저 돈 주세요.

아버지　그래 얼마나? 내 달라는 대로 다 줄게.

딸　　　많이 주세요.

아버지　어디 쓸라고?

딸　　　이유는 묻지 마세요.

아버지　알았다⋯ 똑똑한 딸이⋯ 다 공부하는 데 쓰겠지⋯ 내일 보자⋯ 들어가라⋯ 피곤할 긴데⋯

딸, 밖으로 나간다.

아버지　니 어데 나가노? 늦은 시간에⋯ 자가 돈을 다 달라고 하고⋯ 수상한데⋯ (암전)

23장　세상은 움직인다

빗소리에 천둥⋯ 친구 뛰어들어 온다.

친구　　장마철도 아닌데 우찌 이리 비가 많이 와쌌노? 이번 농사 다 망치겠다⋯ 이놈은⋯ 연락도 없노?⋯ 동식이 있는 데도 비가 올란가?⋯

동식　넌 안 돼! 어서 돌아가… 어서.

딸　나도 세상 어떻게 돌아가는지 안다고… 내가 무엇을 해야 하는지도…

동식　(아버지 생각)

친구　이 자슥! 참말로 대견한데… 젖 떼고 얼마 안 되어가지고… 저거 엄마 저리 가뿌고… 오늘까지 저리 밝고 씩씩하게 자라주고… 참말로 고맙다. 아들아!

딸　형! 너무 위험한 것 아니야 이번 일?… 형은 빠지면 안 돼? 그냥 눈 딱 감고… 형이 이런다고 세상이 바뀔 것 같아? 어리석은 짓이야. 바보짓이라고… 아직 형은 대학생이라고 무슨 힘이 있다고…

동식　잘 들어… 네 말대로 우리가 이런다고 세상이 바뀌지 않을 수 있어… 하지만 최소한 내 양심이야… 거짓은 거짓이고 진실은 진실이라고 말할 수 있는 세상… 나쁜 것은 나쁘다고 좋은 것은 좋다고 말을 해야 하는 내 양심! 알겠어? 넌 고생을 안 해봐서 아직도 몰라… 내가 왜 이렇게밖에 할 수 없는가를… 우리 아버지 평생을 농사만 짓고 사신다… 야망이 없어서? 뭔가가 모자라서?… 아니야… 자기 양심 때문이지… 하나뿐인 자식 대학등록금도 제대로 못 주신 가난뱅이 우리 아버지… 난 우리

	아버지 자식이야! 나 간다.
딸	형! (따라 나간다)
동식	따라오지 마! 넌!… 너의 길과 내 길은 달라… 사람은 그렇게 다 다르다고. 그래서 자기 길은 자기가 가는 거야. (퇴장)
아버지	(하늘을 쳐다보며) 비가 오면 비를 맞고, 바람이 불면 바람을 안는 거다!

딸, 따라간다. (암전)

24장   아버지, 친구와 의절하다

천둥 번개… 방 무대

엄마	큰일 났어요… 여보! 이것 보셔요! 동식이 학생이 신문에 났어요!
아버지	뭐라꼬! 동식이가? 우리 딸? 딸은 어디 갔노? 우리 딸… 어서 찾아봐라.

아버지, 엄마 뛰어나간다.

이때 술 취한 아들 몰래 들어온다.

아들	우하하! 봤지? 엄마 공부 잘해도 소용없는 것. 세상은 있잖아… 똑똑하면 더 꼬인다고… 날 봐… 멋있게 살잖아… 안 그래? 엄마?

밖에서 아버지 목소리 들려온다. 아들 숨는다.

아버지	빨리 온나! 어서! 니 아버지 죽는 것 볼라고 이라나?

엄마, 딸을 데리고 들어온다. 친구 따라서 들어온다.

아버지	니 와 왔노?… 가라… 니는 친구도 아니다… 우찌 그럴 수 있노?
딸	아버지 왜 이러세요? 동식이형 잘못한 것 없어요. 내가 했단 말이에요.
아버지	시끄럽다. 우리 딸이 아버지를 속일 리는 없다.
딸	아버지 아니라니까요 내가 했다니까요… 내가 쳤다니까요.
아버지	(딸을 때린다) 야가 와 이라노? 우리 집 망할 뻔했는데… 니 정신 차리라. (친구에게) 내가 니한테 잘못한 것 없다. 맞제?… 니 새끼 동식이 그놈 때문에… 빨갱이 자슥 때문에 우리 딸 골로 갈 뻔했다.
친구	…미안하네 친구… 할 말이 없다.

딸	아저씨 아니에요… 동식이 형이 저한테 한 것 없어요… 제가 좋아서 참여했던 거예요… 미안하다 하지 마세요… 우리 아버지 순 돈밖에 모르는 사람이라 세상이 어떤지 몰라서 하는 소리예요.
엄마	딸아 애가 왜 이렇게 변했어… 너 안 돼… 아버지한테 이러면…
아버지	뭐라고? 아버지 돈밖에 모르는 사람. 내가 세상을 모른다고… (쓰러진다)
친구	미안하네… 면목 없네… 친구.
딸	아저씨… 미안해요… 제가 아버지 대신해서 용서를 빌어요.
아버지	뭐! 아버지 대신해서 용서를… 니하고 내하고 이것으로 인연 끝내자… 니 그 땅 내놔라. 다 내놔라! …그래도 되겠제? 잘난 아들… 꼴 좋다 자슥아.
친구	고마웠네… 오랫동안 우리 두 사람 먹고살게 해줘서… 진심으로 고마워. (퇴장)
딸	이게 무슨 말이에요? 아버지… 엄마!
아들	부자 아버지가 가난한 아저씨한테 땅을 줬구만… 우리 아버지 친구 간에 의리 있네… 그러면 동식이 형이 그러면 안 되지. …우리 누나 감옥 갈 뻔했잖아 엄마? 안 그래요?
딸	아버지 이게 무슨 말이에요? (울며)
아버지	나가라 다 나가라… 아이고… 내 새끼가… 똑똑하던 우

리 딸이… 착하던 우리 딸이… 우짜다가… 마 보기 싫다 다 나가라. (쓰러진다)

엄마   여보!

아들   아버지 업히세요! 어서요!

아버지   니도 보기 싫다 전부 다 나가라! (암전)

25장   동식이와 아버지

논두렁… 아버지와 아들 동식… 교도소에서 나오는 아들…

동식   …아버지 면목 없습니다.

친구   동식아… 저 나무들이 장마철 되면 비를 맞고, 겨울 되면 눈도 맞는다… 가을에 열매를 맺는데… 언제 속이 여물어지는지 니 아나?

동식   …

친구   봄에 꽃이 피면 온통 하얗게 꽃이 피면… 첫여름에 비를 맞고… 다 떨어진다. 더운 여름을 지나면 열매를 맺기 시작하는데… 볼품없다. 그러다가 어느 날 먹구름이 몰려오지… 버번쩍! 번개가 치고… 콰쾅! 천둥이 친다. 다음이다… 열매가 여무는 것은 바로 다음… 번개와 천둥이 만든 그 빛과 소리… 가슴까지 쓸어내리는 빗줄기가 그치면 열매는 자기 색깔을 입히면서 맛도 낸다.

아들에게 두부를 건넨다.

동식 아버지는 지겹지 않습니까? 여기가…

친구 여름에는 덥고, 겨울에는 춥다… 거짓 없는 세상… 가식 없는 세상… 좋은 데 사는데 내가 와… 아버지 행복하다… 어디 몸은 상한 데 없나?

동식 아픈 데는 없는데… 가슴이 허합니다.

친구 씰 데 없는 것이 꽉 찬 것보다야… 낫다… 인자 채우면 되겠네. (아들 거시기를 만진다)

동식 아버지! 저 인자 다 컸습니다.

친구 뭘 다 커? 아직 멀었그만… 아버지 밥 좀 더 묵고 푹 쉬다 가라. (일어난다) 하루 종일 말 한마디 안 하고 살다가 아들 오니까 자꾸 말이 나오네… 인자 자러 갈란다. 와 별 많네? 천천히 온나. (퇴장)

동식 아버지! (암전)

26장 이별

세월이 많이 흘렀다. 아버지, 엄마 늙었다.

아버지 (신문을 보며)

엄마	이 애는 잘 살고 있겠죠? 나쁜 년! 편지도 한 장 안 하네… 그 나라는 전화도 없나? 무심한 년!
아버지	…마 공부하고 온다 안 했나?
엄마	여자는 남자 하나 잘 만나가지고 애도 키우고 그게 행복인데… 나쁜 년! …잘 있다가 시집이나 가지… 늦게 공부가 뭐냐고.
아버지	그때 마 대학 졸업할 때… 시집이나 칵 보내는 긴데…

눈치 보는 엄마

엄마	여보… 있잖아요. …아니에요!
아버지	이 여편네가 말을 하다가 마노? 와?
엄마	뭐 하고 있을까? 참… 그래도 청년 하나는 정말 똑똑하고 참했는데…
아버지	누구? 동식이 말이가? 야가 미쳤나? 그 새끼 이야기는 꺼내지도 마라… 아직도 그때 생각하면 마 속이 다 쓰리다. 저거 아버지 와 저리 사는지 니는 아나?
엄마	뭔 소리입니까?
아버지	동식이 저거 할아버지… 독립운동 하다가 돌아와가지고 빨갱이 두목 했다… 대한민국에선 아무도 저 집하고 친구도 안 한다. 인자 아들까지 저리 됐으면 볼 장 다 봤다… 친구는 친구고 우리하고 인연 되면 우린 다 망한다. 뭐 알고 씨부리라… 마… 나쁜 년! …지가 무슨 돈으

로 살았는데… 지도 넓은 세상 구경하고 오면 달라지겠지… 아버지 밉다고 외국 간 년 아니가… 마 들어가서 자자!

퇴장

부분 무대
딸은 여행가방을 들고 동식이 집으로 간다.
길 무대
어둠 속에서… 쉬하는 아들… 술 취해 흐트러진 모습

동식 (노래한다) 광석이 형님! 현식이 형님도 죽고… 나도 그냥… 사노라면 언젠가… 세상이 이렇게 또 날 배신하는데… 내가 뭘 잘못했는데… 악! …아버지 죄송합니다… 이 아들이 또… 말아먹었습니다. (웃음) 재미있잖아요… 누군 하는 일마다 잘되고… 이놈은 하는 일마다 말아먹고… 사는 놈 따로 있고… 죽는 놈 따로 있고… 세상 정말 멋있습니다… 안 그래요 아버지!… 사노라면… 갈 데라곤 집밖에 없네. (퇴장)

27장 딸과 아들

동식이네 시골집.

동식 (원고지를 들고) …

딸, 나타난다.

딸 동식이형!

동식 …누구?

딸 이것 좀 잡아줘… 이거 완전 실망인데… 하나도 안 멋있
고… 평범하네.

동식 네가 웬일이야? …유학 갔다면서…

딸 그냥 세상 공부 좀 하고 왔지.… 몇 년 떠돌다가… 자꾸
누가 잠만 자면 나타나서 괴롭히더라고… 그래서 복수
하러 왔지… 형! 글 좋던데… 작가 선생님!

동식 …부모님 잘 계시지?

딸 몰라!… 나도 유학하고 있는 줄 알아… 형은 행복했
어?… 행복하게 사는 게 뭘까?

사이

동식 너 언제 갈 거야?

딸	나 안 가… 여기서 같이 살 거야.
동식	여기 아무것도 없어… 그냥 조용한 것 말고는 네가 살 곳은 아니야… 우리 아버지… 니네 아버지한테 또 무슨 소리 들을 줄 몰라… 곤란하게 하지 말고… 어서 가라.
딸	동식씨… 나 바보 아니거든… 애도 아니고… 나 많이 생각하고 왔어… 나도 잘살고 싶어… 행복하게… 그래서….
동식	안 돼… 우리 이러면 안 돼.
딸	뭐가… 똑똑한 인간들은 하나밖에 몰라… 병신! …내가 원하는 삶을 위해서 여기 온 거라고… 이 바보야… 아저씨 저 왔어요. (퇴장)

암전.

28장   아버지와 엄마 그리고 아들

너무나 조용한 집, 심심하다… 조용하다.

엄마	넌 할 일 없냐?
아들	제가 뭐 할 줄 아는 게 있나요?
아버지	…조용한 게 좋다… 시간도 안 가고…

세 사람 침묵

엄마	술 한잔 가져올까요?
아들	아버지?
아버지	와?
아들	요즘 와인이 유행인데… 우리 하나 합시다.
아버지	치아라… 솥에 쌀 그득하니 있고… 월세 착착 들어오고… 조용한 게… 좋다.
엄마	돈만 있으면 뭐 해요? 사는 맛이 없잖아요.
아버지	자는 아버지 돈 많아서 좋을 기고… 니는 만날 쇼핑 다니고… 이기 행복한 것 아니가…

엄마와 아들… 아들이 엄마를 압박한다.

부분 무대… 동식이와 딸… 둘만의 결혼식.

이제 두 사람은 비를 맞지 않으리라

서로가 서로에게 지붕이 되어 줄 테니까

이제 두 사람은 춥지 않으리라

서로가 서로에게 따뜻함이 될 테니까

이제 두 사람은 더 이상 외롭지 않으리라

서로가 서로에게 동행이 될 테니까

이제 두 사람은 두 개의 몸이지만

두 사람의 앞에는 오직

하나의 인생만이 있으리라

이제 그대들의 집으로 들어가라

함께 있는 날들 속으로 들어가라

이 대지 위에서 그대들은

오랫동안 행복하리라

—아파치인디안의 결혼 축시 중에서

아버지 …오늘도 다 갔다… 자자! (암전)

29장 유광미와 엄마… 그리고 아버지

엄마, 유광미와 싸운다.

광미 아줌마… 이러지 마세요. 우리 교양 있게 하자구요.

엄마 교양? 야 미친년아… 사람을 의심해가지고… 나보고 사기꾼! 오늘 나 죽고 너 죽고 하는 거다… 나 인제 못 산다.

아들 등장

아들 이거 뭐 하는 짓이에요.

광미	아이고 살았네… 잘생긴 아들 덕분에… 살다 살다 별꼴이야 자기 아니면 됐지… 다 내 맘이다. 왜? 아… 무서워서 나 이 빌라 이사 갈 거야… 이 나쁜 늙은 아줌마!
아들	엄마 왜 이러세요?
엄마	너 안 말렸으면 저년 오늘 내 어찌 할라고 했다. 운 좋은 줄 알아 이년아!
광미	교양!
엄마	…니네 아버지가 안 오신다… 내 걱정되어서 이렇게 계속 기다리는데… 저 여자 갑자기…
광미	잠깐, 진실을 제가 말할게요… 메르세데스 벤츠를 몰고 오늘도 우아하게… 에피카를 병원에 데리고 갈려고… 요즘 아파서 불쌍한 내 자식. (강아지 울음) …주차장으로 갔는데 뭔가 모르는 불길한 예감! 악!… 나의 애마… 메르세데스 검은색 벤츠에 불길한 문양의 스크래치… 이건 아니다… 그 짓을 한 사람을 경멸하면서도 여유를 가질려고 호흡을 가다듬고 있는데 …저 여자가 갑자기 우산을 빼 들고…
엄마	내가 언제 그냥 우산을 펼려고 한 거지.
광미	우산 끝으로 제 눈을 찌르려고 했잖아요!… 전 살고 싶었습니다. 우산을 순간적으로 손으로 막고, 소리쳤죠. 살려주세요, 사람 살려주세요. 헬미! 헬미! …아무도 도와주지 않았어요… 그게 우리나라 수준이에요… 불쌍한 사람을 보면 외면하는 것… 여기 보이시죠? 걸레가

된 나의 핑걸! (울음) 이 아줌마가 저를 폭행하고 마지막으로 이렇게 제 손가락을 깨물었어요…

엄마 아이고 이 여자 진짜 거짓말도 잘한다.

아들 우리 엄마 얼굴에 저 상처는 뭐죠?… 그렇게 하셨나요? 당신이?

광미 그건 전혀 기억이 없네요. 자해한 것 아닌가요? 물어보시죠… 저 아줌마.

아들 엄마 어떻게 된 거예요… 이 여자 말이 맞아요?

엄마 이년이! 아들아! 니네 아버지 갑자기 사라졌다. 안절부절… 놀이터 앞에 기다리고 있었는데… 갑자기 비가 오더라. 급하게 집으로 들어가는데 계단 위에 저 여자가 째려보고 있었어. 순간 섬뜩한 느낌이 들었어. 그리고 우산을 가지고 내려오는데 악! 갑자기 들고 있던 핸드폰으로 내 머리를 내리쳤어, 저년이… 그리고 저 긴 손톱으로 내 얼굴을…. 할 수 없이 얼굴을 이렇게 막고 있는데 그때 저 여자 손가락이 입으로 들어오잖아… 순간… 깨물었지… (유광미 발작하며 퇴장)

엄마, 아들 쫓아간다.

고독한 아버지. (조명으로)

30장   다시 아버지 집

아들, 어둠 속에 금고에 앉아 있다.

아버지 들어온다.

아들 이 새끼… 너 임마 죽고 싶어? 아직까지 해결 못하면 어떡하자는 거야? 이 새끼야!

아버지 열쇠 여 있다… 좌로 여섯 번 돌리고… 우로 세 번 돌린 다음 이 열쇠로 열면 된다.

아버지, 불 켠다.

아들 아버지!

아버지 니, 여 앉아봐라.

아들 아버지 제가 잘못했습니다.

아버지 아버지가 한 수 가르쳐 줄까? …작은 걸 훔치면 도둑이 되지만… 큰 걸 훔치면 영웅이 될 수도 있는 기다.

아들 …용서해 주세요.

아버지 뭘 용서를 해? 한 게 없는데… 남의 것도 아니고 니 아버지 건데… 아버지 죽으면 다 니꺼 아니가… 다 가져가라…. 이 아버지 머리도 니가 했나?

아들 그건 아니에요. 진짜라고요… 진짜 아버지 머리는 제가

안 그랬어요… 저 아무리 보잘것없는 놈이지만 패륜아
는 아닙니다 아버지….

아버지　다행이다… 이 아버지 머리까지 니가 한 게 아니라서…
너무 그렇게 미안해하지 마라… 그 아버지에 그 아들 아
니가… (퇴장)

아들　한번만 도와주세요… 잘살고 싶다구요. (암전)

31장　아버지 친구, 동식이, 그리고 딸

동식이, 밭일을 한다.

동식　과거는 현실과는 거리가 멀다… 과거의 나는 지금의 나
와 다르다… 과연 다르다 할 수 있겠는가?… 다를 수도
같을 수도 있다. 하지만 분명 다르다… 달라야 인간이
된다… 꽃은 꽃을 버릴 때 열매가 되고… 강은 강을 버
릴 때 바다가 된다.

친구　(들어오며) 동식아!… 그만하면 됐다.

동식　다 했습니다.

친구　니, 인자 밭에 안 나와도 된다… 아버지 아직 일 잘한다.

동식　운동 삼아 하는데요 뭘.

친구　니 밤새워 글 쓴다고 고생하는데 내일부턴 나오지 마
라…. 그래 아직 안 끝났나?

동식	이번에 나올 책은 좀 길어요.
친구	뭔 이야기가 그리 기노?
동식	…아버지 이야기입니다.
친구	내 이야기라고…
동식	아버지 세대 이야기입니다… 살아야 되기에 선택했던 아버지들의 삶, 살아남아야 된다는 절박했던 아버지, 가난을 자식에게 물려주지 않아야 된다고… 자기를 버릴 수밖에 없는 아버지 세대의 이야기… 잘 안 됩니다.
친구	다 용서해야 된다… 그때 그 아버지들…. 지가 지 마음대로 할 수 있는 것이 아무것도 없었다… 살아남을려면… 니 알제? 아버지도 살라고 여기에 들어와서 농부가 됐다. 저 아저씨도 마찬가지고… 여 온나… 밥 묵자!
동식	누가 오셨나요?

이때 오세병이 들어온다.

아버지	농사 문디같이 지어놨네… 이기 다 뭐고? 다 썩어빠질라 카네… 문디 자슥아 농사 밥이 몇 년인데 이리 아직 초짜처럼… 이기 뭐고? 니 이래가지고 아 공부시키고 밥 묵고 살았다 말이가… 응?
친구	모르는 기 또 아는 체하네… 그건 농약을 안 친 순 유기농이라서 그렇다… 다 썩어빠지도 일류 백화점에 납품하는 기다… 농약 친 것들은 다 보기에는 좋아도… 만

구 헛때기다. 저기 진짜배기다.

아버지 마 내하고 니하고 같네… 농약 친 것 내고… 허접해 보여도 진짜배기는 니고.

딸 (임신한 몸으로) 밥 가져왔어요… 아빠… 언제 가실 거예요?

아버지 와 빨리 갔으면 좋겠나? 니 자꾸 아버지 미워하면 …나 안 갈 기다.

딸 엄마와 동생이 아버지 찾아요… 걱정하니까 인제 올라가세요.

아버지 친구야… 저짜 옛날에 내 개장수 하던 땅 아직 있나?

딸 아버지 개장수도 했어요?

아버지 아버지 안 해본 것 있나… 돈 되는 것 다 해봤다. 너거 신랑 저짜 찾는다 가봐라… 니는.

딸, 눈치 보고 간다.

친구 와 그 땅에 또 다리 뿌산 개 키울라고…

아버지 (놀라며) 이 자슥이 딸 앞에서 쪽팔리게 니 비밀 알제? 이야기하면 친구도 아니다… 알았제? 여기로 이사 올라고… 와? 안 되나?

친구 도시에 살던 사람이 뭐 할 게 있다고… 여를 온다 말이고.

아버지 와 나도 진짜배기 한번 키우면서 살아볼라고… 이사 올

기다… 당장!

딸   아빠?… 저기…

아버지   저것들이 누고?

엄마와 아들, 들어온다.

엄마   (솥을 이고) 좋은 집 팔고… 갑자기 무슨 날벼락인지 모
          르겠다… 이런 촌구석에 어떻게 살아야 되는지… 난 벌
          레라면 너무 무서운데… 심심해서 어찌 살꼬? 내 팔자
          야!…

아버지   니 그 솥은 와 안 버리고 가져오노?

엄마   당신의 어머니라면서요? 부처님이라면서요?… 신주단
          지를 다 버리라고요? 당신이?

아버지   버려야 새기 들어오지 이 여편네야… 인자 여가 마지막
          우리 집이 되었으면 좋겠다… 우리 이사 몇 번 다녔노?

          암전

돌고 돌아 가는 길

2011.4.3-4.4 부산시민회관 소극장

2011.5.5-5.6 부산문화회관 중극장

2011.6.11-6.12 원주백운아트홀

2011.10.15 충북 제천 의병제 기념공연

2012.8 밀양 연극촌
출연진: 김상훈, 유상흘, 이동희, 양성우, 문지연, 송민정, 권혁철,
권혁진, 김보경

무대

산길을 상징하는 무대.

하늘 배경막, 그 앞으로 오르막길과 산길이 있다.

기본적으로 길 무대와 평면 무대로 나뉜다.

프롤로그

무대 위로 하염없이 걷고 있는 선비! (퇴장) 암전.

풍악소리, 노랫소리.

조명 들어오면 마을 노인네들 상복차림에 피켓을 들고 시위 중이다.

할아범1　일월산 구멍 나면 우리 동네 망한다!

할멈　　　망한다. 이놈들아!

할아범2　조상님 노하신다, 조상 무덤 못 옮긴다.

할멈　　　네 애비, 애미 무덤이나 옮겨라!

할아범3　조상이 물려준 땅, 자손에게 물려주자!

할멈　　　힘 좀 써봐! 소리들이 작어.

모두들　　조상이 물려준 땅, 대대손손 보존하자! 일월산 개발 사
　　　　　　업 당장 중지하라!

할아범1　농사짓는데 골프장이 웬 말이냐!

할멈　　　잠은 집에서 잔다. 호텔이 웬 말이냐! 조용하게 살고
　　　　　　싶다!

모두들　　조용하게 살고 싶다! 중지하라! 중지하라!

할아범1　저 봐라! 이놈들 우리가 이렇게 딱 하니 버티니까. 포크
　　　　　　레인이고 뭐고 다 섰네! 박수! …앉읍시다.

할아범2　지들이 별수 있나. 우리가 이렇게 지키는데.

할멈　　　소리 질렀더니만 배가 폭 꺼졌네.

할아범3   막걸리 없어?

할멈   그려 없네. 목청 좋은 우리 할아범, 소리 한 자락 하쇼!

할아범3   그래 볼까? (노랫소리) 동창이 밝았느냐 노고지리 우지 는다!

할아범, 할멈들, 박수소리, 노랫소리.

이때, 저 멀리 도천할멈, 입소리를 내며 빈 수레를 끌고 간다.

도천할멈   갯 여울 하나라도 함부로 하지 마라. 고시랑 고시랑. 피눈물 흘린 할아버지 칼 맞고 쓰러진 곳. 고시랑 고 시랑.

할아범1   저기 리어카 끌고 가는 사람이 누굴꼬?

할아범2   도천할매 같은데… 빈 수레 끌고 어디로 가는 걸까?

할아범3   아이고, 아직도 살아 있네. 귀신 안 됐나? 나이가 몇 살 인데?

할멈   내 어릴 때부터 할머니였는데… 인자 백 살도 넘었겠다.

할아범3   도천할멈 아직 힘 좋네. 산길에 리어카 끌고 가고…

할아범1   마… 처녀 때부터 병이 있어가지고… 이 일월산에서 똥 물 먹고 산나물 먹고 살아났다고… 하대. 옛날에 병원 없을 때 저 도천할멈한테 가면 병 다 낫고 했다…

아랫길로 도천할멈 퇴장.

산길, 한 선비 지나간다.

할아범1   옛날엔 여기가 과거 길이었다면서…

할멈   한양으로 갈려면 여기 말곤 길이 없었지. 아마.

할아범2   그리고… 뭐냐?

할아범3   뭐?

할아범2   이순신 장군이 거북선 앞세우고 왜군들과 싸울 때… '내 죽음을 숨기라!'

할아범3   …임진왜란!

할아범2   그래 임진왜란! 그때, 우리 동네사람들이 의병들이 되어 이 도천고개에서 싸운 곳이라고 옛날부터 이야기 많이 들었지.

할아범3   그래서 엄청 죽었다면서… 그럼 이 발밑에도…?

모두들 놀라며 다리를 들고 움찔한다.

할아범3   그래서… 이 일월산 계곡을 도천이라고 이름 지었지.

할멈   왜 도천이라고 했을까?

할아범2   잘 들어봐. 칼 도, 하천 천. 그때 의병장이 왜놈들 목을 베고 칼을 씻었던 곳… 도천이라고 하네.

모두들   도! 천!

할멈   아이고… 그럼 우리 조상들이 아주 애국자들이었구만.

할아범2   그럼 우리 조상들 훌륭한 분 많았네 그려.

갑자기 땅이 흔들리는 듯 모두들 몸을 떤다.

포크레인 소리, 땅 파는 소리.

할아범1　저놈들 봐. 막 밀고 오네!

할아범2　이것들이… 저것들 못 막으면 조상무덤 다 이장해야 된
　　　　　　다. 힘쓰자!

할멈　　　이놈들아! 우리도 밀어내 봐!

할아범3　(누우며) 갈 날도 며칠 안 남은 우리 같은 노인네들이
　　　　　　겁이 있나.

할아범2　저들이 우리 무시하면 큰코다친다. 힘은 못 써도 우리
　　　　　　가 살 만큼 살았는데… 우리가 겁이 있나? 와봐라 이놈
　　　　　　들아!

할멈　　　저것들 밀고 오면 우리 모두 배 깔고 누우면 된다.

포크레인 소리.

부분 무대. 조명 들어오면, 군청 문화공보과 공무원, 건설업자 장수복
등장.

군청직원　(나타나며) 군청에서 알려드립니다… 군청에선 이번 일
　　　　　　월산 관광개발을 위해… (이때 시위하는 무리들 고함
　　　　　　소리, 돌을 던진다) 여러분! 어르신들! 이러시면 안 됩니
　　　　　　다. 일월산 관광개발 사업 막으시면 안 된다니까요.

노인들　　(돌 던지며) 물러가라! 이놈들아!

장수복   (권위적으로) 제 말 잘 들어보세요! 어르신들… 일월산을 뚫어서 길 내면, 도시와 연결되고, 저기 도천계곡은 경치가 얼마나 좋습니까? 골프장 짓고, 호텔 지어서 사람들 막 몰려오면 동네 살아납니다.

노인들   (돌 던지며) 살 날 얼마 안 남았다… 조용히 좀 살자! 망할 놈아!

군청직원   나라에서 하는 일, 조상 무덤 이장한다고 반대하시면 다 잡혀갑니다. 어서 내려오세요!

노인들   뭐 잡아가? …그래 잡아가라! 집에 있으나, 징역 사나 똑같다. 이놈아!

장수복   어르신들! 이러시면 안 돼요! 잘 모르시는 것 같은데… 어르신! 우리 고향 이렇게 오지로 놔두면 몇 년 안 있어 유령마을 됩니다. 안 그래요?… 어르신들 다 돌아가시고 나면 이 오지에 누가 살겠냐고. 안 그래요?

할아범1   저놈이 뭐라고 고함치는 거냐?

할멈   우리보고 빨리 죽으라고 하는데요.

할아범3   뭐라고? 고함치는 저놈이 누구야?

할멈   여기 땅이 전부 자기 조상 땅 선산이라며 골프장 짓는다는 장수복 그놈이네요.

할아범2   장씨 집안 장수복이? 니네 조상 무덤이나 파헤쳐라! 우리는 못 한다.

노인들   장수복이 물러가라! 조상 무덤 파헤쳐서 고향마을 팔아먹는 장수복이 물러가라!

모두들 돌을 던진다.

피하던 장수복과 군청직원, '공덕비' 비석을 들고 온다.

장수복   (공덕비 보여주며) 여러분 여길 보세요. 내 진짜 잘난 척
         하는 것 같아서 이런 말은 진짜 안 하려고 했는데 이거
         보세요. 우리 고을의 자랑! 우리 장씨 조상님 공덕비입
         니다.

노인들   공덕비?

장수복   옛날에 우리 장씨 조상님이 이 마을 위해서 잘 먹고 잘
         살게 했다고, 이 마을사람들이 만든 것. 이 고을 떠날 때
         "가지 마세요. 가지 마세요⋯ 훌륭하신 우리 장씨 현감
         나으리 가지 마세요" 하면서⋯ 동네사람들이 울면서 만
         든 공덕비 아닙니까! 이 글 보이시죠? 영세불망비!

노인들   영세불망비?

장수복   (목소리에 힘이 들어가며) 어험! 장 현감을 영원히 잊
         지 않겠다! ⋯보이십니까? 바로 제가 그 장씨 집안의 후
         손 장수복입니다. 고향 어르신들! 후손을 생각하세요.
         아들, 손자들에게 잘사는 마을 물려줘야 하지 않겠습니
         까? 새롭게 우리 마을 개발하면 땅값 올라가고 잘사는
         마을 제가 만들겠습니다!

노인들   공덕비?⋯ 영세불망비?

할멈   읍내 삼거리에 있는 그 공덕비네 그려⋯ 장씨 집안 만날

저거 조상 자랑하는 것.

할아범1   공덕비? 그건 모르겠고… 그래 잘났다. 그런 장씨 후손이 인제 우리 마을 말아먹나 이놈아!

노인들   건설업자! 장씨 놈아! 물러가라! 장수복이! (돌을 던진다)

장수복과 군청직원, 물러나며

장수복   이 빌어먹을 영감탱이들. 죽으면 늙어야 돼. 아니 늙으면 죽어야 돼. 이거 대화가 안 되잖아. 소통이 안 되는데 그냥 확 밀어버리자구요.

군청직원   여러분! 나라에서 하는 사업, 방해하시면 안 돼요. 자꾸 이러시면… 공권력이 동원되고 어르신들 콩밥 먹어야 돼요. 아시겠어요! 자꾸 이러시면 어르신들 다 잡아갑니다.

노인들   골프장이 웬 말이냐! 장수복이 물러나라!
             호텔이 웬 말이냐! 장수복이 물러나라!

군청직원   장 사장님. 어르신들이 저리도 반대하면 이거 골치 아파집니다. 공사하기 힘들어진다니까요.

장수복   (화를 내며) 과장님! 공사기간 길어지면 제 손해가 얼만지 아세요? 수백 억입니다. 안 되면 공권력 동원하세요. 나라에서 하는 일인데 반대하면 안 되죠. 정 안 되면 별 수 있습니까. 본때를 보여줘야지. 나라일 방해하면 골로 간다는 것. 확 밀어버리자구요!

군청직원, 장수복이 퇴장.

노인들, 구호소리 커진다. 갑자기 땅이 흔들리며 굴착기 소리 들린다.
(암전)
포크레인, 굴착기 소리와 도천할멈의 노랫소리 들린다.

1장 과거로부터 온 편지

조명 들어오면, 도천할멈이 끌고 오는 수레 위에 '일월산 혼령'들이
춤추며 노래하고 있다.

도천할멈 물소리… 바람소리… 땅소리… 별들이 웃는 소리… 이
슬이 우는 소리.

혼령들 풀뿌리 하나라도 함부로 하지 마라… 고시랑 고시랑
죽은 지아비 목 메이던 할미 망부석 되어 기다린다… 고
시랑 고시랑
갯여울 하나라도 함부로 하지 마라… 고시랑 고시랑
피눈물 흘린 할아버지 칼 맞고 쓰러진 곳… 고시랑 고시랑
쉰 바윗돌 하나라도 함부로 하지 마라… 고시랑 고시랑
이름 모를 의병장이 울부짖던 바위라네… 고시랑 고시랑

도천할멈 훠이! 훠이!

길 무대 중앙에 무덤 속에서 숙미, 구도, 초라한 비석을 든 조 진사 나타난다.

이때, 군청직원이 브리핑을 위해 들어온다.

군청직원   알려드립니다. 군청문화과 안 과장입니다. 이번 일월산 관광개발 사업의 일원으로 오래된 무덤을 이장 중! 그러니까 옮기는 중… 골프장 공사장에서… 그러니까… 무덤 하나에서 미이라가 원형 그대로 발굴되었습니다. 아이고! 무서워라!

산길, 도천할멈과 혼령들 침묵 속에 춤추고 있다.

군청직원   조용히 해 주시고요. 학자들의 말씀에 의하면 1600년에 매장된 무덤으로 추정되는데요. 그러니까, 임진왜란 끝나고 얼마 안 됐죠. 에… 미이라는 여자로 밝혀졌으며 키는 154센티미터 정도. 특히 상반신은 얼굴 윤곽과 치아가 선명하였으며, 하반신만 약간 부패했다고…

(사이) 군청직원의 목소리는 사라지고… 입만 벙긋거린다.
도천할멈과 혼령들 노랫소리 들린다.

군청직원   거기 할머니… 빈 리어카 치워주세요. 빈 리어카! 어서요! (장내를 정리하고) 조용히! 또한 학자들은 이렇게 원형 그대로 발견되는 경우는 지극히 드문 현상이며…
조용히! 제가 이야기를 하고 있잖아요. 특이사항은 없었
냐고요? 참으로 희한한 것은 이 미이라 여인이 하나의
남자 머리를 안고 있었다는 겁니다. 잘린 머리!

도천할멈, 혼령들 고시랑… 고시랑….

군청직원 누구냐고요? 희한하게도 무덤 속에서 밖이 아니고 안에
서 비석이 발견되었는데요. 장평 장씨 집안 여인과 포두
조씨 남자라고 기록되어 있다고 합니다.

불만에 가득 찬 장수복이 들어온다.

장수복 도대체 이게 말이 됩니까? 과장님! 이게 장씨 집안 무덤
이라는 소리요? 조씨 무덤이란 말이요?

군청직원 전문가의 말로는 확인 결과 의인장평장씨지구(義人長平
長氏之柩)라고 되어 있고…

장수복 그러면 우리 집안 할머니네. (큰절을 하며) 아이고, 할
머니!

군청직원 잠깐! 그런데… 같이 나온 머리하고 합장되어 있었는데,
머리는 남편이지 않느냐고 합니다. 내부에서 발견된 비
석을 전문가들이 해독하고 있는데 포두 조씨와 합장했
다고 첫머리에 나온답니다.

장수복 이게 무슨 날벼락입니까? 장평 장씨는 이 지방에서 권세
가 집안이고, 포두 조가는 역적 집안으로 역사책에 나와

있는데… 두 집안 사람이 부부라뇨? 이게 말이 됩니까? 그럼 공사는요? 골프장 공사는 어떻게 됩니까?

군청직원 자 장 사장님은 조용히 하시고요. 교수님, 전문가분들은 당분간 공사를 중지할 것을 요청했습니다.

장수복 시끄러워요! 무덤 하나 때문에 공사를 중지한다고? 니들이 그럼 공사비 다 물을 거야?

군청직원 장 사장님 조용히 해주세요. 너무나 많은 역사적 사실들이 밝혀질 것으로 보고 이 고을의 중요한 자료가 된다고 하면서…

장수복 시끄러워요! 왜 공사가 중단돼야 됩니까? 이상한 무덤 하나로 우리 고을의 미래를 결정짓는 관광개발 공사가 중단되다니요? 과거가 밥 먹여줍니까? 예? 무덤이 무엇입니까? 조상이 무엇입니까? 좋다 이겁니다. 하지만 다 과거 아닙니까? 과거가 현재의 발목을 잡는다? 이게 말이 됩니까? 그 비석도 없는 무덤 하나 때문에 내 땅에 내가 하는데. 호텔 짓고 골프장 짓는다고 내 재산 다 털어 박았는데… 사업을 못하게 하면 안 되죠. 안 그래요? 예? 덮읍시다. 그냥 묻어버리고 공사합시다! 모두들 덮어라! 덮어라! (퇴장)

도천할멈, 빈 수레의 혼령들 산길을 간다. 노랫소리.

도천할멈, 혼령들 풀뿌리 하나라도 함부로 하지 마라… 고시랑 고

시랑

죽은 지아비 목 메이던 할미 망부석 되어 기다린다… 고
시랑 고시랑

갯여울 하나라도 함부로 하지 마라… 고시랑 고시랑

피눈물 흘린 할아버지 칼 맞고 쓰러진 곳… 고시랑 고시랑

쉰 바윗돌 하나라도 함부로 하지 마라… 고시랑 고시랑

이름 모를 의병장이 울부짖던 바위라네… 고시랑 고시랑

암전.

2장   일월산으로 가는 길

산길, 한 선비 힘겹게 걸어간다.

한 선비   이런 낭패가 있나. 분명 저 너머가 일월산 문필봉일진
데… 이거 어디가 어딘지 도대체 길도 보이지 않고 이거
큰일이네. 길을 잃었으니 금방 어두워질 것이고 (다리를
두드리며) 내 이 꼴을 당했으니 이 일을 어쩐다. 산길에
호랑이라도 나타나면… 과거에 낙방한 거지꼴로 이렇게
죽으면… 억울해서 우짤꼬. (다리가 아파 앉는다)

이때 산적 하나 칼을 들고 나타난다.

100

| 산적 | (칼로 위협하며) 네 이놈! |

한 선비 놀라 자빠진다.

산적	이놈이 무엇이냐? 초라한 걸 보니 우리네 상놈?
한 선비	(신음소리) 살려주시오!
산적	꼬라지를 보니 먹물 좀 먹었네. 그려. 그럼 꼴에 양반!
한 선비	비록 양반이지만 당신들과 다들 바 없는 가난한 유생이요. 일월산 문필봉에 훌륭한 유학자가 있다기에 내 스승을 찾아 떠나온 길, 아무것도 가진 것 없는 가난한 유생입니다. 살려주시오.
산적	살려달라고? 유생이라? 살아봐야 백성의 피나 짜내고, 죽어 하늘에 먹구름을 칠하는 그 잡것들!
한 선비	과거 길에 나섰다가 낙방하고 돌아가는 보잘것없는 사람이요.
산적	낙방! 잘됐네. 과거급제라… 괜스레 사모관대 쓰고 저 새치 혀를 휘두를 때 죽어나는 것은 우리 아랫것들… 죽여 버리면 입 하나 덜고 사라지면 우리 백성 울음 하나 줄지 않겠어? (칼을 든다)
한 선비	이제 공부해서 백성의 동량이 되고자 하니, 아직 죄 지은 바 없고 백성의 아픔을 배울 참이요. 살려주시오!
산적	좋은 말로 할 때 다 내어 놓아라.

한 선비, 봇짐을 내려놓는다.

산적   이거 완전히 거죽만 남고 봇짐도 가벼운데… 그냥 죽이
         고 갈까!

한 선비   목숨만 살려주십시오. 아무것도 쓸모없는 사람이니.

산적   쓸모없다니 죽여 무엇 하리. 하지만 너희 양반네들의 위
         선은 구역질이 난다. 옷 벗어!

한 선비   왜? 옷을?

산적   벗으라면 벗어!

한 선비   (천천히 옷을 벗으며) …과거 길에 낙방하고, 스승을 찾
         아오는 길에 이 뭔 꼴이고…

옷을 벗긴 산적, 옷을 가지고 사라진다. 한 선비 달아난다.
암전.

3장   사내들의 인연

일월산 가는 길에 삿갓을 쓴 구도 나타나며 산을 오른다.

구도   (삿갓을 벗으며) 일월산의 해는 저 너머 문필봉에 떨어
         지고, 사내의 가슴은 세상에 나아가지 못하는구나. 산구

름마냥 피어나는 이 가슴에 청춘은 어이 할는지. (다시 길을 나선다)

이때 저 멀리 한 선비의 목소리 들려온다.

한 선비 이보시오… 살려주시오!

구도, 놀라 다시 돌아온다.

한 선비 (옷을 벗고 뛰어 들어오며) 날 좀 살려주시오. (한숨 돌리며) 혹, 조 진사를 아시오? 과거에 낙방하여 이리 스승을 찾아온 길.

구도, 쳐다보곤 말없이 퇴장.

한 선비 같이 갑시다… 같이 가자 이 나쁜 놈아! (퇴장)

사이,
조 진사, 먼 산을 보고 있다.

조 진사 과연 안개와 비구름 걷히는 일월산 연봉이야. 그야말로 장관이로다. 새 하늘, 새 땅이 다시 열린다면 바로 여기로구나 싶을 만큼 신령스럽기까지 하구나.

구도   (들어오며) 아버님! 구도이옵니다.

조 진사   먼 길 다녀온다고 고생하였다. 그래 한양 구경은 어떠하였느냐?

구도   과거는 보지 않고, 유람하듯이 세상 구경을 하였습니다.

조 진사   그래 네가 본 세상은 어떠하였느냐?

구도   세상이 왜 이리 어두운가. 난 무엇을 해야 하는지 그저 막막하다는 생각뿐이었습니다. 아버님이 어찌하여 이곳에 내려와 살고 있는지 조금 알 듯합니다.

조 진사   마음을 더 가다듬고 학문에 힘쓰도록 하여라. (퇴장하려고 하는데)

이때, 한 선비, 저 멀리 목소리 들린다.

한 선비   이보시오… 추워 죽겠습니다. 좀 도와주시오!

조 진사   저 자가 누구더냐?

구도   이 산 초엽에 길을 잃고 헤매던 사람인데, 아버님의 소문을 듣고 찾아온 낙방한 유생인가 봅니다.

조 진사   나를 찾아와? 과거에 낙방한 놈이라고? 내가 여기 있음은 죽림에 묻혀 조용히 있고 싶음인데… 나쁜 놈이 틀림없구나. 돌려보내거라. (퇴장)

한 선비   (나타나며) 아이고! 먼 길을 찾아온 사람입니다. 어찌 이리도 박정하게 대하는 거요. 방금 그분이 조 진사 어르신 아니시오? (큰 소리로) 조 진사 어르신! 가르침을

	주십시오.
구도	조용히 해라! 산할아버지 깨신다. 또 낭패를 당하고 싶은가? (퇴장)
한 선비	아이고 추워라. 과거에 낙방한 불쌍한 사람입니다. 단지 문필봉에 조 진사 어르신을 찾아온 사람입니다. 제자로 받아주시오! (기침하며) 아이고 추워라. (따라가며 퇴장)

암전.

4장   일월산의 조 진사

구도와 한 선비, 무릎을 꿇고 있다. 조 진사 목검을 들고 수련한다.

조 진사	무엇이 좋아 공부를 하는 것인가? 운명이더냐? 인연이더냐? 한 인간의 삶이 공부로 결정되는 것이냐?
한 선비	어르신! 제발 저에게 가르침을 주십시오. 과거에 낙방하고, 고향으로 돌아갈 명분도 없습니다.
조 진사	명분이라. 너에게 명분이란 무엇이더냐?
한 선비	가난한 유생이 몰락한 집안을 세우고자 입신양명의 꿈을 안고 과거 길에 나섰습니다. 과거급제로 출세하는 것이 저의 명분입니다.
조 진사	몰락한 집안을 일으켜 세우겠다? (웃음) 어떤 아이는 얼

굴이 풍만하게 생겼다. 부모는 부자가 될 관상이라면서 재산을 물려준다. 과연 이 아이는 장사에 힘써서 거상이 되고, 부자가 될까? 물려받은 것이 전부 자기 것이 될까? 물론 부잣집 자식은 태어날 때부터 부자이며, 양반 가문이면 양반이며, 천민가문에 태어나면 그 또한 천민이 된다. 이것이 과연 올바른 것인가? (한 선비를 쳐다보며) 유학을 공부한 자. 과거급제만 하면 너의 운명이 바뀌는 것일까?

한 선비 잘 모르겠습니다.

조 진사 모른다?… 유학을 공부한 자. 과거에 급제한다. 허나 권력에 눈이 멀어 불쌍하고, 어리석은 백성들은 보이지 않는구나. 결국 권력을 탐하다, 많은 사람이 죽어간다. 과연 자기 죽음의 이유를 알고 죽은 사람이 몇이나 될까?

목검으로 한 선비를 위협한다.

한 선비 (놀라며) 죽을 때 죽더라도 한 사내로 태어나 관복을 입고 죽고 싶습니다.

조 진사 (목검을 거두고) 너는 먼 길을 걸었다. 과거 길에 무엇을 보았느냐? 하늘만 보았느냐? 임금만 보았느냐? 아니면 출세하여 관복을 입은 네 모습만 보았느냐?… 백성들은 보이지 않는구나! (정색하며) 내가 아는 것을 가르쳐 달라고 하였느냐? 그래, 가르쳐 주마. 내가 분명히 아는 것은 넌 반드시 죽는다. 사람은 반드시 언젠가는 죽는다는 것이다. 이제 됐느냐? (퇴장하려다가) 공부를 한 자. 잘 죽어야 한다. 죽을 때 무엇을 가지고 죽느냐가 가진 자의 명분이야! (퇴장)

한 선비 (큰절을 하며) 어르신! 세상을 보지 못한 저의 어리석음을 잊지 않겠습니다. (일어나며) 구도 형님! 내 분명 관직에 오르면 백성을 위한 신하가 되겠습니다.

사이

구도 훌륭한 신하가 되어 아무것도 없는 나 같은 사람 무시하면 안 되네.

한 선비 제가 어찌 잊을 수 있겠습니까? 어르신과 구도 형님을… 같이 과거 보러 안 가시겠소?

구도 나 자신도 아직 알지 못하는데 내 무엇이 있어 관직에 오르겠는가? 잘 가시게. (퇴장하려다 다시 들어온다)

두루마기도 없이 떠나는 한 선비. 구도, 자기 옷을 벗어주고 퇴장.
한 선비, 인사하고 길을 나선다. 암전.

5장   장씨 집안

아기의 울음소리.

아들   (소리) 아버님! 송구하옵니다.

깨지는 소리! 조명 들어오면, 사모관대 관복을 입은 아비, 화가 나 있다.

아비   그 꼴이 뭐냐? 이놈아! 부끄러워 우짤꼬. 장씨 집안 장
손이란 자가 낙방이라니… 조상시묘에 어찌 고한단 말
이냐? 부족한 놈! (이때 다시 애기 울음소리) 네놈이 낙
방한 날 하필 기집년을 낳았으니 집안 꼴 좋다.

아들   (들어오며) 죄송합니다. 또 낙방이옵니다.

아비   이조참판, 부원군 집안에 손이 귀해 내 늦게 네놈을 보
았으나… (혼잣말로) 하나 있는 아들, 죽이지도 살리지
도 못하고… (아들 쳐다보며) 어찌 저리도 아둔하고 병
신 같아 또 낙방이냐? 차라리 죽어라!

아들   (울음이 깊다, 다시 정색하며) 아버님! 장씨 가문의 장
손으로 조상 보기 부끄럽게 낙방은 하였으나 죽으라뇨?
너무합니다. 아버님.

아비   꼴도 보기 싫다. 썩 꺼져라!

아들   꼭 벼슬을 할라치면 과거급제만 있는 것이 아니라, 집안
에 도움으로 벼슬길만 나서기만 하면, 제가 세상 살아

가는 이치에 밝아 그 이후에는 출세할 자신이 있습니다.
한번만 도와주세요 아버님!

아비   이놈아! 당당히 과거에 합격해서 벼슬길로 나서면 이 아
        버지 체면도 서고 얼마나 좋으냐. 우리 집안 뽄새도 나
        고, 아이고 부족한 놈!

아들   (객석을 보며) 개천에서 용 난다. 과거야 집안에 아무것
        도 없는 것들이 오직 공부 하나에 매달려 출세하겠다는
        것이죠. 하지만 저야 꼭 그렇게 할 이유는 사실 없지 않
        습니까? 아버님도 잘 아시면서.

아비   내가 뭘 알아 이놈아!

아들   세상의 길은 많습니다. 제 비록 공부는… 그렇죠. 부족
        하죠. 책이 아주 날 미워하죠. 하지만 그것만이 전부는
        아닙니다. 이제 세상을 좀 알 것 같습니다. 막말해서…
        제가 공부를 할 이유가 없지 않습니까? (아비의 얼굴을
        빤히 쳐다보며) 빵빵한 집안도 있는데.

아비   (손을 올려 때리려 하며) 네 이놈!

아들, 아비… 침묵 속에서 쳐다보다 마주 보고 웃는다.

아비   네놈이 세상을 너무 많이 아는구나. 이놈아! (일어나며)
        태평성대가 오래 가니 사색 당파싸움이 심하다. 죽이고
        죽고, 살리고… 네놈처럼 무대뽀에 얼굴에 철판을 간 자
        들이 나라를 이끄는 세상이야. 그래. 너 내일부터 궁으

로 출근해라!

아들   감사합니다. 과거로 온 놈들보다 제가 얼마나 잘하는지 보여드리겠습니다. 그런데 아버지, 다 좋은데 제가 배운 게 좀 짧아서… 궁에서 일하기에는 아무래도… 지방고을 사또 자리라면 모를까.

아비   네 이놈! 아주 뻔뻔스러움이 도를 넘는구나. 이 아비가 그런 것도 생각 않고 자리 봐놨겠느냐? 다 알아서 해놨으니까, 넌 가서 일부터 배워라! 처음부터 좋은 자리는 아니다. 그건 각오해야 한다.

아들   (화를 내며) 아이참! 그래도 처음부터 너무 직급이 낮으면… 우리 집안 명성에 욕이 되지 않을는지? 욕! 욕!

아비   아주 똥배짱이로구나… 내가 이런 말 안 하려고 했는데 이 아비가 봐둔 자리가 요직 중에 요직이야.

아들   요직?

아비   세자를 모시는 자리! 일 적게 하고 생색 엄청 내는 자리! 잘 지내다가 경력 쌓으면 지방현감으로 가면 된다. 골치 아프게 궁에서 용 쓰지 말고… 가봐!

아들   (감격하여 무릎을 굽히며) 아버님! 아버님의 생각은 너무도 깊어 제가 가늠하기 힘듭니다. 과연 아버님이십니다. 감사합니다. 이 은혜에 꼭 보답하겠습니다.

아비   (참았던 화를 내며) 잘해라! 이 자슥아! 말직이라도 잘해서 지방현감이라도 가야지. 그래야 이 아비 체면이 선다. 가봐.

아들	(일어서며 양반걸음으로 거드름을 피우며 나간다) 어험!
아비	잠깐, 딸년이라고 했느냐? 어찌 아무짝에도 쓸모없는 기집년이란 말이냐? 숙미라고 해라… 맑을 숙… 부족할 미!
아들	숙미요? (퇴장)
아비	아이고, 부족한 놈! (퇴장) (암전)

6장   숙미, 구도를 만나다

삿갓을 쓴 초라한 모습의 구도, 일월산, 산길을 내려간다.

이때, 남장 차림, 평민복 차림의 숙미, 산길을 올라온다. 머슴할미의 목소리 들린다.

할미	(소리) 숙미 아씨!
숙미	(남자 목소리로) 이보시오. 말 좀 물어봅시다. 이 길이 일월산 문필봉 가는 길 맞소?
구도	…
숙미	이보시오! 사람 말이 말 같지 않아서 그러시오? 아니면 벙어리요?
구도	…
숙미	어허!
구도	(다가가며) 내 잠시 미친 사람인가 했소. 아녀자가 남자

행색을 하니… 아니면 뭔가? 생각 중이요.

숙미 (자기 차림새를 보며) 에이 참! 내가 여자로 보이요? 참 내! 어찌하여 남정네로 보이지 않는다 말인가.

할미 (나타나며) 아씨! 숙미 아씨! 어딜 가시게요? 그리고 이 꼴은 또 뭡니까? 현감마님께서 아시면 어찌 하시려고.

구도, 다시 길을 나선다.

숙미 잠깐만요. 조 진사 어르신을 혹 아시오? 이 고을에 저명 한 유학자라고 하더이다.

구도 …

할미 (화를 내며) 이보시오. 차림으로 보아 상놈인가 양반인 가 모르겠으나 이 고을 새로 온 현감의 딸에게 이 무슨 무례란 말이요. 어서 대답을 하시오!

숙미 그래요. 난 새로 부임해 온 현감의 딸, 숙미라고 합니다. 당신은 누구시오?

구도 남녀가 유별한 것이 나라의 법도이거늘… 그럼 이만! (퇴장)

숙미 법도? 너 나 잘해라. 자식아! 아니 이 자식이 잘난 체하 기는.

할미 그래 차림이 이러한데 꼴 좋수다.

숙미, 할미, 잠시 산의 풍경을 구경하며 앉는다.

이때, 평 무대

새로 부임해 온 장 현감, 사또복을 입어보곤 좋아한다.

장 현감　(목소리 연습을 하며) 이리 오너라! 여봐라! 여! 여!…
이놈들아! 무엇들 하느냐?
목소리에 권위가 있어야 되는데 잘 안 되네. 게 아무도
없느냐! 어험!

아비, 나타나며 장 현감에게 소리와 걸음걸이를 가르친다.

(퇴장)

다시, 길 무대

숙미　(침울해지며) 할멈! 난 할멈이 부럽다. 집안이 무엇이기
에… 양반이 무엇이기에… 집에 갇혀 숨이 막히는데…
여자로 태어나 옷이며, 머리며, 예법이며… 세상이 보고
싶어 죽을 것 같은데… 이렇게라도 하지 못하면 난 죽어
버릴 거야.

할미　그래 커다란 것. 이만한 것 하나 달고 나오지 왜 그랬슈?

할미, 하늘을 보며.

할미　아씨. 저기 보이시죠! 기러기 떼가 참 아름답네요. 어디

로 갈까요? 부럽네요.

숙미 아씨, 전 아비, 애미가 노비였습니다. 저 역시 태어날 때부터 노비였구요. (웃음) 전 자식이 노비가 되는 게 싫어서 혼인도 하지 않았습죠.

숙미 이 세상이 원래 이런 것인가? 양반가문에 여자로 태어난 게 왜 이리도 불행인지 모르겠다. 내 조금만 더 돌아다니다 갈 테니 따라오지 마라… (퇴장)

할멈 안 됩니다. 아씨! (따라간다) (암전)

7장 　 한 선비, 과거급제하고 어사가 되다

급제하고 어사로 제수받은 한 선비. 일월산 고개로 넘어온다. 과거를 회상하며 큰절을 한다.

한 선비 어르신! 저 큰 가르침으로 다시 공부하여 제 꿈을 이루었습니다. 어르신! 분명 크게 눈을 뜨고, 백성을 바라보는 사람이 될 것입니다. 구도 형님! 일월산 어디선가 날 보고 있는 것 같습니다.

머슴 그럼 제가 한번 찾아볼까요?

한 선비 그만둬라. 내 누구보다 그분들의 소식이 궁금하여 이곳을 들러 회포를 풀고 싶으나 아직 아무것도 한 것이 없다. 내 훌륭한 목민관이 되어 백성들의 공적비를 받은

	후 이곳을 다시 찾을 것이다. 어서 걸음을 재촉하라.
머슴	과거 급제니라. 물렀거라! (퇴장) (암전)

8장 은둔하는 시골 선비

구도, 수심에 잠겨 있다.

이때 조 진사 나타나 아들의 모습을 쳐다본다.

조 진사	구도야?
구도	예 아버님.
조 진사	밤이 깊었는데 무엇을 그리도 생각하느냐?
구도	아버님. 이제 세상에 나아가 살아볼까 합니다. 이제 과거를 보고 싶습니다.
조 진사	세월이 흘러도 세상의 어둠이 걷히질 않는다. 이 아비는 두렵구나. 사색당파로 권신들이 저렇게 권력욕으로 서로 죽이고 죽는 이러한 현실이 나는 두렵다. 세속을 떠난 시골유학자인 내가 무엇이 있어 널 키워주겠느냐?
구도	아버님은 어찌하여 이런 시골에서 약동들이나 가르치는 선비로 늙어갑니까?
조 진사	세상이 어둡구나. 내 과거로 출사하였으나, 이 아비는 운이 여기밖에 되질 않아. 어쩌겠느냐. 죽림에서 글 공부나 더 하리라.

구도 아버님! 저는 그럴 수 없습니다. 분명 출사하여 집안에 동량이 되고 싶습니다.

조 진사 시절이 하 수상하여 출사한 인재들이 제 뜻을 제대로 펴지 못하고 죽어간다… 이 아비는 내키지 않으나, 하지만 너의 삶은 너의 것이니, 네 뜻은 존중하마.

구도 새로 온 현감을 만나 뵙고 오셨다면서요. 어떠하였습니까?

조 진사 군주가 훌륭하여 좋은 현감이 있고 백성이 편안한 것이거늘… 이번 현감은 어떨는지 난들 알 수가 없구나. 하지만 전 이조참판 장씨 집안이라 하는구나.

구도 군주 아래 신하가 있고, 그 아래 백성이 있음이나, 백성이 있어야 왕도 있음이 아니옵니까. 좋은 집안에 훌륭한 현감이 아닐까 기대됩니다.

조 진사, 구도, 퇴장하려고 한다. 이때 급박한 마을 사람들의 고함 소리 들린다.

소리 나으리! 조 진사 나으리! 봉화대에 불이 올랐습니다!

조 진사, 구도, 놀란다. (암전)

9장   임진왜란

어둠 속 공포에 질린 고함 소리. 놀란 마을사람들 뛰어 들어온다.

마을사람1 왜군들이 달구벌을 지나 벌써 상주에 당도했다 하더이
다. 으악!

마을사람2 이미 상주도 함락 봉화를 지난다 하더이다. 으악!

마을사람3 왜군들은 도깨비 면상에 불을 날린다. 아무도 막지 못한
다. 으악!

마을사람4 한 칼에 다섯은 잘려 나가고, 두 칼에 수물이 떨어진다
고 하디이다. 으익!

마을사람5 남자는 도륙이요 여자는 몸을 겹쳐 걸치니 죽지도 못한
다 하더이다. 으악!

장 현감, 놀라 뛰어 들어온다. 현감 옷을 입으며 혼란스럽다.

장 현감 여봐라! 이게 무슨 소리냐? 이게 무슨 난리란 말이냐?
내가 어쩌지? 어떡해야 되지?

아비 (뛰어 들어오며) 현감! 이게 무슨 소리냐? 저 소리가 뭐
란 말이냐?

숙미, 현감부인, 뛰어들어 온다.

숙미	아버님, 왜군이 쳐들어왔다고 합니다. 어서 관군을 부르시어 출전 채비를 하시죠.
장 현감	무엇이라! 왜군들이? 아버님. 왜군이 쳐들어온다고 합니다. 저는 어찌해야 되는지요? 예?
아비	(애써 생각하며) 으험! 임사(臨事)면 당여치(當如痴)라!
장 현감	아이 참. 아버지. 지금 무슨 소리 하고 있습니까? 바쁜데…
아비	부족한 놈… 일을 당하면 바보인 듯 행하라!
장 현감	바보라뇨? 먼저 살고 봐야죠. 지금 도망을 가야지 바보가 되라니요?

이때, 마을사람들 뛰어 들어오며 현감을 찾는다. 이때 장 현감, 놀라 방으로 가선 몰래 숨는다.

백성들	나으리! 현감 나으리! 어디에 있는 것이요? 어서 나오시오!
아비	(먼저 나서며) 네 이놈들! 상것들이 이 무슨 난동이냐? 감히 여기가 어디라고 고함이냐고?
현감 부인	아버님. 조심!… 여긴 현감 나으리, 전 이조참판 부원군 집안이다. 이 무슨 난동이냐?

백성들, 현감을 찾으러 들어간다.

118

백성들 현감 나으리가 빨리 나오셔야 합니다. 어서 나와서 우리를 이끌어 주시오!

아비 시끄럽데두. 시끄러! 상것들은 저렇다니까. 저러니 안 된다니까. 작은 것에도 요동을 치니 천박한 것들. 으험! 급지상사원(急地尙思援)이라고 했다. 아무리 다급한 듯해도, 세상사 모든 것이 순서가 있는 법! 격식을 차리고 찬찬히 말해 보아라!

백성들, 아비를 무시하고 현감을 찾는다. 이때 조 진사, 구도, 들어온다.

조 진사 현감! 어서 방비를 세우시오! 왜놈들이 벌써 봉화산을 넘어섰다고 합니다. 어서 관병을 모아 진을 치셔야 합니다.

구도 현감 어른! 어서 나와서 대책을 세워야 합니다. 마을남정과 아낙들이 의병이 되어 뒤를 볼 테니 어서 앞장서 주시오!

숙미 (남장을 한 숙미가 다시 들어오며) 한시가 급합니다. 아버님 어서 나오세요!

현감을 부르지만 장 현감은 안절부절하다가, 갑자기 엉덩이를 들고 이상한 걸음으로 나온다.

장 현감 (병자의 흉내를 내며) 아이고 아파라! 내 이 모양을 보시오! 위급을 다투고 있음을 나 모르지 않으나 모양이 이렇소. 하필이면 이럴 때 하필이면 이럴 때… 여기 보시오.

모두들 집중하며 본다.

장 현감   치질이요! 한 걸음도 걷지 못하겠으니 우리 조 진사께서 의병과 함께 우리 진중의 군들을 함께 지휘해주시오. 아이고 아파라! (피하려고 들어간다)

이때 아비, 잡으며,

아비   애비야! 네가 갑자기 왜 이러냐?

현감 부인   (막으며) 아버님! 여기… 저녁이 차옵니다. 들어가시지요.

장 현감   아이고 아파라! 더욱더 심해지니 좀 누워야겠소.

조 진사   이런 낭패가 있나. 할 수 없지요. 한 걸음도 걷지 못한다면 어찌할 수 없지요. 먼저 현감의 관노부터 차출해주시고 창고의 곡식들을 풀어주시오.

장 현감   (정상적인 걸음으로) 내 그리 하리다. 조 진사가 다 알아서 하시구려.

현감 부인   (당황하며) 이보시요! (장 현감에게 눈짓한다)

현감, 알아차리고는 다시 아픈 걸음으로 바꾼다.

장 현감   (울음소리) 내 이 지경도 불충인 걸 다 알아서 해 주시오.

조 진사   시간이 촌각을 다투니 내 나가 보리다. 어서 가자 구도야!

구도   (화가 나서) 아버님!

장 현감   잠깐! 왜군은 어디쯤 오고 있다고 했소? 우리 관군이 봉화강에서 왜병과 맞서고 있다고 하지 않았소?

구도   이미 봉화강 너른 모래톱은 우리 관병의 피로 붉은 강이 되었소! 어리석은 왕은 이미 한양을 버리고 몽천길에 나섰다고 하여이다. 도둑처럼 야밤에 몰래 말이요!

장 현감, 겁을 먹고 더욱더 엄살을 피운다.

조 진사   (막으며) 구도야! 그만하여라. 현감! 봉화강은 이미 무너졌소. 들판의 소떼 같은 그놈들을 감당하지 못하고 무너져 흩어지고 말았소이다.

장 현감   나쁜 왜놈들! 내 이 밤을 지나 추스르면 당장 달려 나가리다. 먼저 나가 방비를 해주시오. (기어서 퇴장)

조 진사   가자!

조 진사, 구도, 마을사람들 퇴장.

아비   이놈들! 엎드려라. 어느 안전이라고 예를 모르느냐. 조선은 유교의 나라니라. 예를! 도를! 모르면 우리 조선은 나라가 아니야. 애비야! 저놈들을 그냥 보내면 법도가

서질 않는다. 본때를 보여주어라. 어서. 저놈들의 무례함
이 도를 넘지 않느냐. 내 저들을 가르치리라. 예를 말이
다. 높고 낮음을 모르는 자들 내 몽둥이로 다스리겠다.
네 이놈!

현감 부인   아버님! 아무도 없어요.

장 현감   아버지! 어서요! 빨리 오세요! 왜놈이 쳐들어 왔다고요.

장 현감, 현감의 아내, 아비를 끌고 나간다. (퇴장)

사이

산길… 백성들의 함성소리. 급하게 들어오는 조 진사, 뒤로 구도 따라
들어온다.

구도   아버님, 이제 어찌해야 합니까? 봉화강을 넘은 왜군들이
이미 진을 정비하고 있다고 합니다.

조 진사   의병들은 더 모아졌느냐?

구도   모든 마을이 이미 개새끼 하나 없이 황폐하고 텅 비어
장정 하나 없습니다. 겁먹은 백성들이 이미 일월산 고개
로 넘쳐서 넘어간다 합니다.

조 진사   구도야! 우리라도 어찌 해봐야 되지 않겠느냐. 지금 우
리 가솔과 남은 인원이라도 일월산 고갯마루로 집합하
도록 하자. 그곳에서 적들을 막아보도록 하자.

구도	아버님. 현감이란 자가 화급을 다투는 이 시점에 무슨 짓인지 모르겠습니다. 저자의 간사함이 너무하질 않습니까? 치질을 핑계로 겁을 먹고 저리도 나서질 않으니.
조 진사	치질이 심하다 하지 않느냐? 내일까지 지켜보도록 하자. 어서 가자! (퇴장)
구도	나라에선 평소 국록으로 어루만져 기른 관료들은 오늘 같은 날에 쓰려고 했음인데 어찌 차마 도망하여 피할 수 있단 말이냐? 내 저자의 거짓이 드러나면 그날로 제일 먼저 저자의 목을 취하리라. (퇴장)

사이

다시 평 무대⋯ 겁먹은 백성들 당황하며 어찌할 바를 모른다.

백성들	우린 어찌합니까?⋯ 어서 도망부터 가야지요⋯ 우린 어디로 가야 합니까?

조 진사, 들어오며

조 진사	우리 마을은 우리가 지켜야 한다. 이제 양반이며 상놈이며 따로 있을 수 없다. 짐승이 되어야 저들을 막을 수 있다. 여인들도 나서라! 여인네들은 치마에 앞섶을 달고 남자들 뒤를 따르라! 아이들과 노인들은 먼저 산으로

보내고 모두들 나서야 한다.

백성들 관병은 어디에 있습니까? 그들이 앞장을 서시오! 우리
가 무슨 힘이 있습니까?

조 진사 (호탕한 웃음) 어리석은 백성들이여! 아직도 모르느냐?
우리 목숨은 우리가 구하는 것이다.

백성들 임금이 있지 않습니까?… 왕이 있어 우리를 잊지 않을
것입니다… 우리를 구할 것입니다.

조 진사 하늘이 있어 우리를 살리고, 땅이 있어 우리를 구하는
것이 아니다. 살리는 자는 나와 우리밖에 없음이다… 우
리만이 우리를 살릴 수 있다. 어리석은 백성들이여 우리
가 우리를 믿어야 한다.

구도 (뛰어 들어오며) 아버님 준비가 다 됐습니다.

조 진사 수고했다. 모든 창고의 문을 열어 산으로 간다. 달구
지가 없으면 머리로 이고, 손에 달고 모든 것을 데리고
가자.

구도 산으로 간다! 일월산으로 간다!

백성들 조 진사와 구도를 따라간다.

암전.

10장   도망가는 장 현감

장 현감 가족들, 평민으로 변장하곤 도망간다. 노비 칠복이에게 업힌
현감 아비.

아비   이놈아. 제대로 하지 못할까? 골이 흔들린다. 잘 좀 해라
            이놈아!… 장 현감! 현감이 어찌 말도 없이 이 밤에 가야
            하냐? 정신이 없다.

장 현감   아버님! 현감이라고 하지 마세요!… 어서! 어서! 이놈아.
            어찌 이리도 더디더냐? 네놈들이 살기를 바라거든 빨리
            움직여라!… 숙미가 보이지 않는다. 부인? 어찌 된 일이
            요?

현감 부인 숙미는 도망가지 않겠다고 남는다고 하더이다. 이 일을
            어찌할꼬! …이보시오! 영감! 어찌 그리도 걸음이 빠르
            시오. 이제 더 이상 숨차서 못 가겠습니다.

장 현감   고얀 년! 이 아비의 깊은 속마음을 어찌 안다고 지 마음
            대로 남는다는 것이냐.

현감 부인 숙미가 걱정입니다.

장 현감   죽고 사는 것은 자기 하기 나름이다. 부인, 살고 싶으면
            어서 다리를 놀리시오…. 이놈아. 저 멀리 불기둥이 두렵
            지도 않느냐? 저 소리가 들리지도 않느냐? 저 비명소리
            말이다. 어서 다리를 놀려라!

아비   내려라! 내려줘! 어서! 골통이 흔들려!

칠복이   (힘겨워하며) 현감 나으리! 왜놈의 칼날보다 지쳐서 먼저 죽겠습니다. 쉬어서 우릴 살리시오.

모두들 주저앉아 한숨 쉰다.

현감 부인   이제 지쳐 도저히 못 가겠습니다.

장 현감   살아야 한다. 부인, 살아남아야 노비도 부릴 수 있는 것이요.

칠복이   현감 어른!

장 현감   현감이라고 부르지 말래도 이놈이!

칠복이   분명 약조했습니다. 이번 일만 끝나면 관노에서 면천시켜 준다는 사실! 분명하오이까?

장 현감   뭔 말이 이리도 많으냐? 이놈들아 네놈들이 살아야 우리도 산다. 내 분명 너희들을 양민으로 바꾸어 줄 것이니 어서 빨리 가자! (퇴장)

의병들의 고함 소리… 현감의 집. 의병들과 구도 뛰어 들어온다.

의병   현감 나으리!

구도   현감 어른!

하지만 텅 빈 집.

구도	쥐새끼 같은 양반 놈들! 부끄럽다. 유학을 공부한 빈 껍데기들!
의병	현감의 집에 아무것도 없습니다.
구도	조선 전역이 굶주림에 허덕이고, 늙은이, 아이들도 칼을 들어 자기 목숨을 도랑과 골짜기에 버리고 있는데… 현감이란 자가 도망을 가! (고함치며) 야 쥐새끼야! 굶주림으로 아버지가 아들을 잡아먹고, 남편과 아내가 서로 잡아먹는 지경이거늘, 길가에 죽은 자의 뼈가 이 일월산 고갯길에 잡초처럼 흩어지는데… 자 얼마 못 갈 것이야. 어서 따라가자!

구도, 의병들 퇴장.

11장   장 현감, 목숨을 구걸하다

산길에 장 현감 가족들 지친 모습으로 나타난다.

아비	현감! 어째 칠복이 놈이 보이지 않는다?
장 현감	도망갔습니다. 상놈들은 믿을 것이 못 됩니다. 부인! 그것들은 잘 가지고 있소?
현감 부인	현감. 걱정하지 마세요. 여기 이 뱃속에, 중요한 것들은 다 여기에…

장 현감　과연 부인이요. 자 갑시다. 조심. 조심.

이때, 의병들의 고함 소리 들린다.

장 현감　어서 도망이요!

장 현감 가족, 도망간다. 하지만 의병들에게 붙잡힌다.

의병1　당신들은 누구시오? 피난 가는 사람들이요?

장 현감　(목소리를 위장하며) 예! 예! 피난 가는 양민입니다. 늙은 아비와 식솔들입죠. 네. 네.

아비　이놈들! 감히 여기가 어디라고…

장 현감　(입을 막으며) 노망이 깊은 애비이옵죠. 네… 네.

아비　애비야! 왜 이러냐?… 네 이놈들. 여기 현감 나으리시다. 어서 칼을 거두지 못할까!

의병장이 된 조 진사와 구도, 나타난다.

조 진사　현감! 현감이 이 밤에 어딜 가시는 게요?

구도, 의병들 칼을 든다.

장 현감　살려주시오. 살리시오. 믿어주시오. 내 이리 하려고 한 것

이 아니요. 도망가려고 한 게 아니란 말이요. 잠시 피한
다음…

아비   네 이놈들! 내가 누군 줄 모르더냐? 전 이조참판에 장평
부원군 집안 나으리시다. 감히 어디라고 이런 무례를 하
느냐?

의병, 현감아비에게 칼을 내민다. 현감아비 놀라 뒤로 물러난다.
구도, 현감의 목에 칼을 내민다.

장 현감   살려주시오. (조 진사 뒤로 도망가며) 조 진사! 제발!

아비   어허! 무엄하다. 어서 칼을 거두고 무릎을 꿇으라. 그럼
네 목숨만은 살려준다. 여봐라 뭣들 하느냐 저자를 내
앞에 무릎 굽히도록 하여라.

조 진사   국록을 먹고 백성을 돌봐야 할 관직의 수장이 모두들
적을 기다리고 있는데 혼자 야반도주를 한다. 목숨을
구걸할 명분이라도 있는가? 장 현감!

장 현감   오해라니까. 아니라니까. 믿어주시오! 조 진사! 제발!
(정색하며) 내 말을 믿지 못하는 이유가 뭐요?

아비   아니라니까. 우린 아니야… 애비야. 저들이 누군데 우리
가 이리도 힘을 못 쓰나?

구도   왜적이 곧 고을에 닥치거늘… 현감이란 자가 먼저 재
산을 챙겨 달아난다. 오늘 네 목을 쳐 일벌백계! (칼을
든다)

장 현감 으악! 살려주시게 조 진사! 제발 한번만 날 살려주면 이
은혜 죽어도 잊지 않겠습니다. (울음)

현감 가족들 애원한다. 이때, 현감 부인 갑자기 눕는다.

현감 부인 아이고 배야! 아이고! 애가 나오려 하더이다⋯ 안평 장
씨 가문에 장손이요!

아비 애비야! 이게 무슨 일이냐? 네 나이가 몇인데⋯ 언제 우리
손주가 네 뱃속에 있었더냐? 애미야! 힘을 줘라⋯ 어서.

장 현감 (울면서) 이렇게 죽으면 우리 장씨 가문 멸문이요. 살려
주시오!

구도 (칼을 들며) 차라리 죽음으로 가문의 체면이라도 살리
시게!

의병들 사이에서 남장을 한 숙미 앞으로 나서며,

숙미 살려주세요! 도련님! 저의 아비이옵니다. 명예롭게 죽을
기회를 주십시오.

구도 (놀라며) 왜 당신은 도망가지 않았소?

숙미 혼란 중에 경황이 있습니까. 스스로 살 길을 찾아야지
요. 살려주세요. 우리 가족들을⋯

구도 저리 비키시오. 일벌백계이오이다. 원망하지 마시오!
에잇!

장 현감 가족들… 비명.

조 진사　잠깐!… 적을 벨 칼에 저 더러운 목을 먼저 벨 순 없다. 그래 살려주면 당신은 무엇을 하겠는가? 마지막 기회는 주겠소.

장 현감　조 진사. 살려주시오. (숙미를 쳐다보곤 무릎을 꿇으며) 가문의 치욕이 될 순 없지 않겠는가. 목숨만 살려주면 내 모든 것 다 하리다.

조 진사　아들아! 칼을 내려라. 아직 적들이 많다. 한 줌의 미력이라도 보태야 한다.

아비　칼 내리라고 하잖아.

구도와 의병들 칼을 내린다.

아비　이제 이놈들이 날 알아보는구나. 으흠! (가부좌로 앉는다)

조 진사　살려라. 살아서 치욕을 갚아라! 그럼 후세 가문의 영광이 되어 만 길을 가리라!

조 진사, 의병들 퇴장한다.

장 현감　고맙소, 조 진사 살려주신 은혜. 백골난망이요… 숙미야! 이 아비 관병을 이끌고 다시 오마!…

현감 부인   딸아! 살아 있어야 한다.

장 현감 가족들 퇴장. 다시 들어온 장 현감.

장 현감   (혼잣말로) 결코 오늘의 일은 잊지 않으리다. 결코 오늘
의 일은 잊지 않으리다. 조 진사! (퇴장)

암전

12장   죽음으로 마을을 지킨 의병들

일월산 산길을 따라, 마을사람들 의병이 되어 나타난다.
어둠 속에서 의병들이 일사분란하게 움직인다.

의병들, 의병장 조 진사의 지휘 아래 느리면서도 빠르게 행동한다.
구도와 숙미는 칼을 들고 앞장을 선다. 노비 할미와 칠복이 의병들과
함께 싸운다.
의병들 장렬히 싸우지만 하나씩 죽어간다.

쓰러진 의병의 시체들. 그 사이로 조 진사, 구도, 숙미, 나타난다.
시체 사이로 조 진사 걸어 나오며

조 진사	전쟁은 끝났다… 이제 칼을 내려라… 구도야 이제 돌아가자.
구도	이제 어찌해야 합니까? 저에게 전쟁은 모든 것을 잃어버린 것입니다. 나라를 구한 자, 허울 좋은 벼슬아치이옵니까? 저 산과 계곡에 팔, 다리가 잘려 쓰려져 잠든 저들은 도대체 누구이옵니까?
조 진사	돌아가 보면 알게 될 것이다.
구도	노비가 무엇이 있어 칼을 들고, 아녀자들이 무엇이 있어 돌을 날랐으며, 민초들이 무엇이 있어 그들의 목을 이 산하에 뿌렸단 말입니까? (무릎을 꿇으며) 이제 아버님이 옳았습니다. 전 벼슬아치가 되지 않겠습니다. 과거급제의 꿈도 버리겠습니다.
조 진사	(위를 쳐다보며) 하늘은 언제나 저 위에서 내려다보는구나. 그들이 있어 이 나라를 구했으니… 분명 세상이 그들을 잊지 않을 것이다.

암전

13장 양민이 된 노비

산길, 상복을 입은 할미.
홀로, 머슴 칠복이 장사를 지낸다.

할미	휘이! 휘이! 칠복이 이놈아!… 잘 가거라! 좋으냐?… 좋으면 웃어야지. 웃어봐 칠복이 이놈아. 휘이! 휘이! 노비로 태어나 평생 설움과 매 맞으며 살았던 칠복이가 양민이 되었다! 왜놈 하나라도 목을 가져오면 양민이 된다고… 나라님이 하신 말씀 기억하느냐? 그래 이놈아! 네놈이 죽인 왜놈이 도대체 몇 놈이더냐? 넌 노비가 아니라 죽어 양민이 되었다… 휘이! 휘이!

숙미 나타나며,

숙미	할미! 슬퍼하지 마라!
할미	슬프다니요? 아닙니다. 아씨! 좋아서 웃음이 자꾸 나는 걸요. (웃음) 숙미 아씨! 전 이제 죽어도 여한이 없습니다. 고맙습니다. 숙미 아씨… 아씨는 저에게 어떻게 사는 것이 행복인가를 가르쳐주었습니다. 사람이 어떻게 살아야 하는지를…
숙미	난 돌아갈 곳이 없구나. 할미!…
할미	저기 하늘. 보이시죠. 기러기 떼가 날아요… 아씨. 전쟁 중에 무섭고 두려웠습니다. 하지만 노비로 태어나서 가장 행복한 시간이었습니다. 웬 줄 아세요? 나 스스로 했으니까요. 나 스스로 내가 할 바를 해보았으니까요… 고맙습니다. 숙미 아씨! 조 진사 의병장님을 따라 다니

며 처음으로 태어나 사람답게 살아보았습니다⋯ 전 이
제 노비가 아니라 양민입니다.

숙미   이제 할미는 어디로 갈 거야?

할미   가야지요⋯ 당연히 가야지요. 그럼 날 따라 오시겠소,
아씨?

숙미   어디?

할미   전 일월산으로 갈 겁니다. 짐승보다 못했던 노비, 칠복
이와 내가 가장 행복했던 조 진사 계신 일월산으로⋯
(퇴장)

숙미, 할미 따라 일월산으로 산길을 나선다.

사이

산길. 거지꼴의 한 선비, 들어온다.

한 선비   (헛웃음을 웃으며) 개가 되었다. 왕도 신하도 개가 되었
어. 나도 개가 되었다⋯ 전쟁은 끝났다. 백성을 버린 임
금이 무슨 명분이 있겠는가? 당파싸움으로 나라를 버린
관료들⋯ 무슨 명분이 있어 백성 위에 군림하겠는가? 어
느 누가 왕과 신하들을 따르겠는가? 부끄럽다. (퇴장)

14장   장 현감의 두려움

어둠 속에서 지화자 음악소리 들린다.

조명 들어오면 장 현감의 아비, 첩과 기생들과 춤추고 놀고 있다.

아비   (갑자기 심각해지며) 그만들 해라!

첩만 남고 기생들 들어간다.

아비   이런, 이런… 이 일을 우짤꼬? 전쟁이 온통 세상을 바꾸
어 놓았어. (갑자기 개소리를 내며) 개새끼들이 주인을
물고 있구만. 말세야. 말세!

첩   무슨 말씀인지, 대감마님?

아비   조선은 유교의 나라다. 전쟁에 공을 세웠다고 이놈 저
놈 날뛰니 기강이 서질 않아… 고얀 것들. 노비들이 작
은 공을 내세워, 노비를 면하게 해달라고 저리도 시뻘겋
게 설치니… 한번 노비는 영원한 노비! 이게 이 나라의
법이자 하늘인 것이야. 임금도 한번 임금이면 영원하듯
이… 하늘이 변할 수 있다고 보느냐?

첩   대감마님! 전쟁에서 살아온 것만 해도 하늘이 보호하사
우리나라 만만세 아니옵니까?

아비   이년아! 오직 너는 살아 있으면 되는 줄 아는 것이냐?
그러니 천한 것을 못 면한다.

첩	그럼 죽어야 좋은 것입니까?
아비	무식한 년! 살아도 잘 살아 있어야 그것이 진정 살아 있는 것이야.

장 현감, 술이 취해 들어오며

장 현감	아버님. 전쟁이 제 운명을 바꾸어 놓았습니다. (숨는 모습을 보이며) 아무것도 하지 않고, 도망만 다니다가 전쟁이 끝났습니다. 만고의 죄인, 아들이옵니다. 이 일을 어찌하면 좋겠습니까?
아비	시끄러! 지금 아비가 바쁘다. 날 밝으면 다시 보자.
장 현감	(화를 내며) 아버님! 아들이 이리 안절부절못하고 잠도 이루지 못하는데 아비는 여인의 살 속에서 무릉도원이옵니까?
아비	아직도 넌 멀었어… 배우려면 저 깊은 나락에 한 번 더 갔다 와야겠다. 이 아비 바쁘다.
장 현감	자식이 두렵고 비참하여 몸 둘 바를 모르는데… 아비는 여인 배꼽 위에서 지화자, 지화자! 한단 말입니까?
아비	이놈이! (첩을 안으며) 내가 전쟁으로 몸이 허했어. 몸보신 한다는데, 네놈은 마음에 안 드냐? …이놈아! 아직도 부족한 놈! 썩 꺼져라!
장 현감	(울며) 전쟁이 어찌하여 나를 이렇게 비참하게 만드는 것입니까? 다가올 후환이 두려워 앞이 보이질 않습니다.

아비   병신자식! 다 네 잘못이지 누굴 원망하느냐? 그냥 죽어라!

장 현감, 통곡한다.

장 현감   아버님의 경험과 고견으로 한번만 절 살려주십시오. 제발!

아비, 일어나며 아들에게 다가간다.

아비   물어보자 아들아⋯ 심장은 살아 있느냐?
첩   (웃으며) 심장이 없는 사람도 있습니까?
아비   (화를 내며) 시끄러! 고얀 년! 조금 잘 해주면 이것들은 나댄다니까. 입 다물고 손 들고 있어!

놀란 첩 무릎을 꿇고 손 든다.

아비   (현감에게) 두려우냐?⋯ 비참하다 하였느냐?⋯ 장 현감! 그래 넌 양심은 있냐?
장 현감   확실히는 모르겠습니다만 ⋯생각해 보니 (기뻐서 고함치며) 없습니다!
아비   그럼 됐다. 세상을 잘 살아가려면 그것만 없으면 된다. 이제 알았느냐? 어서 가봐!

장 현감 (감격하며) 과연 아버님이십니다. 저 하늘 먹구름 뒤로 밝은 빛이 보입니다. 과연 이조참판, 종2품 부원군의 고견이십니다. 그럼. (일어선다)

아비 네 나이가 몇이냐?… 바보 자식! 아직도 멀었다. 넌 잘못하다간 이 바닥에서 목 떨어질 날 기다린다.

장 현감 명심, 명심하겠습니다. (퇴장)

아비 (목소리 밝아지며 첩을 향해) 손 내리고 이리와. 손 올리라고 올리냐? 너도 아직 멀었다.

첩, 손 내리고 애교를 피운다.

아비 나에게 하나만 물어다오.

첩 무엇을 말입니까?

아비 양심이 있냐고.

첩 대감마님께선 양심이 있사옵니까?

아비 이년아! 내가 양심이 있었다면 이렇게 잘 살아 있겠느냐! (웃음)

다시 지화자 음악소리 들려온다.

암전

15장   조 진사, 고문당하다

어둠 속 조 진사의 비명소리, 조명 밝아지면, 조 진사 주리를 틀어 고문
당하고 있다.

이때, 분노에 찬 숙미 뛰어 들어오며

숙미   아버님! 진정 조 진사 나으리를 죽일 작정이옵니까? 그
              럼 나 또한 조 진사와 함께했으니 저부터 죽이시지요!

장 현감   무엇들 하느냐? 이 애를 치우거라!

숙미   아버님! 이러시면 안 됩니다. 백성들의 눈이 두렵지 않
              습니까?

장 현감   시끄럽다. 넌 이미 내 자식이 아니다. 이미 여자의 몸으
              로 남정네와 어울려 다녔으니 집안의 치욕이다. 부끄럽
              다! 어서 꺼져라!

숙미   진정 부끄러운 사람은 누구이옵니까? 아버님!

장 현감   네 이년!… 아버님? 아직도 모르느냐? 넌 이미 우리 장
              씨 집안의 여식이 아니다. 양반 가문의 자식으로 몸을
              더럽혔으니. 호적에서 파버릴 거야! 어서 꺼지거라!

숙미, 울며 나간다. 다시 장 현감, 조 진사를 심문한다.

장 현감   일개 버슬도 없는 진사 주제에 의병장이라고 국난의 혼
              란을 틈타 창고를 열어 국가의 재정을 마음대로 한 죄!

주리를 튼다.

조 진사 (비명소리) 차라리 죽여라!

장 현감 엄연히 반상의 질서가 있는 법, 감히 상것들을 데리고
양반을 부린 죄!

조 진사 (비명소리) 네 이놈! 여우의 꼬리도 네놈같이 변하질 않
는다. 하늘이 두렵지 않더냐?

장 현감 하늘?

갑자기 두려워하는 장 현감 하늘을 본다. 너무나 조용한 하늘.

장 현감 하늘이 왜?… 가만히 있는데. 저 대역죄인의 고개를 올
려 하늘을 보게 하라! 어서!

조 진사, 겨우 하늘을 본다. 주위 모두 하늘을 본다.

장 현감 날씨 좋다. 내일은 일월산 멧돼지 맛이라도 봐야겠다.
봐! 잘 봤지? 하늘이 왜?

이때, 너무도 조용한 하늘…

사이

조명 바뀌며 다시 전쟁터.

상처 입은 구도, 다급히 들어온다.

구도   아버님! 얼마 못 버틸 것 같습니다. 화살도 떨어지고 더
          이상 버틸 수 없습니다.

조 진사   현감의 관병들은 아직도 오지 않았느냐?

구도   이번에도 속았습니다. 관병은 보이지 않습니다. 현감 쥐
          새끼 같은 놈이 또 우릴 속이고 움직이지 않았습니다.

조 진사   상황이 불리하다면 다시 의병들과 일월산으로 후퇴하
          도록 하여라!

구도   네 아버님! (퇴장)

          사이

          침묵… 다시 심판장… 모두들 하늘을 보고 있다. 다시 조명 돌아온다.

장 현감   이제 헛소리도 하네. 그래 억울해서 그렇지? 억울하고
          분하고… 그럼 하늘을 봐. 원망을 해도 하늘 보고 해야
          지. (직접 고문을 가한다)

조 진사   (비명소리) 죽여라! 힘들다. 치욕이 더 힘들다!

장 현감   하늘이 왜 이리 조용하지! 이러면 안 되는데… 조용하면
          다시 울려라!

조 진사의 고문이 다시 시작된다… 조 진사의 비명소리. 현감은 하늘을 본다.

사이

길, 구도, 칼을 들고 분노하며 뛰어 들어오고,
그 뒤로 숙미, 말리려 따라온다.

숙미   안 됩니다. 구도 도련님! 참아야 됩니다.

구도   (울부짖으며) 무엇을 참아야 한단 말이냐? 지금 심장이 터져 피를 막아, 숨을 쉴 수조차 없는데… 세상에 이런 법은 없다.

숙미   억울해도 국법이옵니다. 기다려야 합니다… 그렇지 않으면 조씨 집안 모두가 역적이 되어 도륙됩니다. 기다려야 합니다. 하늘이 알고 있지 않습니까? 참아야 합니다.

구도   참이 죽고 거짓이 설치는 판국에 무엇이 집안이고 무엇이 법이냐? 나는 그럴 수 없다. 참을 수 없다.

숙미   안 됩니다. 아버지를 살게 하고 싶다면 참아야 됩니다. 도련님까지 죽일 순 없습니다.

구도   죽어 참이 살아날 수 있다면 내 한 목숨 아깝지 않다.

숙미   기다려야 합니다. 하늘이 조 진사 어르신의 누명을 벗겨 줄 것입니다.

구도 (뛰어 나가며) 하늘이 아니라 내가 누명을 벗기리라! (길무대 암전)

사이

장 현감 하늘이 너무나 조용하다. 이러면 안 되지… 무엇들 하느냐? 너무도 조용하다고 하질 않느냐!

다시 고문. 조 진사의 비명소리. 이때 마을사람들 고함 소리, 뛰어 들어온다.

마을사람들 조 진사 나으리를 살리시오!… 나으리가 죄가 있다면 우리도 죄인이오!… 의병장을 살리시오!

현감 아비, 심문장으로 뛰어 들어오며

아비 네 이놈들! 이 무슨 짓이냐? 당장 멈추어라! 지난 국난을 맞아 왜군과 맞아 싸운 의병장이시다. 당장 그만두어라!

장 현감 (놀라며) 아니 아버님… 왜 이러시옵니까?

아비 (마을사람들 눈치를 보며) 이런 법은 없소이다. 현감! 왜놈들도 죽이지 못한 조 진사를 우리가 이리하면 안 되는 것이오!

장 현감 아버님. 제가 무슨 조 진사에게 나쁜 감정이 있어 이러는 것이 아니질 않습니까? 준엄한 국법이옵니다. 전쟁으로 무너진 나라의 기강을 다시 세우고자 내려온 지시를 집행하는 것입니다. 아버님 물러서시지요.

아비 현감! 죽일 죄인이라 하더라도… 우리가 죽을죄를… 대죄를… 덮어주도록 합시다. 내가 주상전하에게 청하리다. 임금께서도 용서하실 거외다. 어서 조 진사를 풀어주어라. (마을사람들 눈치를 보며) 내 윗전에는 내가 이 사람이 전 이조참판 부원군대감이 다 알아서 하도록 할 것이야.

장 현감 (마지못해) 풀어주어라!

구도, 숙미 들어오며 조 진사를 부축하여 나간다.

마을사람들 (퇴장하며) 조 진사 나으리가 살았다!… 의병장이 살아났다!

아비 (소리에 눈치 보며) 조 진사… 내가 풀어주었네. 내가 말일세!

남은 장 현감과 아비.

장 현감 갑자기 왜 이러십니까? 아버님은 어찌하여 이 기회를 놓치옵니까? 조 진사가 살아 있으면 제 꼴이 뭐가 됩니까?

항상 아버님은 기회를 놓치지 말라고 저를 가르치지 않았습니까?

아비   (정색하며) 부족한 놈. 아직도 넌 멀었어. 저 어리석은 것들을 어떻게 부리는지를 아직도 몰랐어? 어찌할꼬… 생색! 생색이 무엇인지 아느냐?

장 현감   생색?

아비   한 손엔 몽둥이. 한 손엔 고약이다. 이놈아 알겠느냐?… 아랫것을 다룰 때는 적절하게 이 양손을 모두 다 써야 우리가 길게 갈 수 있는 것이야. (아들에게 귓속말로) 네놈도 이제 한양으로 가야 하질 않겠느냐? 그러려면 이럴 때 생색을 내고. 공덕비 하나는 만들고 가야 하질 않겠느냐?… 공덕비!

장 현감   공덕비? (웃음) 졌습니다! (무릎을 꿇으며) 아버님! 도대체 이 높은 경지는 어디에서 오는 것입니까?

아비   너 혹시 아직도 가지고 있는 것 아니냐?

장 현감   무얼 말입니까?

아비   양심! (암전)

16장   다시 일월산으로

산길, 조 진사, 고문으로 겨우 걷는다. 숙미가 지팡이로 끌고 구도는 뒤를 밀며 함께 간다.

구도	(걸음을 멈추며) 아버님 이제 우리는 어디로 가야 합니까?
조 진사	가자 일월산으로…
구도	억울하여 발길이 떨어지질 않습니다. 우리가 무엇을 잘못하였기에… 세상이 원망스럽습니다.
조 진사	원망하지 마라. 이 애비의 운명이 이러할진대… 세상을 원망한들 무슨 소용이 있겠느냐.
구도	억울하지 않습니까. 아버님은?
조 진사	일월산이 여전히 아름답구나. 저 계곡은 우리 의병들이 칼을 씻었던 곳이구나… (감정이 격해지며 고함친다) 도…천!
구도	내 분명 아버님 복수를 할 것입니다. 잊지 않을 것입니다.
숙미	죄송합니다. 저의 집안으로 인해 조 진사 어르신이 이렇게 된 것 용서하세요.
구도	당신은 이제 돌아가시오. 난 이제 장씨 집안과 원수가 되어 싸울 것이오.
숙미	제가 갈 곳이 어디 있겠습니까? 어르신을 따르겠습니다.
구도	당신과 우리가 어찌 같이 있을 수 있단 말이요. 어서 가시오.

숙미, 산을 내려가려고 발길을 옮긴다.

조 진사　숙미야! 같이 가자.

숙미, 다시 조 진사와 함께 길을 간다.

구도　(슬픔에 잠겨) 아버님!

암전

17장　민심이 죽어가다

산길. 한 선비 한양 가는 길, 힘없이 걸어간다.

한 선비　구름이 하늘을 가려, 온 산하가 어둡구나. 바람은 어찌
하여 이리도 춥단 말인가?… 내 임금의 부름을 받아 다
시 한양으로 가는 길. 무엇을 해야 하는가?… 전쟁은 끝
났으나. 굶주린 백성들이 말라 죽고, 얼어 죽어가는데,
난 도대체 무엇을 하였단 말인가?… 부끄럽다. 부끄러
워 어이할꼬? (퇴장)

평면 무대
너무나 조용한 일월산

구도, 생각에 잠겨 있다.

숙미   (나타나며) 구도 도련님! 아직도 분노가 가라앉질 않습니까?

구도   숙미야. 너와 나의 운명이 전쟁으로 이리도 기구하단 말이냐? 잠을 자도 눈을 감았는데 눈동자는 깨어 있고, 이 가슴은 점점 먹먹하니 아무것도 담을 수 없구나.

숙미   제가 우리 아비를 대신하여 용서를 빕니다.

구도   네가 무슨 죄가 있느냐? 죄가 있다면 우리 모두가 거짓을 안고 사는 게 죄이거늘… 나 홀로 삭아 내릴 분노라면 이것도 다 나의 운명인걸… 너는 괘념치 마라!

조 진사, 다리를 절며 나타난다… 눈이 어둡다. 구도, 아비의 모습을 보곤, 차마 보지 못하고 나간다.

조 진사   (기침소리, 병색이 완연하다) 숙미야!

숙미   네 어르신!

조 진사   너의 고생이 심하구나. 지난 왜란 때 왜군의 총에 맞았던 상처가 잘 낫질 않는구나.

숙미   아닙니다. 어르신. 의병장이셨던 분을 우리 아비가 고문까지 했으니… 제가 어찌해야 할지…

조 진사   네가 무슨 잘못 있느냐. 버려라. 내 복이 여기까지인 걸 무엇을 탓하겠느냐?… 지난 전쟁에 수많은 사람들이 죽었다. 나야 이렇게라도 살아 있지 않느냐? 살아남은 자들… 어느 누군들 상처로 아프지 않는 사람들이 있겠느냐. 아비가 죽고 자식이 죽었다… 구도야! …구도는 무얼 하는지?

숙미 어르신? 걱정이옵니다. 구도 도련님이 상심이 큰가 보옵니다.

조 진사 아직도 세상을 이해하기가 쉽진 않을 것이야… 구도보다도 굶주린 백성들이 걱정이다… 어찌 마을사람들이 보이지 않는다… 또 무슨 일이라도 있는 것이냐?

숙미 어르신!… 아랫마을 소문이 좋질 못합니다.

마을사람들의 힘겨운 소리 들려온다. 암전.

18장 읍내성을 만드는 백성들

마을사람들 읍내성을 만드는 부역장, 힘겨운 노동이다.
장 현감의 다그치는 고함 소리.

장 현감 이놈들아! 어찌하여 부역에 나온 놈들이 이것밖에 되질 않느냐?… 남정네들은 보이지 않고, 어찌하여 겨우 보이는 것들도 이 모양들이냐? 죄다 늙은 시체들뿐이지 않느냐? 지집년들은 어찌하여 이리도 빌빌대는지… 힘을 써라. 빨리 읍내성을 지어야 되질 않느냐? 이리하여 언제 이 일을 마무리할 것이냐?

마을사람1 전쟁 때 우리 서방님은 죽었습니다.

마을사람2 우리 아이는 병신인지라 제가 대신 나왔습니다.

마을사람3 전쟁으로 살아남은 남정네들은 씨도 안 보이고… 살아남은 자들도 다들 병신인지라. 각 집에 대신하여 아녀자들이 부역에 나온 것입니다요.

장 현감 네 이놈! 온 나라가 전쟁복구를 위해 총력을 벌이고 있는 마당에… 남정네들이 집구석에서 나오질 않아? 고얀 깃들… 다리가 없으면 기어서라도 나와서 부역에 참가해야 백성의 도리거늘… 당장 그들을 잡아오너라. (퇴장)

다시, 마을사람들 노동과 배고픔으로 바닥을 긴다.

마을사람1 배고파 죽겠습니다.

마을사람2 난 밥 구경 못한 지 사나흘이요.

마을사람3 다들 죽을 판인데, 갑자기 읍내성을 쌓아서 무얼 한단 말이냐구.

마을사람4 전쟁통에 살아남아 부역으로 죽겠네.

마을사람1 밥은 먹이고 일을 시켜야지.

마을사람2 난 내일 도망갈 거야.

마을사람3 나도 산에서 가서 산적이나 될라네.

배고파 지쳐서 기어 다니는 마을사람들.
장 현감 다시 나타나 다시 재촉한다.

장 현감 이것들아 어서 발을 놀려라. 아직도 이 일을 마치지 못하면 어찌하느냐? 이런 불충이 어디 있느냐? 이래 가지고서야 나라에 충성하고 임금을 모시는 백성이라 할 수 있느냐? 오늘 횃불을 밝혀 밤새 일을 하도록 하여라! (퇴장)

밤이다. 아직도 마을사람들은 힘들게 노동한다. 이때 구도 나타나 소리친다.

구 도 임금의 하늘은 무엇이요? 바로 백성이요. 백성의 하늘은 무엇이요? 바로 밥입니다.
먹어야 살고 살아야 임금도 있고 나라도 있는 것이요.
일어서야 합니다. 일어서서 외쳐야 합니다.

마을사람들 힘없는 백성이 무엇을 할 수 있습니까?
우리 무엇이 있습니까?
아무것도 할 수 없는 백성이옵니다.

구 도 모두들 고함치시요! 백성이 있고 나라가 있음입니다…
소리쳐야 합니다. 외쳐야 합니다.

마을사람들 (일어나며) 백성이 있고 나라가 있다! 살리시오! 백성을 살리시오!

배가 불려야 백성이다! 읍내성, 공사를 중지하라! 공사를 중지하라!

장 현감을 죽여라! 장 현감을 죽여라!

구도의 선동으로 마을사람들 반란이다. (퇴장)

아비 (뛰어 들어오며) 현감! 이 무슨 소리냐!

장 현감 아버님! 큰일 났습니다. 저 소리가 들립니까? 부역자들이 갑자기 돌변하여 미처가고 있습니다.

아비 (정색하며) 뭐라? 이놈들이… 반란이라도 일으킨다 말이냐? 나쁜 것들…

장 현감 지난 왜란 때 읍내성이 무너졌잖아요. 이때 공을 세워야죠. 그래서 무너진 읍내성을 고쳐야 하거늘… 그리하여 공덕비라도 세우고 한양으로 가야 할 것 아닙니까? 안 그래요? 아버님! 저들을 어찌할까요?

마을사람들 (소리) 불이야! 불이야! 읍내성이 불에 탄다!

아비 막아라! 조기에 막지 않으면 큰일난다.

장 현감 어떡해요? 말로 할까요? 아니면 그냥 확 다들 쓸어버릴까요?

아비 여기 물이 있다. 목이 말라 마셔야 하는데… 이런 이런 벌레가 들어 있어. 버리겠느냐? 아니면 그냥 마시겠느냐?

장현감   확 버리고 새로 떠 오죠 뭐!

아비   버리면 물은 더 이상 없다. 어떻게 해야 하느냐?… 벌레만 버리면 마실 수 있다. 백성은 잘 다루어야 한다. 겁을 주더라도… 도망갈 구실은 만들어라. 그리고 반드시 할 일이 있다. 한 놈만 잡아라! 한 놈만 말이다. 그럼 어리석은 백성들은 겁을 낸다. (퇴장)

사이

장 현감에게 잡혀 고문당하는 구도. 구도의 신음소리

장현감   나쁜 놈! 지난 몇 달을 백성의 힘으로 세운 저 읍내성을 네놈이 불을 질러 무너뜨렸으니 물어내 자식아! …네가 다시 만들어. 이 자식아! 못 만들지? 네가 어떻게 만들어? 그럼 넌 반란의 괴수다! 역적! …저 읍내성이 누구 것인지 모르지? 바로 왕의 것이야. 넌 인제 죽어야 해. 알아? 넌 역적! 역적이다… 저놈을 가두어라! 도포사가 오면 처형하도록 할 것이다.

암전

19장 권세는 땅으로 오고 민심은 하늘에서 운다

어둠 속에서 일월산에서 죽은 의병, 혼령들 소리 들려온다.

혼령의 무리 진정 백성을 살린 이는 누구인가?…

왕도 버린 백성을 누가 살렸는가?…

도탄에 빠져 나라를 버린 자들이 다시 우리 위에 군림하는가?…

조명 들어오면, 도포사로 온 한 선비 앉아 구도를 심문 중이다.

도포사 왕명이니라! 전쟁복구사업을 방해하여 왕명을 어긴 죄! 참형이다!

교지니라! 어리석은 백성을 선동하여 반란을 일으킨 죄! 참형이다!

너는 어찌하여 어리석은 백성들을 데리고 현감이 만든 읍내성을 부쉈는가?

…저자가 실토할 때까지 고문을 가하라!

구도, 신음소리… 쓰러진다.

수행관 도포사 나으리. 정신을 잃었습니다. 어찌할까요?

도포사 …

수행관   (구도의 가슴에 귀를 대어보며) 절명은 아니고… 심줄 이 떨어진 것 같습니다.

도포사   모두들 물러나라. 반란의 괴수인 만큼 실토가 만만치 않을 터… 오늘은 이만하고 모두들 수고하였다. 물러나라!

둘만 남은 심판장… 도포사 하늘을 쳐다본다.

사이

산길,

통분한 조 진사, 비석에 글을 새기며 소리친다.

조 진사   아들아!… 구도야! 바다로 흘러가는 천파만류의 물도 재를 넘지 못하고, 울창한 천지만엽의 나무도 그 심상의 뿌리를 끊으니 말라 죽는구나. 구도야! 내 아무것도 할수 없어 하늘만 한탄하구나. 아들아! 구도야! 우리의 한을 여기에 담아… 비석에 새기노라! (퇴장)

사이

도포사 하늘을 보다 쓰러진 구도를 일으켜 앉힌다.

도포사   구도 형님! 절 알아보시겠소? 많이 상한 것 같습니다. 이렇게 만나게 될 줄… 나 역시 마음이 상합니다.

구도	(깨어나며) 한숨 잘 자고 일어나니 세상은 어둠인데, 그대의 낯빛은 달빛마냥 밝게 빛났구나.
도포사	반란이라뇨? 참을 수 없었습니까? 아니면 이 길밖에 없었습니까?
구도	내가 가야 하는 길은 이미 정해진 길. 바꾼다고 사람과 길이 달라지겠는가?
도포사	내일이면 죽을 목숨… 미련도 없소? 어리석소, 아니면 이미 이 세상 사람이 아니요?
구도	날 그리 높게 봐주니 고맙구려… 이미 지난 전란에 죽은 목숨. 덤으로 살아 그때 죽은 의병들… 사라진 풀빛의 의병들이 저쪽에서 손짓하는데 내 무엇이 두렵다 말인가… 어서 가고 싶다… 그들을 만나러…
도포사	어명입니다… 아무것도 할 수 없는 내가 부끄럽습니다. 아무것도 할 수 없는 내 처지가 너무 궁색하여 무슨 말을 해야 할지… 차라리 이 옷이 무겁고, 답답하여 벗어던지고 싶습니다.
구도	마음에 두지 마라. 네 잘못이 아니지 않는가? 자네의 손길이 마지막 길손의 배웅이 되었으니, 아프면서도 편안하다. 오히려 내가 고맙기도 하구만.
도포사	이게 우리의 인연이었소? 아니면 우리의 운명이 원래 이리 정한 것이요?… 하늘이 원망스럽습니다.
구도	하늘의 일은 하늘이 하는 것이고 사람의 일이 무얼 대단하여… 그저 여기까지 아닌가?

도포사   내일이면 참형입니다. 난 왕명을 전달하는 사람. 내가 할 수 있는 것은 아무것도 없소.

구도   (웃음) 날 위해 하나만 해 줄 수 있는가?

도포사   무엇입니까?

구도   한번만 날 안아주구려.

도포사   차라리 살려달라고 하세요. 그럼 내가 한양에 고하리다. 내가 날 버리면 어쩜 살릴 수도 있지 않을까요?

구도   나 때문에 훌륭한 인재가 누명이라도 쓰면 어찌하려고… 그냥 내 가슴에 남은 대장부가 하나 있어… 마지막 길. 내 넋두리를 들어주구려. 그것만으로도 충분하네.

도포사, 두건을 안으며 통곡한다.

구도   장부로 태어나 세상에 크게 한번 외쳐보지도 못하고… 이리 죽어야 한다. (웃음) 아버지! 내가 무엇을 했단 말입니까? 차라리 눈을 막고, 귀를 막고 살았더라면… 아무것도 알지 못하는 일자무식으로 살았더라면… 내가 무엇을 했어야 합니까? 가만히 있어야 합니까? 세상을 향해 소리친 것이 이리도 큰 죄이옵니까? … 왜? 입을 닫고 침묵해야 합니까? … (울음) 하늘은 왜 이리도 조용합니까? 난 하늘로 가고 싶지 않습니다. 침묵하는 하늘… 내가 싫습니다. 죽어 하늘로 가고 싶지 않습니다… 아버지!

구도 절명한다. 이때 산길에서 숙미, 상복 차림으로 걸어 올라온다.

숙미   도련님 억울합니다… 억울하여 울음도 나질 않습니다. 무엇이 참이고 거짓이란 말입니까? 전쟁으로 만나 가족이 되었습니다… 여자로 태어났다 하여 세상을 보지 못한다면, 죽느니 못하고, 양반이 무엇이기에 거짓으로 살아야 한다면 차라리 죽느니 못하고… 자유를 가르쳐 준 사람. (치마를 접어 얼굴을 감싸안는다) 몰랐습니다. 진정 모르고 있었습니다… 한 사내가 있어 한 여자가 사모했음을… 기다리시라! 기다리시라!

숙미, 계곡 아래로 떨어진다. 조 진사의 비석을 새기는 정 소리는 산을 울린다.

암전

어둠 속에서 죽은 의병들의 혼령소리 들린다.

혼령의 무리 진정 백성을 살린 이는 누구인가?…
           왕도 버린 백성을 누가 살렸는가?…
           도탄에 빠져 나라를 버린 자들이 다시 우리 위에 군림하는가?…

조명 들어오면

장 현감 꿈인지 생시인지 놀라 잠에서 깬다.

장 현감 (화를 내며) 네 이놈들! 조용히 하지 못할까! 여봐라! 저
          놈들을 잡아라!

아비   (나타나며) 저 소리가 널 괴롭히느냐? 어리석은 놈아! 백
          성의 소리가 듣기 싫어서 어찌 벼슬아치가 되었을꼬?… 왜
          저 소리가 널 괴롭힐꼬?

장 현감 아버님은 저 소리가 들리지도 않습니까? 어찌 이리도
          무덤덤하시옵니까?

아비   저 소리가 듣기 싫으면 귀를 막아라! 그럼 된다. 저리도
          심성이 약해서야 어찌할꼬?

이때, 왕의 어명을 가진 전령의 말소리 들린다.

전령   어명이다! 장 현감은 무릎을 꿇으라!

장 현감 (겁낸다) 어명이라고 합니다… 아버지, 어명입니다… 혹
          시… 귀향! 아니면 사약!

아비   (담담하다) 부족한 놈! (퇴장)

전령 말을 타고 와 어명을 전한다… 이때 구도, 목이 걸린다.

전령   짐은 지난 전란에 백성들과 함께 공을 세운바, 또한 빠

르게 읍내성을 복구하여 방비를 튼튼히 하고 민란을 조
기 수습한 공신으로 장수복, 문필현감을 한성판윤으로
임명하노라. 어서 한양으로 와서 날 보좌하라!… 라고
하는데요. (퇴장)

장 현감 (감격하여) 성은이 망극하옵니다.

아비, 공덕비를 들고 나오며

아비 이놈아! 네놈 같은 놈들이 왜 잘 살아남는지 아느냐?
네놈의 목이 왜 아직도 잘 붙어 있는지… 그 이유를 아
느냐? 세상이 왜 이런 줄 아느냐 말이다?… 세상은 말
이다. 빛과 어둠이 언제나 함께하는 법. 그런데 고맙게
도… 어리석은 백성들이 빛은 보지 못하고, 오히려 어둠
속에서 시커먼 어둠을 보고 살려달라고 소리친다. (호쾌
한 웃음소리) 언제나 어둠이 깊으면 거짓을 찾는 법이
지. 그래서 우리 같은 자가 언제나 살아남지. (뒤로 물러
나며 정중하게) 무엇 하시는지요? 어서 이 고을에 영세
불망비, 공덕비를 세우고 어서 한양으로 떠나야 하지 않
겠소. 어서 가시죠! 한성판윤! 대감마님!

장 현감 어…험! 한…성…판…윤! 대…감…마…님!

장 현감과 아비 퇴장하고… 무대엔 공덕비만 남는다.
암전

20장 하늘로 가는 길

깊은 밤… 초라한 상여행렬이다.

구도와 숙미는 합장되어 장례를 치른다.

조 진사, 침묵 속에 머리를 풀고 앉아 있다.

조 진사   무엇을 운명이라고 하는가. 무엇을 인연이라 하는가. 무엇이 참이란 말이냐. 무엇이 거짓이란 말이더냐? 나 평생 글을 읽어 선비라고 하였으나, 이제 와서 보니 아무것도 알지 못한 바보천치가 아니더냐. 지난 세월이 허무하여 내 이리 한탄하는 것이랴… (일어나며) 내 이제 밝히리라! 거짓이 흘러넘쳐 참을 가린 세상. 내 분명 밝히리라! 참이 땅에 묻혀 잊혀져 버린다고 해도… 비록 긴 세월이 흐른다 하여도… 내 언젠가 밝히리라!

조 진사, 상여 앞으로 간다.

조 진사   내 이제 그것을 하리다… 이제 가자. 아들아! 일월산으로 가자… 불쌍한 숙미야!

조 진사, 조용히 일어나며 상두꾼이 되어 나아간다. 뒤로 마을사람들, 상여 뒤를 따른다.

조 진사   (소리) 일월산 산신령님 받아주시오. 천년의 뿌리 무리 목도 반기시오!

건곤일척 한 필의 이 몸을 받아주시오. 천년을 두고 이 은혜 갚으리다!

숙미와 구도 (소리) 하늘이 무엇이건대 이리도 무심한가! 사람이 무 엇이건대 이리도 허무한가!

할미   (소리) 하늘이 버린 사람 하늘이 거두시오!

마을사람들 (소리) 시요 시요 감(感)을 시요. 시요 시요 심(深)을 시 요…

소리들은 일월산을 울리고 사라진다.

암전

에필로그 - 일월산 잊혀진 무덤

산길, 초라한 모습의 한 선비 걷고 있다… 무대 위엔 장 현감 공덕비 홀로 빛난다.

한 선비   산은 험할수록 아름답구나… 지난날 과거 길을 따라 이 길을 걸었으나. 지금은 아무것도 없는 귀향길이로다…

공덕비!… 거짓은 저곳에 있는데, 진실은 어디로 갔단 말인가? (웃음소리와 함께 퇴장)

이때, 현재의 도천할멈 리어카를 끌고 나온다.
할멈의 리어카에 탄 일월산 혼령들… 노랫소리

할멈의 무리 풀뿌리 하나라도 함부로 하지 마라… 고시랑 고시랑
죽은 지아비 목 메이던 할미 망부석 되어 기다린다… 고시랑 고시랑
갯여울 하나라도 함부로 하지 마라… 고시랑 고시랑
피눈물 흘린 할아버지 칼 맞고 쓰러진 곳… 고시랑 고시랑
쉰 바윗돌 하나라도 함부로 하지 마라… 고시랑 고시랑
이름 모를 의병장이 울부짖던 바위라네… 고시랑 고시랑
도천할멈 훠이! 훠이!

어둠 속에 무덤이 열리고, 숙미, 구도 나란히 서 있고, 허리가 구부러진 조 진사, 초라한 비석을 안고 서 있다.

숙미 일월산의 바람이 너무나 차갑습니다.
구도 장부의 꿈이 한낱 바람이 되었소!
숙미 사라짐은 두렵지 않으나… 거짓이 잊혀질까 두렵습니다. 무엇이 참인지 바른 것인지 하늘만이 알까요?
구도 하늘도 아니고 땅도 아닐 것이요. 바로 사람이 알아야

그것이 진실이요. 참일 것이요.

구부러진 허리를 펴며 일어난 조 진사

조 진사 하늘이 여전히 내려다본다면⋯ 언젠가 이 시신도 일어
나리라! 그때 번뇌와 울분을 담아 한잔 술을 올리리라.

도천할멈 휘이! 휘이!

이때, 포크레인 소리 들리며 건설업자, 장수복 나타난다.

장수복 할머니! 공사장에 빈 수레 치우세요! (무덤을 쳐다보며)
그래 저 무덤을 밀어버려라! 모든 것을 덮어라!

장수복 나가려다가 다시 돌아오며

장수복 진실? 지금 나에게 진실이라고 했습니까? ⋯진실은 말
입니다. 현재 우리가 원하는 것이 무엇이냐가 진실 아닙
니까? ⋯여러분은 무엇을 원했습니까? ⋯다 잘 먹고 잘
살면 된다면서요? 진실이고 나발이고⋯ 안 그래요? 모
든 것은 당신들이 바라는 대로 이루어진다는 것. 누굴
원망합니까? 여러분이 원하는 것!⋯ 모든 것을 덮어라!
(퇴장)

무덤 조명 천천히 사라진다.

도천할멈   훠이! 훠이!

수레 위의 혼령들 춤을 추며 사라진다.

암전.

나 무 목 소 리 탁

2012.4.13-4.14 부산시민회관 소극장
출연진: 유상흘, 이동희, 양성우, 권혁철, 박지영, 송민정, 이정민,
이수정, 김준섭, 김하연

2013.7.2-7.4 부산시민회관 소극장

2013.7.16 통영시민문화회관 대극장

2013.10.15-10.17 대학로 소극장
출연진: 유상흘, 이동희, 양성우, 이정비, 송민정, 이수정, 이정민,
구미석, 권혁진, 김기경

프롤로그

수족관이다. 물고기 형상의 사람들.

유영한다. 모두들 신이 난 듯 흥겨운 몸짓이다. 음악은 없다.

한 편에 민우의 도마 위로 칼 소리 잔인하다.

민우   제일 먼저 목장갑을 낀다. 칼은 사시미 칼! 날이 잘 들어야 한다. 아니면 사람이 다친다. (도마를 내려침) 자 오늘은 무슨 고기가 좋을까? 그래 돔이다. 줄돔. 시마다이… 작은 것이 맛있지. 줄무늬 귀여워. 도마에 물기가 없어야 돼. 난 나무도마가 좋아. 깨끗한 행주를 꼭 준비한다. 자 이제 시작해 볼까? 먼저 고기를 기절시켜야 돼. 머리와 눈 사이를 칼등으로 내리친 다음 칼로 머리를 자른다… 빨간색! 피를 먼저 제거하고, 내장을 훑어내야지… 쓸개는 필히 제거할 것… 뭐 쓸개가 어디 있냐구? 쓸개 없는 자식! (웃음) 이것 보여? 간 옆에 파란 구슬… 조심하라구. 매운탕에 들어가면 맛 버린다고. 다음 물로 깨끗이 씻고, 행주로 물기를 제거한 다음, 깨끗한 도마 위에 회를 뜬다. 자, 등뼈에 딱 붙여서… 쭉… 꼬리 부분에서 스톱! (계속 일을 진행한다)

음악이 흐르고… 물고기 형상 무리 사이로, 민우 아버지 고씨 나온다.

고씨	아들아!… 아들아!
민우	아들이라고 부르지 마세요!
고씨	민우야, 와야 한다. 이 아비가 꼭 너에게 해야 할 말이 있어.
민우	싫습니다. 난 아버지를 보고 싶지 않습니다.
고씨	네놈이 오기 싫은 것 다 알아… 나에게 듣고 싶은 말 있잖아. 해 줄게.
민우	잊었습니다. 이제 알고 싶지도 않습니다.
고씨	(퇴장하다가 돌아보며) 마지막이야. 민우야! 이놈아… 한번… (기침소리) 아비 보러 와라. 너에게 말해야 돼. 꼭… (뭔가에 쫓기는 아버지, 퇴장한다)
민우	나는 나고 아버지는 아버지입니다. 그곳에는 다시 가고 싶지 않습니다. 절대로…

물고기 형상들 민우에게 다가간다.

민우	사라져! 이것들아!

(소리) 나무 목! 소리 탁! (암전)

170

1장　횟집

조명 들어오면 민우 청소를 하며 티브이 뉴스를 보고 있다. 일가족 모두 동반자살, 살인사건 등 암울한 이야기들이다. 이때 들어오는 영란, 만취 상태다.

민우　장사 끝났습니다.

영란　아저씨 나 혜리야, 나 몰라? 밤 문화의 전설, 혜리! 내가 손님 많이 데리고 온 단골이잖아. 지금 나 무시하는 거야? (의자에 앉으며) 세꼬시. 뼈 바르지 말고, 아주 뿌드득 씹을 수 있게… 알지? 먼저 소주 일병!

민우　가라! 영업 끝났다.

영란　왜 이러셔? 손님은 왕이라고… 어서 가져와. 안 가져와? 어쭈… 개기네. 그럼 내가 하지. (영란, 민우의 칼을 뺏으려고 한다)

민우　안 꺼져, 이년아! (소리 탁! 암전)

영란의 울음소리. 다시 조명 들어오면 신세타령 중이다.

영란　아저씨… 나 이제 보고 싶어도 못 봐… 웬 줄 알어? 응? 나 있잖아, 여기 뜬다. 아니지 팔려가지. (웃음) 섬으로… 섬으로… 팔려 간다고… 알어? 섬으로…

민우　빨리 먹고 가라… 나 좀 조용히 있고 싶다.

영란   남자가 의리 없게… 나, 섬으로 쫓겨 간다고… 십팔. 땡
          땡땡! 내 인생 종쳤어. (졸면서) (종소리) 종이 울리네.
          꽃이 피네.

          노래하다 잠든 영란,
          부분 무대 동네사람들 등장, 의문의 여인 등장.

사람1   고씨 인생도 종쳤어. 자식까지 저 모양 저 꼴이니… 고
          씨도 참 복도 없는 사람이야.
사람2   나 같으면 부끄러워서 이 동네 못 산다고… 안 그래?…
사람1   아니 세상에 저런 놈이 다 있냐고?
사람2   아주 깡패 같은 놈이 학생들을 개 잡듯이 패가지고 학
          교가 난리가 났어.
사람1   옛말에 씨는 못 속인다고… 지 애미를 닮아서 그래. 소
          문 들었지. 지 애미가 다른 놈이랑 바람피워서… 어느
          날 사라졌잖아.

          고씨 나타나며

민우   아버지 뭐냐고요? 얘기 좀 해 주세요. 나만 모르는 사
          실… 진짜 뭐냐고요?
고씨   네 이놈아. 야 죽일 놈아! 꺼져 이 섬을 떠나란 말이야…
          제발 너 죽었으면 좋겠다. 나 너 싫다.

민우 저도 죽고 싶다고요. 싫어하는 것 좋다고요. 네 그래요. 쫓아내지 않아도 내 발로 이 섬을 떠나고 싶다고요. 그런데 내 머릿속에 눈만 감으면 나타나는 저건 뭐냐고요? 내 엄마예요?

고씨 엄만… 죽었다.

민우 어떻게요? 동네사람들은 왜 절 보고 손가락질하는 거죠? 왜 저만 보면… 뒤에서 쑥덕거리는 엄마 이야기. 아버진 엄마에 대해 한 번도 말이 없었어요. 왜죠? 엄마 이야기만 해 주면 이 섬을 떠난다고요. 절대로 오지 않겠습니다.

고씨, 퇴장한다.

민우 (고씨 나가는 모습을 보며) 뭐냐고요? 난 아무것도 모르는… 내가 누군 줄도 모르는… 저도 죽고 싶다고요.

부분 무대 조명 아웃

영란 (깨어나며) 죽을 거야… 나 내일 되면 죽을 거라고… 나 이제 이 바닥에서 퇴물이야. 있잖아, 손님새끼들이 날 뺀치 놓는다… 이 혜리년을 몰라보고, 날 몰라보고 말이야… 알지? 작년까지만 해도 나 보고 싶다고 손님새끼들 줄 섰던 것… 날렸잖아… 이거 한 코 먹겠다고… 개새끼들… 아직도 이리 싱싱한데… 왜 그렇게 쳐다봐?…
(웃음) 아저씨 꼴렸구나… 왜 한번 줄까?… 봐 아직 싱
싱하지? 술값이랑 퉁 칠까?

민우   많이 취했다. 가라! 어서.

영란   (갑자기 울먹이며) 오빠 돈 많지? 나 좀 사라 오빠가…
그러면 안 돼?… 나 좀 사라고… 그리고 날 회를 쳐 먹
든지… 매운탕을 해 먹든지… 오빠가 날 사라고 시팔놈
아!… 나 뭐야? 죽으면 지옥 갈 거야 그지? 웃음 팔고
술 팔고… 몸 팔고…
(갑자기 울며 술주정이 심해지며) 빚이 많아서… 일수에
빚이 늘었다고 마담이 넘긴대… 섬으로 보내 버린대…
오빠… 나 그냥 팍 죽어버릴까?

민우   죽든지 말든지… 어서 꺼져!

영란   나 죽을 거야. 죽을 거라고… 야 새끼들아!

민우   죽든지 말든지 네 인생 네가 알아서 해! 꺼져!

나무 목 소리 탁! (암전)

2장   횟집 요리사

민우, 열심히 횟감을 다듬는다.

민우　죽음? 즐거움이다. 한 생명의 입맛을 위해 이것들이 춤을 춘다. (칼 소리) 이 생명은 무엇인가? 비극이다. 머리가 잘려나가고, 배는 갈라지며… 이 칼로 산산이 사라지는… 이것들은 무엇인가? 자, 이 살점 한입에 요리되어 이 칼맛을 보리라. (탕, 칼 내리치는 소리) 이 소리에 날리는 아우성, 아름답다. 사랑이다. 인간의 입맛이 되어 사라지는 황홀한 저 비명!

스님, 목탁을 치며 가게로 들어선다. 민우는 열심히 칼질을 하고 있다. 도마 소리와 목탁 소리는 점점 조화를 이룬다. 두 소리는 점점 빨라지다가 딱 멈춘다.

민우　(칼을 내려놓으며) 뭡니까?

스님　나무아미타불!

민우　스님 박자가 안 맞잖아요. 목탁 소리도 제대로 못 내면서 빡빡머리에 그 옷만 입으면 중이 됩니까? 가세요! 어서요! 자 이거 받고 가세요!

동전을 주는 민우. 탁발승, 절을 하며 다시 주문을 외운다.
민우, 화가 나서 목탁을 뺏는다. 그 순간 목탁이 부딪혀 소리가 나자 민우, 잠시 멈춘다.

민우　(목탁을 두드리며) 이 소리와 내 칼 소리가 비슷하네.

스님 같을 수도 있고 다를 수도 있지…

민우 뭐가요? 뭐가 같고 뭐가 다르다는 겁니까?

스님 당신이 더 잘 아는 것 같은데… 하나는 죽이고 하나는 살리고…

민우 알긴 뭐 알아요. 그냥 한번 만져봤지. 자 돌아가세요!

스님 잠깐!…

스님 아무 말 없이 민우의 머리카락에서 무엇인가를 떼어낸다.

민우 뭐요?

스님 (입 바람으로 날리며) 당신 머리 위로 떠다니는 하얀 먼지….

이때, 의문의 여인 지나간다. (소리 탁!)

민우 (허공을 향해 소리친다) 내 상념 속에 나타나는 당신은 누구냐고요?

다시 횟집 조명 밝아지고, 스님 목탁을 두드리며

스님 머리 위로 떠다니는 저 하얀 먼지, 네 귀에 들린다고 내 귀에도 들리느냐? 가거든 오지 말고, 오거든 입은 다물어라. 네 눈에 보인다고 내 눈에도 보이느냐? 가거든 오지 말고 오거든 눈 감아라.

이때, 영란 들어온다.

영란 오빠! 내일 가… 외상값 갚으러 왔어.

민우 잘 가라… 외상값 됐다. 돈 없어 팔려 가는 주제에… 잘 살아라!

영란 십바 또 잘난 체하네… 여기 세꼬시에 소주 일병 가져 와. 칼 놀려서 장사나 하는 주제에… 어서!

민우 장사 안 합니다. 가세요. 손님.

영란 놀고 있네. 조폭 양아치니 횟집 요리사나 똑같아. 안 그 래? 사람을 죽이나 물고기를 죽이나 사시미 쓰는 것은 똑같잖아. 횟집 요리사 하는 것, 나보다 더 잘난 것 없으 니까. 차별하지 말라고. 시바! (스님을 보곤) 스님? 스님 이 왜 여기 있어요? 아 스님이 고기 먹으면 안 된다는 법 없지. 스님, 우리 한잔 합시다.

스님 스님이 어떻게 술을 합니까? 혼자 하시지요.

민우 너, 가! 하기 싫다고 하는데 왜 그래?

영란 싫어도, 하기 싫어도 불쌍한 중생이 스님하고 한잔 하 고 싶다면 해 주는 게 스님이고 부처님이지. 하기 싫다 고?… 스님이라고 못 한다?… 그런 게 어디 있어?

스님 하기 싫은 일 하는 것도 아무나 하는 게 아닙니다. 하기 싫으면 중노릇도 못 하는 법이지요.

영란 스님… 절에서 쫓겨났구나…

스님 아이고 어떻게 그걸 아시나?

영란 온갖 잡놈을 상대로… 내가 눈치가 9단이잖아… 여기 와서 한잔 하시죠.

스님 전 삼다수 생수로 주세요.

영란 나도 이제 쫓겨난다고… 스님이랑 똑같은 신세야. 그러니 술 한잔 하자고요.

스님 …곡차라면 한잔 하지요.

영란 (스님과 건배하고 술을 마시며) 크… (민우에게) 근데 아저씨는 왜 혼자야. 가족도 없어?

이때 부분 무대 조명 들어오면 고씨 들어온다. 민우, 고씨에게 다가간다.
군대 가는 민우

민우 아버지 시원하시겠습니다… 아버지 소원대로 꼴 보기 싫은 개망나니 자식… 입대합니다. 영장 나왔다고요.

고씨 …

민우 군대 간다고요… 좋으시겠네요, 아버지. 나도 이제 이 섬이 싫습니다.

고씨 …

민우 이제 가면 절대 오지 않겠습니다. 그러니까 엄마 이야기, 이제 말씀해 주세요… 마지막입니다. 제발!

고씨 …

민우   내 꿈에서… 내 상념 속에서 울고 가는 그 여자는 누구
냐고요? 난 속에 불이 나 미쳐 날뛰는데… 내가 이렇게
이유 없이 괴로워하는데 (웃음) 끝까지 숨기시는 이유
가 뭡니까?…

고씨, 아무 말 없이 퇴장한다.

민우   (소리친다) 아버지… 제발 엄마 이야기 좀 해 주세요.
예?

소리 탁!

다시 부분 무대 가게에 조명 들어오면 영란의 노랫소리, 그 뒤로 우는
여인 지나가고

영란   야 스님? 땡중 맞지? 잘 마시는 것 보니까… 맞네.
스님   맞습니다. 밥값도 못 하는 땡중 맞습니다.
영란   밥값 못 한다고? 그럼 나하고 똑같네. 스님, 우리 이것도
인연인데… 친구 먹자. 물론 내가 어리지. 하지만 산전
수전 공중전 다 해본 나도 한가닥 도가 통했다니까요.
(합장을 한다)
스님   그래요? 영광입니다. 도통하셨다니… 자, 한잔 올립니
다. 받으시죠.

영란   (우울해하며) 스님. 기분 나빠서 그래? 내가 친구 먹자
니까?… 나 내일 죽을 거야. 확 죽어 버릴 거라고… 그러
니까 스님이 날 위해 이 정도 해도 돼. 불쌍한 중생 극락
으로 보내 줘야지. …사시미 아찌! 개폼 잡지 말고… 죽
겠다는 년 축하주라도 한 잔 따라줘.

이때, 마담, 깡패 두 명을 데리고 나타나며

마담   야, 여기 있었네. 난 또 도망간 줄 알았네. 잘한다. 혜리
이년! 논다, 놀아… (스님을 발견하고 합장한다) 아이고
스님…. 술집년이! (혜리를 보고 속삭이듯) 스님이랑 좋
네. 네가 지금 이 지랄 떨고 있을 처지야? 끌어내!

영란   내 발로 간다고… 그만해. 여기까지 와서 지랄이야!
꺼져!

마담   이년이! …너 그래 좋아. 빚이 있으니까 당연히 가야지.
어디? 흑산도. 잘났어. 망할 년!

영란   자기 인생은 자기가 알아서 해야지. 그래 누가 책임져?
…도망 안 가. 인사만 하고 갈 거니까. 저 똥개들 데리고
꺼져!

깡패   이년이!

깡패 두 명 욕하며 달려든다. 마담 중간에서 말린다.

마담	그래 이년아. 내가 뭐 잘못했어? 먹여주고 입혀주고…
영란	그렇지 먹여줬지… 매일 양주 쳐먹어 준다고… 입혀줬지… 가슴, 엉덩이 터져나오는 홀복… 그래 지집년들 나 같은 미친년들 등골 빼서… 때부자 된 언니 잘 먹고 잘 사세요.
마담	잘하지 그래 이년아… 어떤 년은 잘도 해서 돈 벌어 시집도 잘 가더만 그때 넌 뭐 했니? 이 바닥에 나왔으면 악착같이 돈이라도 벌지… 뭐 했냐구? 왜 나한테 지랄이야? …일수에 도대체 빚이 얼마냐구? 그놈들이 돈 안 갚는데 그냥 감사합니다, 할 줄 알았어? 이제 이 바닥에서 네년 써주는 데도 없어… 그러니 그 빚 어떡할 거야? 네가 섬으로 가야지. 내가 어쩔 수 없잖아? 안 그래? … 돈 없으면 몸이라도 때워. 도망갈 생각 하지 마. 죽어!
영란	제발 알았다고… 내일 흑산도든 백산도든 갈 거니까… 지랄 그만해!
마담	이년이! …그래 참자. 내일이면 지옥 가는 년… 사장 아저씨! 여기 잔 하나 줘!
영란	스님… 나 왜 이래야 돼? 스님이니까… 알 것 아니야… 나란 인간이 왜 이렇게 사냐구? 십바! 팍 죽어버릴까?
스님	…
마담	죽어? 누구 맘대로… 이년 봐라. 니년 죽으면 그 빚 누가 갚는데? 세상이 그리도 만만해. 공짜란 없어 네 인생 네가 책임져… 흑산도 팔려가기 싫으면 신장 팔고, 간

팔고… 다 팔고 빚 갚고 죽어 이년아!… 끌어내서 빨리 출발해!

영란 (민우 도마 위의 칼을 빼앗아) 내 인생 그래 어차피 개판된 내 꼬라지… 그래 간, 쓸개… 다 팔아서 줄 테니까 꺼져 이 악마들아!

마담 (겁을 먹고) …저 …저년 잡아. 어서…

영란 (칼을 휘두르며) 그래 어차피 죽을 년… 같이 갈 놈 있으면 나와 지옥이든 극락이든 가자고.

모두들 피하고 휘둘리고 영란의 소동에 난장판이 되어버린 술집. 스님 말리고 피하며 분주하게 움직이다 크게 소리친다.

스님 나무 목! 소리 탁! (암전)

3장 만행

조명 들어오면 거리다. 민우와 스님 함께 서 있다.

스님 (웃음) 처사. 대단하십니다. 횟집을 팔아서 생면부지 여자에게 주고….

민우 죽겠다는 여자 하나 살린 셈 치죠. 뭐.

스님 …버린다? 인간의 집착이란 다시 인연을 낳고 그 인연은 새로운 업을 짓는 법…

민우 집착?

스님 버린다는 것… 아무나 하는 게 아닙니다. 저처럼 머리
깎고 중이 되겠다고 자기를 낳아 주신 부모도 버린 저
같은 사람도… 아직 아무것도 버리지 못하는데….

민우 아닙니다. 사실 하기 싫었습니다. 일상이지요. 그냥 일
상처럼 되어버린 삶. 매일 수조 어항 속에 갇혀 있는 물
고기들을 볼 때마다… 언제나 내 모습을 보는 것 같아
때려치고 싶었습니다.

스님 어항 속에 갇혀 있는 물고기들?…

민우 답답한 일상 속에 갇힌 삶… 버릇처럼 매일 매일 눈을
뜨면 끌려가는 생활… 때려치고 싶은 동기를 만들지 못
했는데 차라리 잘되었습니다… 속 시원합니다.

스님 업이라… 처사. 버리는 것… 당장 죽을 것처럼 보이지만
그냥 버릴 수 있는 자기 선택… 그것이 바로 수행이고
구도지요. 나무관세음보살! 그래 칼솜씨가 예사롭지 않
던데… 어째 칼잡이가 되었소?

민우 칼! 칼을 잡으면 잡념이 사라지고… 분노도 가라앉고
가슴도 시원하고요.

스님 분노… 이유 없이 가슴이 답답해 오는 이유를 아시오?

민우 모릅니다. 단지 잡념이 가슴을 맺히게 하고 그곳에서 이
유 없는 분노가…

스님 돌고 돌아 가는 법. 이유 없음… 그런 것 없습니다…. 어

둠은 어둠을 낳고 피는 피를 부르는 법이지요. 이유 없음은 그냥 버리는 것… 나 역시 번뇌로 이렇게 수행승이 되었소.

민우 스님은 어떻게 스님이 될 생각을?

스님 (웃으며) 왜 불쌍해 보이오?

민우 아니요. 자유롭게 보여 부럽기도 하지요.

스님 자유라?… 수행이지요. 수행은 규율 속에서 자기를 지키기 위한 몸부림.

민우 군대의 군인처럼 말입니까?

스님 아닙니다. 군대보다도 엄한 규율… 군대는 가야 하는 의무지만 수행승은 스스로의 선택.

민우 스스로의 선택?…

스님 군대란 적을 죽이기 위한 훈련이지만… 수행은 자기를 살리고자 하는… 나 스스로의 선택, 바로 자기 결정.

스님과 민우 자기 생각에 잠긴다.

부분 무대, 군복을 입은 군인 등장하여 소리친다.

선임 이런 새끼… 정말 내 군대생활 20년에 이런 꼴통 새끼는 처음이다. 너 인생 그렇게 살다 조용히 가는 수가 있다. 임마 군대생활 이렇게 할 거면 오지 말지 왜 왔나? 이 꼴통 새끼야!

민우 (생각에 잠겨 소리친다) 저 오고 싶어 온 것 아닙니다.

영장이 나와서 온 겁니다.

선임 십바, 군대 오고 싶어 온 놈 누가 있나… 다 나라가 부르
니까 온 거지. 이 자식 아직도 네가 뭘 잘못한 줄 몰라.
연병장 완전무장 구보 50회 알겠나? 실시!

민우 예! 이병! 고민우!… 실시! 충성!

나무 목 소리 탁! (암전)

4장   민우의 군대

군가소리 울려 퍼지고 선임 군가소리에 맞춰 몸을 흔들고 서 있다.

선임 군인의 길!… 까라면 깐다. 이게 군대야. 생각하지 마!
알겠나? 시키는 일만 잘하면 이게 좋은 군인이다. 알겠
나? 군대가 별게 없다고… 나라에 충성하고, 적을 잘 죽
이고 훈련 잘하고 시키는 일 잘하고 선임들 말 잘 듣고
십빠! 이렇게 쉬운 게 어디 있어? 그런데 넌 뭐냐? 정신
차려 이 새끼야!

민우, 웃통을 벗고 추위에 떨고 있다. 군가소리 처량하다. 홀로 서서
군인의 길을 읽는다.

민우 군인의 길! 멸공의 횃불 아래 목숨을 건다! (생각에 잠기며) 목숨을 건다? 목숨을 건다? 내 목숨을 왜 걸어야 하냐구! 십바!

…폭력! 살기 위한 이 기다림! 살기 위해 바닥을 긴다.

민우, 바닥을 긴다. 다시 일어나 등으로 긴다. 다시 피티체조.

민우 살기 위해 바닥을 긴다. 개처럼… 나다, 아니다, 나는 없다. 난 없다. 고민우 넌 없다!

싫다고… 시바 싫다고… 왜? 내가 왜 국가를 위해서 죽어야 하냐고? 난 싫다고…

민우 달려 나간다.

(소리) 싸이렌 소리

선임 탈영이다!

5장   탈영

파도 소리, 갈매기 소리 들리고 이어 총소리 울려 퍼지면 조명 들어오고 마을사람들 겁에 질려 달리고 있다. 무대를 한 바퀴 돌며 두려움에 도망치고 있다.

사람1	어서 이 여편네야! 잡히면 죽어!
사람3	빨리 도망가야 돼. 그놈 총 들었다고.
사람2	내 저 새끼 민우 저 새끼… 나쁜 새끼! 내 저럴 줄 알았다니까.
사람4	깡패 새끼 군대 갔다더니 속이 다 시원하더니만… 아이고 이게 무슨 날벼락이야!

민우, 나타나 사람들을 총으로 위협한다. 마을사람들, 살려달라 애원하며 주저앉아 인질로 잡힌다. 이때 확성기 소리 들린다.

(소리): 아! 아! 고 이병! 총 버리고 어서 나와! 지금 당장 나오면 국가에서 선처한다.

민우	십팔 조용히 해! 개새끼들아!

(소리): 아아! 알겠나? 대한민국 군인이! 자랑스런 군인이! 국민을 상하게 하면 군인이 아니다. 어서!

민우	국가, 국민… 좆까! 니네들이 나한테 뭘 해줬는데… 놀고 있네… 십팔 나한테는 엄마도 없고 국가도 없어. (인질들에게 총을 겨눈다)

사람들, 비명소리

사람1   이보게 민우… 우리… 말로 하자고… 어서 그거 내려놔!

사람2   그래.

민우   니네들 내가 누군 줄 알지?

사람들   알지!

민우   나 고민우야 꼴통!

사람들   잘 알지!

민우   오늘 내가 찾아온 이유 알지?

사람들   (서로 눈치 보고) …모르지!

민우   몰라? 알게 해 줄까? 응? …내가 당신들로부터 듣고 싶은 말은 단 하나야. 우리 엄마 이야기. 누가 이야기해줘. 그럼! 그 이유만 알면 나 살려준다.

사람1   이봐 민우야. 그건 니네 아버지가 제일 잘 알지… 왜 우리에게 이러냐고?

민우   니네들 내 뒤에서 쑥덕댔잖아… 잘 안다며? 아버지가 말 안 해. 그러니까 니네들이 말해.

사람2   소문이야. 정확한 건 우리도 몰라…. 그럼 아는 것만 말할까?

사람들   안 돼! 말하면 우리 진짜 죽어.

민우   조용히 해! 이렇게 죽나 저렇게 죽나 똑같아. 어서 말해! 또 하나 더… 우리 아버지랑 내가 왜 이 섬에서 손가락질 받으며 서럽게 살았냐고? 진실을 말하면 내 조용히 총 내려놓고 사라진다. 영원히! 그러니까 말해! 어서!

(소리): 아아! 고민우 이병! 다시 한번 경고한다. 총 내리고 순순히 나오면 국가에서 선처한다.

민우 좀 조용히 해! 개새끼야! (허공에 총을 쏜다)

(소리): 대한민국 국군은 개새끼가 아니다. 고 이병 알겠나? 여기 아버지 오셨다. 니네 아버지! 아버지를 생각해서라도 잘 생각해주길 바란다. 자랑스런 대한의 국군으로서 행동을 바르게 해 주길 바란다.

사람1 고씨 왔다. 우린 살았어.

사람2 고씨! 살려줘. 우리가 무슨 죄가 있냐고?

사람3 빨리 말해 고씨. 어서.

고씨 민우야… 나다. 내가 다 말할게. 제발 그 사람들 풀어주고 총 내리고 나와라.

민우 아버지 전 아버지가 밉습니다. 죽도록… 아버지 진짜 우리 아버지가 맞아요? 난 그것도 모르잖아요? 아버지도 죽이고 싶다구요. 십바. 엄마 없는 놈, 그게 접니다. 왜 엄마에 대해서 아무것도 이야기해 주지 않아요?… 아버지!

고씨 말해라… 듣고 있다.

민우 사실을 알고 싶어요. 내가 뭐죠? 뭐냐고요? …엄마는요?

고씨	총 내리고 나오면 내 분명 말할게…
민우	지금 얘기하세요. 지금 당장.
고씨	사람들 풀어주면 내 분명 말할게…
민우	(총을 쏘며) 지금 당장!

음악 흐른다.

6장   죽지 못하는 삶

마을사람들과 민우.

침묵 속에서 엄마의 모습.

한정된 조명 아래 아버지 나타나며

고씨	엄마 이야기… 그래 하마! 니놈의 엄마는 이 섬에 왔다. 죽을려고… 하지만 물에 빠진 네 엄마를 내가 구했다.

(마을사람들 소리): 사람이 죽었다. 여자가 죽었어.

사람1	민우 엄마… 참 고왔지. 우리 섬에선 인물로야 일등이 었지.
사람2	아이고 그럼… 민우 엄마 예뻤지. 우리 동네에선.
사람3	맘씨도 얼마나 고왔냐고. 안 그래요?

사람4   조용히! 빨리 듣고 우린 풀려나서 집에 가야지.

아버지 다가가며 여인에게 다가간다.

고씨   이보시오. 아직 밖에 공기가 찬데… 몸조리를 잘해야 뒤
탈이 없소.

여인   고맙습니다…. 아저씨 아니었으면…

고씨   뭘 한 게 있다고… 어쩌다가 배에서 떨어졌소?

여인   …죽을려고요…. 아저씬 혼자 사시나요? 가족도 없어요?

고씨   혼자입니다… 바람이 차요… 어서 들어가세요. 죽고 싶
어도 이 섬에선 죽지 마시오.

여인   저 섬 너머에 무엇이 있나요?

사이

고씨   (민우에게) 민우야… 이제 사람들을 풀어주어라.

민우   계속하세요. 다음은요? 난 아버지 자식이 맞아요?

마을사람들 고씨 얘기 계속하세요… 우리도 궁금하네.

고씨   (여인에게) 이보시오. 벌써 이 집에 온 지도 제법 흘렀소.

여인   미안합니다.

고씨   아니요… 내가 이런 말 한다고 이상하게 생각하지 마
시오.

여인   예 말씀하세요.

고씨   나도 당신처럼 죽으려고 이 섬에 왔소. 하지만 질긴 목
        숨 뭐가 아쉬운지 죽지 못해… 당신도 나만큼이나… 무
        슨 사연이 있는지 잘은 모르지만 당신도 기구한 운명인
        것 같소. 무슨 인연인지 둘 다 죽으려고 이 섬에 왔다가
        살아난 것 같습니다. 우리 서로 같이 살아보지 않겠소?
        서로 과거는 묻지 말고… 같이… 살아봅시다.

여인   (울음) 저는… 죄가 많은 사람입니다. 제가 무슨 염치
        로… 전 나쁜 사람입니다.

고씨   그만… 나 역시 마찬가지요… 아니요. 나 같은 사람은
        천벌을 받을 사람입니다. 우리 서로 상처를 보듬어 안으
        며 살면서 죄가 있다면 그것도 안으면서 살아가면 되지
        않겠소? 살아 있는 동안…

        고씨, 여인을 안는다. 마을사람들 그 모습을 보고 서로 눈치 보며 쑥덕
        인다.

민우   그만!

        여인 울음소리 깊어진다. 민우도 운다.

고씨   민우야. 사람들을 풀어주고 우리 단둘이 이야기하자. 응?

민우 총을 아래로 떨어뜨리고 울고 있다. 마을사람들 슬금슬금 눈치 보며 나간다. (암전)

나무 목! 소리 탁!

7장 다시 거리

부분 무대. 스님, 홀로 절하며

큰스님 야 이 도둑놈아! 절집 밥값도 못하는 이 땡중 같은 놈아!

스님 눕지도 말자. 잠도 자지 말자. 이빨 악물면서 선방에 있었습니다… 큰스님… 이것 보세요. 손가락 두 마디 다 탈 때까지 용맹정진하며 참았습니다. 그런데 안 됩니다. 번뇌와 고통… 안 된다고요. 무엇을 더 태워야 합니까.

큰스님 꺼져 이놈아! 할!

조명 들어오면 다시 거리

민우 스님! 같이 가시죠!

이때 영란, 짐을 챙겨 나타나며

영란 날 데리고 가야지. 날 구해 줬잖아… 이제 난 오빠 거야.

구워 먹든 삶아 먹든 알아서 해.

민우   그냥 가라… 어차피 그만두고 싶었으니까.

영란   무슨 소리야? 나도 의리 있는 여자라고… 이제 당신 거야. 가져. (민우의 표정을 살피고 기가 죽어서) 미안해 오빠… 내가 평생을 두고 갚을게… 이 몸 다 걸레가 될 때까지…

민우   너 안 가?

영란   안 가… 스님은요?

스님   구름처럼 바람처럼… 탁발승이 갈 곳이야 많지요. 오라는 데는 없지만…

민우   스님은… 고향이 어디입니까?

스님   부모를 떠나 출가한 중이 고향이 어디겠소? 산입니다. 산속 깊은 절…

민우   …전 고향이…. 바다가 보고 싶습니다.

영란   바다 좋네. 넘실대는 파도… 끼륵끼륵 갈매기… 이 답답한 가슴 시원하게 뻥 뚫리게… 오케이 렛츠 고!

스님   혜리 보살… 그러다 진짜 섬으로 가면 어떡할려고?

영란   아이 흑산도만 안 가면 되지. 스님 두 번 다시 그 이야기 하지 마! 뭐해? 오빠 가자고… 바다로.

상념에 젖는다. 아버지 나타난다.

민우   아버지!

영란	오빠. 그래 우리 바다 가자! 어서! (암전)

8장 자랑도의 기억

조명 들어오면 고씨와 부랑자 타입의 오씨가 서 있다.

오씨	야! 경치 죽인다. 저 파란 바다… 야 아름다운 곳이야… 누군 교도소에서 썩고, 어느 놈은 이런 곳에서 신선놀음이라. 이러니 세상이 불공평하지. 십바! 교도소에서 나와서 몇 년을 널 찾는다고 헤매다녔냐고… 이런 섬으로 도망 오면 내가 널 못 찾을 줄 알고… 진짜 멀리도 도망왔네. 나쁜 새끼.
고씨	미안해. 그냥 무서워서.
오씨	입 닥쳐 새끼야! 고 하사. 이게 말이 돼? 양심도 없는 놈. 너 진짜 도망갔던 거야? 너 진짜 날 배신할려고 그랬어? …잊지 마. 나 오 중사야 인간 백정. 네가 잘 알잖아?
고씨	두려워서… 그래서 여기까지… 미안해. 용서해.
오씨	고 하사! 너 같은 놈 보고 뭐라고 하는 줄 알어?… 개새끼! 그래 넌 개새끼야… 그때 널 구해 준 게 누구야? 나잖아? 그런데 이제 와서 날 배신해? 이 나쁜 새끼야!… (가식적인 울음소리) 어떻게 목숨을 구해 준 은인을 배신하냐구? 그건 인간도 아니야. 그래 지금이라도 자수

해서 광명 찾아라. 그럼 되겠네. 가! 가라고! (때린다)

사이

여인　(목소리) 여보! 어디 계세요? 여기요? 와 보세요. 여보!

고씨　제발… 우리 이야긴 아무도 모르게….

오씨　…여자! 뭐야 이거? 여자가 있다고?…

고씨　(당황하며) 아… 아니야.

오씨　여자라… 여자. 여자? (웃음) 넌 안 무서워? 난 무서워서 아직도 여전히 혼잔데… 우리에겐 여자가 있으면 안 되잖아?

여인　(목소리) 저예요. 어디 계세요?

고씨　(여인에게) 어… 여기… 잠깐만…. (오씨에게 봉투를 건네며) 오 중사님 이거 가지고…

오씨　그래 잘 쓸게…. 도망가지 마. 우린 죽어도 같이 죽고 살아도 같이 살아야 돼. 알잖아… 내 돈 가방 어디 있어? 그거 내놓으면 내 조용히 사라진다.

고씨　버렸어. 저 바다에.

오씨　그걸 날 믿으라고… 그 많은 돈을… 그게 얼만데… 네 놈이 버렸다고? 동네사람들… 여기 고씨가요 몇십만 불 돈 가방을 버렸대요. 동네사람들… 봐 조용하잖아. 아무도 안 믿잖아. 병신아! (때린다)

고씨　제발! 조용히!

할!

길 무대, 스님과 민우 나타난다. (암전)

9장   항구에 배가 없다

갈매기 소리. 파도 소리. 뱃고동 소리. 스님과 민우 나란히 앉아 있다.

스님   처사. 이제 무엇을 하시겠소?

민우   이제 천천히 생각해 보죠. 어차피 하기 싫었습니다.

스님   살생은 새로운 업을 만드는 법. 이제 칼잡이는 하지 마시오!

영란   (들어오며) 야 여기 좋아. 나 여기에서 살고 싶다… 맛있지 않았어? 맛있었지. 꽃게랑 매운탕이랑 확실히 나는 해물이 맞다니까…. 아침 참 맛있게 먹었네. 칼! 맞어. 오빠 기술 있잖아 칼잡이… 횟집 요리사잖아… 우리 여기서 횟집 하나 하자.

스님   망할 년… 살생 좀 그만하자? 주둥아리만 살아 있는 년.

영란   뭐가? (스님 쪽으로 윽 트림 소리를 내며) 잘 먹어서 스트레스가 확 풀리네. 나 여기 좋은 데 취직할까? 그래 나 술집에서 빼내는 것 때문에 횟집도 날리고… 그러니 내가 벌어 먹여 살리지 뭐…. 사실 나 기술 있잖아. 내가 보니까 여기 것들 시시하더라고, 별것 아니더라고. 내가 마담으로 앉으면 여기 것들 싹쓸이 한다고… (호객행위 흉내 내며) 어서 오세요! 자기 왜 이제 와?

스님   아직도 무망에서 못 벗어난 어리석은 사람아… 이 사람아 자기 자신을 아는 것도 도야. 도 좀 닦아라.

영란   됐거든요, 스님… 오빠 가만히 있지 말고 무슨 말이라도 해봐… 걱정하지 마. 내가 먹여 살린다니까… (바다를 보며) 저기 봐. 갈매기가 물 위에 떠 있어. (돌멩이를 던진다)

스님   나무관세음보살, 바닷속 살아가는 모든 것들 극락왕생하시라.

민우 뒤로 여인 나타난다. 그 뒤로 고씨 등장한다.

스님   영란아… 왜 바다가 파란색인지 너 아니?

영란   파란색? 그러네. 빨간색도 있고 노랑색도 있는데… 모르지 난…. 하늘에서 하신 일을 내가 어떻게 알겠어. 그럼 스님은 알어?

스님   깊은 산 옹달샘에서 일어난 물이 갯가를 거쳐 강으로 간다… 새하얗게 맑은 물이… 거친 바위 돌에 부딪치고, 상처가 난다. 그리고 섞여 들어온 똥물과도 만나지…. 그러다 결국 피멍이 들어서 저 바다에 모인다. 멍이 든 물, 그게 바다야. 저 봐 파란색의 바다….

민우   저 바다 건너 자랑도… 내가 태어난 곳. 제 고향이 있습니다.

나무 목! 소리 탁! (암전)

영란   (어둠 속에서) 와… 저기 봐… 배들이 간다. 바다로… 멋있다.

갈매기 소리

10장   자랑도

오씨 누워 있고, 임신 중인 엄마 밥상을 차려서 온다.

오씨   아이고 제수씨 홀몸도 아닌데 이거 고맙습니다. 그래 서방님은 어디 가셨나? (손을 잡는다)

엄마   (놀라 뿌리치고 나간다)

오씨, 웃으며 맛있게 먹는다. 이때, 밖에서 지켜보던 고씨 들어온다.

오씨   야! 늙은 총각 집에 여인의 냄새가 진동하니 사람 사는 곳 같네. 난 뭐냐고. 넌 십바… 여자도 있고 난 여전히 이렇게 개같이 떠돌며 살고… 알지? 우린 한 몸인 거 잊어버린 건 아니지? 고 하사… 여자! 여자! 개새끼!… 이야 좋은데… (야한 몸짓)

고씨   임마…. 함부로 말하지 마…

오씨   콱! 이런 새끼… 아직도 날 모르네… 나 오 중사야 인간 백정. 잊지 마. 잊으면 안 되잖아…. (손을 내밀며)

고씨   이 새끼가… (소리치며 오씨의 목을 조른다)

오씨   그래 죽여 임마… (머리를 들이밀며) 죽여! 어서!… 병신 새끼 죽일 용기도 없으면서… 죽여 임마. 나도 죽고 싶다고 새끼야.

고씨   제발 조용히 해줘.

오씨   아, 그렇지 이제 여자가 있지? (안주머니에서 소주를 꺼내며) 여자… 너와 나 잊지는 말아야지. 안 그래?

고씨   (봉투를 꺼내 준다) 자 췄으니까 이제 꺼져!

오씨   (확인하고) 작다. 좀 더 벌어야겠어. 한 사람 더 먹여 살리려면… 안 그래?

고씨   이제 집에 오지 마. 밖에서 연락하면 내가 갈게. 집에 찾아오지 마.

오씨, 밥상을 엎으며 한 대 때린다.

오씨   지랄을 한다. 지랄을… 누구 좋으라고… 내가 싫다? 이제 사라져줬으면 좋겠다? 자 죽어줄까? (자기 목을 조른다) 죽기도 힘드네… (젓가락을 주며) 이거 가지고 찔러 어서… 이렇게 팍팍 너 죽여 봤잖아. 자 어서…

고씨   이 새끼가… (멱살을 잡는다)

오씨   그래, 그래 잘한다. 동네사람들 여기 사람 죽어요. 옛날에 이 자식이 나하고 사람을 죽였거든요. 또 죽인대요. 뭐해? 빨리 해… 그러니까 숨겨둔 내 돈 내놔. 그럼 조용히 사라진다. (고씨를 노려보며) 넌 지옥이 뭔 줄 아냐? 나보다 못한 놈이… 나보다 더 나쁜 놈이 행복할 때… 미치는 거거든…

이때 겁에 질린 표정으로 여인 들어온다.

오씨   제수씨 잘 먹고 갑니다. 자주 올게요. (군가를 부르며 퇴장한다) 오늘은 어딜 갈까? 그렇지! 사달 항구에 장미년이다! (퇴장)

엄마   (놀란 표정을 애써 숨기며) 저 사람 누구예요? 저 사람 왜 오죠?

고씨   군대 상관이었소.

엄마   난 저 사람 싫어요. 오지 말라고 하세요. 무서워요.

고씨   그냥 어쩌다 오니까 신경 쓰지 말아요. (암전)

11장   바다

영란   재미없다. 심심하고… 오빠, 우리 언제까지 놀고 먹어?

민우   너 안 가?

영란   안 가. 왜? 우리 이제 한 몸이야. 오빠 돈 다 갚을 때까지
절대로 안 가.

민우   넌 부모님 안 계시냐? 고향이 없냐고?

영란, 갑자기 운다.

스님   보살님!

영란   보살님? 내가 왜 보살님이야. 놀리지 말라고요…. 부끄
럽게… 그래 난 몸 파는 여자라고… 시바! 그러니까…
이름 불러… 나는 혜리.

스님   그러니까… 이제 그 야시시한 차림은 버리시죠? 지금은
아니잖아요…. 안 그래요? 보살님.

영란   (눈물을 닦으며) 맞어. 이젠 아니지. 자유다! 자유! 진짜
이름은 영란이야. 영란! 오랜만에 내 이름 불러 보네….
영란이… 시바! (다시 큰 소리로 운다)

민우   조용히 해!… 너 자꾸 이럴 거면 가. 사라지라고…

스님   (일어나며) 히말라야… 눈이 덮여 하얀 산. 그 산에 한
고조라는 새가 살았지. 한고조. 찰 寒. 고통 苦. 새 鳥.
이 새는 둥지를 틀지 않고 살기 때문에 밤만 되면 사나

운 눈바람을 그대로 맞으며 온몸이 얼어붙는 괴로움으로… 항상 날이 밝으면 꼭 아늑한 둥지, 내 집을 지을 거라고 다짐을 하지. 그러나 날이 밝으면 따스한 햇빛, 설산의 화려한 풍광에 혼을 뺏겨 잊어버려. 또 밤이야…. 밤이 되면 똑같은 다짐을 하며 추위에 떨다가 일생을 마감하지.

영란   한고조… 참 불쌍하다. 나하고 많이 닮았다. 진짜. (갑자기 머리 흐트리고 미니스커트를 내린다)

고씨 부부, 무대에서 나타나며

고씨   아들아! 이 아버지 너에게 할 말 있다. 네가 있어야 돼… 이 아버지가 너에게 말해야 돼.

민우   싫습니다. 난 나고 아버진 아버지입니다. 그곳엔 가고 싶지 않습니다. 싫다고요…

고씨   시간이 없다. 빨리 와라. 꼭 아들아! (퇴장)

스님   처사! 우리 저 바다 건너 고향에 가봅시다. 무슨 섬이라고 하셨죠?

민우   아닙니다. 전 가고 싶지 않습니다. 스님! 전 한번도 행복해 본 적이 없습니다. 뭔지 모르는 상념들이 날 괴롭힙니다.

스님   민우 처사… 까짓것 나처럼 중이나 되시오.

민우   스님처럼 거지꼴 탁발승이 되어라. 그것도 나쁘지는 않죠. 무엇을 해야 합니까?

영란 안 돼 오빠… 스님들은 결혼 못 한다고… 그럼 우린 어떡해? 내가 빚 갚도록 해줘야지. 그래서 오빠 따라 왔잖아?

스님 수행이지요. 고뇌와 삼라만상을 버리기 위한 발악… 날 괴롭히는 이유 없는 상념. 그 하얀 먼지를 털어 버리기 위해…

민우 하얀 먼지… 잡념을 버린다? 어떻게 하면 버릴 수 있습니까?

스님 현재의 나를 찾으려면 먼저 자기를 냉철히 쳐다봐야 합니다… 그래서 나 이전의 나. 바로 과거를 찾아야 합니다. 무념무상! 자기를 철저히 쳐다보는 것입니다. 왜 난 태어나고 살아 있는가 그 이유를 찾는 것입니다.

민우 먼저 살아 있는 이유를 찾아라?

이때 고씨 나타난다.

스님 나무 목 소리 탁! (암전)

12장   아버지의 비밀 - 지옥의 문

칼을 든 고씨… 발악한다.

고씨	꺼져! 이제 두 번 다시 오지 마!… 우린 만나지 말아야 했어. 모든 것은 지나갔어. 과거야. 지웠다고… 다 끝난 이야기잖아.
오씨	끝난 이야기? (웃음) 이 새끼 봐라. 넌 아주 나쁜 새끼구나. 야 나쁜 새끼! 뭐가 끝났다고? 뭐가?…
고씨	지우고 싶다고. 나도 미치겠다고… 그런데 너까지 날 괴롭히면 너 죽고 나도 죽는다고… 제발 우리 집사람이 알면 안 돼.
오씨	지운다고… 어떻게? 그게 지운다고 지워지냐고? 이 새끼야! 이깟 봐… 살아노 숙어 있는 이 모습 보여? 사람처럼 보여 넌?… 이게 사람이야? 괴물이지… 잊어? 어떻게 그걸 잊을 수 있냐고?

고씨, 귀를 막고 발광한다.

고씨	잊었다고… 잊었다고…
오씨	이 새끼 미친 새끼. 생생하게 기억하자고… 왜? 너와 나… 미친 세월을 보냈으니까… 억울하잖아. 병신같잖아… 우리 너무 젊었어. 세상을 몰랐지… 돈! 그래 한방이면 끝이라고 생각했지. 우리에게 찾아온 행운. 배운 것도 없어 가진 것 없던 우린 군! 이 워커를 신고 살면 굶지는 않겠구나 하고 말뚝을 박았던 우린… 아무것도

없던 우리에게 찾아온 단 한 번의 기회! 잊지 말아야지.
잊으면 안 되지. 안 그래? (암전)

(총소리) 10·26, 광주사태, 삼청교육대. 전두환 집권, 부정축재자를
축출…

고문…. 부정축재자.

소리 커지면서 헌병 등장한다.

고문 장면

부정축재자 그만… 살려줘. 제발! (비명 소리) 내 죄가 뭐냐고. 내가
뭘 잘못했는데…?

오 중사 네 죄를 몰라? 가르쳐주지. 세상이 뒤집어졌어. 몰랐지?
우리도 몰랐어. 우리 군인이 세상을 뒤집어 버렸다고. 이
래서 세상은 재미있는 거야… 잘 먹고 잘살고… 아무것
도 아쉬움 없는 삶… 행복했지? 너!

부정축재자의 부인과 딸… 어둠 속에서 두 여자, 웃음소리, 행복하다.

딸 이거야! 바로 이거!… 엄마! 이것 봐 멋있지?

부인 그럼 누군데 아름다운 우리 딸… 돌아봐.

딸 행복해… 세상에서 내가 제일 행복해!

부인 여보! 여기요! 당신 딸이 너무 아름다워요.

오 중사　행복한 죄… 부정축재자!… 모두들 경제개발이라고 몸 팔아 월남 가고… 저 뜨거운 사막에서 자기 청춘을 바 쳤는데 니놈들은 그들의 피를 빨아 재산을 축적했어… 부정축재자. 그게 니 죄야. 여긴 죽어야 살아서 나가는 곳이야.

부정축재자　제발 그만! 이봐… 날 살려줘… 난 장사꾼이야. 원하는 것 말해봐… 우리 서로 타협하자고… 지금 당장 날 살 려주면…

오 중사　고맙습니다. 얼마나 주실 건데?

부정축재자　말해봐. 원하는 것. 얼마든지 줄 수 있어.

오 중사　개소리 치워… 난 군인이야… 이 새끼야! (다시 비명소 리) (암전)

부정축재자의 부인과 딸, 늦은 밤 조용히 도망친다.

딸　엄마! 우리 어디로 가?

부인　조용히! 겁먹지 마! 당분간 피해 있으면 돼.

딸　아빠는? 잡혀갔잖아.

부인　걱정 마. 괜찮을 거야… 돈으로 안 되는 게 없어.

딸　군인들이 총, 칼로 설치는데… 무서워. 아빠 죽이는 것 아닐까?

부인　조용히… 여기서 좀 쉬자.

딸　엄마, 그래도 불안해… 군인들은 다르다잖아. 정석대

로 한대… 이번에 부정축재자들, 나라 말아먹은 정치인
들… 다 죽인대… 올바른 나라를 세우겠다고 일어났대.

부인 (웃음) 걱정 마… 이 엄마가 세상 살아보니까… 절대 그
런 일은 없어. 자 일어나자! (퇴장)

이때, 오씨, 고씨, 군복 차림에 총을 들고 있다.

고씨 오 중사님… 괜찮습니까? 우리 그만 내려가죠? 저 떨려
서 못 하겠습니다. 그냥 돌아가요.

오씨 병신 새끼! 겁먹긴… 우리가 누구야? 군바리잖아. 군인
이 왕 된 세상이야. 이럴 때 못 챙기면 병신이야. 이 총이
있는데 뭐가 무서워. 병신 새끼 따라와 임마.

고씨 그 정보 확실한 겁니까?

오씨 확실해, 너 몰라 새끼야! 내가 누구야? 저승사자 오 중사
잖아… 아주 자근자근 씹는 인간 백정! 수사하면서 그놈
을… 물에 처박고, 아주 죽여 놨지… 술술 불더라고… 살
려주세요. 살려주세요… 그놈의 가족만 찾으면 돼.

고씨 우리가 군인인데… 이렇게 해도 되는지…

오씨 어차피 세상은 서로 먹고 먹히는 거야. 안 되면 죽기밖
에 더하겠어. 우리가 군인 아니면 뭐 할 줄 아는 것 있
어 임마. 공부를 많이 했어, 학력이 있나… 물려받은 재
산이 있냐고? 기회야. 타이밍! 세상이 폭풍 속으로 뒤집
어질 때 우리 같은 떨거지들이 삐져나올 수 있는 거야…

힘 있을 때… 세상 속으로 뛰어드는 거야.

어차피, 그 새끼도 뺏은 돈이야… 부정축재한 돈이라고. 우리가 눈먼 돈 가져간다고 어떻게 되는 것 없어. 언제까지 이렇게 구질구질한 개처럼 살아야 돼? 우리도 한탕 해야지… 저 새끼들 잘살 때 우린 뭐 했냐고. 언제까지 네, 네 하면서 똥개처럼 살아갈 거야?

고씨   저는 잘 모르겠습니다. 오 중사님이 알아서 하세요. 전 옆에서…

오씨   이 새끼 여기까지 와서 지랄이야… 이번에 이거 해결하고 그 돈 들고 아무도 모르는 데 가서 잘살아 보는 거야. 군바리가 세상을 먹었어. 나라를 먹었다고… 이제 말이다 (옷을 만지며 웃음)… 한탕 멋지게 하고 폼 나게 사는 거야. 임마! 가자 어서.

두 여자를 위협하고 있다. 오 중사와 고 하사.

부인   우리 아니에요. 사람 잘못 봤다구요! …진짜 아니라니까요?

폭력이다. 음악으로 폭력을 만든다.

오씨   입만 살아가지고…
딸   으악! 살려주세요. 엄마… 무서워!

부인	좋아. 이 자식들, 니네들 아직 뭘 모르는데… 날 이렇게 하고도 살아남을 수 있을 것 같아? 좋은 말 할 때 그만 하자… (주머니에서 뭉칫돈을 꺼내며) 그래 니네들 이것 필요하지? 이것 가지고 사라져라.
오씨	이년이 아주 분위기를 모르네…. 왜? …줘. 그것만 내주면 우리 조용히 사라진다. 아무 일 없었던 것처럼… 알았어? 이년아!… 너 뭐해 새끼야!

고 하사, 딸을 때린다.

오씨	우리 다 알고 왔어… 니네 남편 살리고 싶으면 어서 말해!
고씨	니네 아버지 살리고 싶으면 말해…요!
오씨	이런 부족한 새끼…
고씨	시정하겠습니다.
오씨	어이 아줌마 다 알고 왔으니까… 우리 서로 시간 절약하자고… 괜히 몸 상하지 말고. 응?
부인	(웃음) 새끼들… 아주 조무래기 새끼들이 세상 바뀌었다고 설치네. 우리 남편 어떻게 했냐고?
딸	엄마… 우리 어떡해?
오씨	순순히 말 안 하겠다. 어이… (눈짓으로)
고씨	…
오씨	야…. 저년 조져!
고씨	네? 어떻게요?

오씨	이런 부족한 새끼. 너 이년 잘 지키고 있어… 내 저년이 어디에 돈 가방을 숨겨뒀는지 불게 만들 테니까.
딸	엄마 살려줘. 엄마… 무서워.

오 중사, 딸을 데리고 나간다.

악쓰는 부인 (암전)

13장 영란과의 이별

민우와 스님, 아버지 나무뿌리를 달고 있다. 그 뒤로 물고기다.

민우	왜 사람들은 죄를 범합니까?
스님	어리석은 중생은 윤회를 합니다.
민우	윤회라고요?
스님	인연에 따라… 자기 업에 따라 살기도 하고 죽기도 하고…

이때, 여인과 고씨 나타난다.

민우	나 자신도 알지 못하는… 그 무엇이 인연이고… 업은 무엇입니까?
스님	사라지지 않는 것… 벗어나고자 몸부림쳐봐도… 벗어날

수 없는 것. 죄!… 못된 짓만 하는 한 인간이 있었지. 결국 그 사람은 나쁜 병에 걸려서 시름시름 앓다가 죽어버리고 말았다.

물고기와 아버지 고씨 등장

스님 물고기의 몸을 받아서 다시 태어났는데, 평소에 못된 짓만을 골라 했던 과보로 물고기의 등에 커다란 나무가 솟아나서 풍랑이 칠 때마다 등에서 피가 나는 괴로운 고통을 당하고 있었다.

부분 무대, 고씨 나뭇가지를 업고 나타난다.

고씨 아들아! 이 나무를 받아라! 이 나무가 네 엄마이자 네 아버지의 추악한 죄다.

민우 왜 그렇게 살아야 합니까?

스님 모두가 인연이다. 악업을 지우기 위한 몸부림.

민우 인연? 악업을 지우기 위한 몸부림이라고?

스님 난 어디에서 왔는가? 나는 왜 이런가?… 하얀 먼지처럼 일어나는 상념들 그리고… 인연으로 만난 죄와 벌!… 찾아야 합니다.

민우 자랑도로 가야겠습니다… 스님 배편 좀 알아보고 오겠습니다.

스님	나무관세음보살!

조명 들어오면 영란의 모습, 건전하고 착한 모습이다.

영란	나 이뻤다. 정말 (머리를 만지며) 여기 두 갈래로 나누고… 곱게 빗질하고… 여길 묶으면… 봐 이쁘지?… 고등학교… 학생 때였어…. 우리 아버지… 언제부턴진 모르지만 우리 아버진… 병신이었어. 엄마… 기억도 없어… 저 병신 아버지가 싫어서 도망갔대… 아버진 매일 아침 저 몸을 끌고 붕어빵 장사를 했어. 이렇게 반죽을 하는데… 부끄럽다고… 난 아버지가 부끄럽다고…. 그래서 내 맘대로 놀았지… 그리곤 가출했어…. 결국 이 모양 이 꼴로… 내가 몸 파는 여자로, 창녀가 되니까… 서러웠다. 아버지가 보고 싶더라고… 다시 아버지를 찾았을 때 여전히 그곳엔 아버지가 있었어… 나 돈 많이 벌어서… 아버지 앞에 나타나고 싶었다고… 그런데 안 되더라… 오빠… 부탁 하나 해도 돼?… 나랑 우리 아빠 만나러 가자.
스님	아니 영란 보살… 이거 영 다른 사람이 되었소.
영란	스님 이제 나 혜리 아니다… 영란이라고… 오빠 나 영란이야… 혜리는 잊어줘.

객석을 향해 빌며

영란	나 이제 과거의 혜리가 아니라 다시 태어난 아니 과거의 진짜 영란입니다. 바다에 계신 용왕님 다시금 나를 굽어 살피소서.
민우	스님. 같이 가 주세요.
스님	나무관세음보살!
영란	우리 그럼 오빠네 집에 가는 거야? 아버지 만나러? 배 타러 가자! 레츠 고! 자랑도로 가자! 출발!
민우	스님 가시죠.
영란	왜 표가 두 장밖에 없어? 스님 그리고 왜 내 표는 없는 거야?
민우	너 이거 가져…
영란	뭔데?
민우	잔고 남은 통장이야. 넌 우리하고 같이 안 가.
영란	무슨 소리야 미쳤어?
민우	넌 갈 수 없어. 나하고 같이 가면 안 돼. 잘 가!
영란	왜? 같이 갈 수 없냐구? 미친놈아! 십팔놈아!
민우	그만 가시죠. 스님!
영란	안 돼 십팔놈아! 너, 나 안 데리고 가면 나 다시 술집 나 가고 가랑이 벌리고… 창녀짓 하고 다 한다. 오빠, 나 이 제 영란이라고…. 몸 팔던 혜리가 아니고 옛날에 영란이 라고… 난 왜 안 되냐고? 오빠를 좋아했다고…

민우, 멀어진다.

영란   개⋯ 새끼야 나쁜 새끼! (암전)

뱃고동 소리⋯ 저 멀리 섬이 보인다.

14장 목어

바람 소리, 심하다. 민우 나뭇가지를 업고 나타난다. 물고기 두 마리
나타난다.

스님   네 모습이 왜 그 모양이냐?

민우   모릅니다. 알지 못합니다. 등에 무엇이 있어 자라납니
다. 차라리 가슴에 생겼더라면 쥐어뜯으며 살아갈걸⋯
왜 제가 이 모양인지⋯ 가르쳐 주십시오. 스님!

스님   넌 생명을 죽였다. 그것도 잔인하게⋯ 왜 물고기를 죽이
느냐?⋯ 왜? 너에게 과거란 무엇인가?

민우   피! 이유 없다⋯ 분노를⋯ 내 가슴속에 화를⋯ 단지 피
를 보고 싶었다.

스님   넌 무엇이냐?

민우   나! 모른다⋯ 내가 왜 서럽게 살았는지⋯ 멸시받고 살았
는지⋯ 모른다.

스님	무엇을 찾고 싶은가?
민우	나의 삶! 살아야 하는 이유.
스님	너 자신의 진짜 모습… 그것을 냉정하게 봐야 한다. 그 속에 진실이 있다. 네 안에서 진정 나를 찾아라.
민우	죽음!… 죽음? 즐거움이다. 한 생명의 입맛을 위해 이것들이 춤을 춘다. (칼 소리) 이 생명은 무엇인가? 비극이다. 머리가 잘려나가고, 배는 갈라지며… 이 칼로 산산이 사라지는… 이것들은 무엇인가? 자, 이 살점 한입에 요리되어 이 칼맛을 보리라. (칼 소리… 여인의 비명 소리… 고씨, 오씨의 야만적인 소리) 사라져! 이것들아! 내가 알지도 못하는데… 내가 모르는데… 왜 날 괴롭히냐고요… 아버지 아버지!

바람 소리 심하다. 아버지와 물고기들 사라진다.

나무 목! 소리 탁!

15장   자랑도의 비밀

바람 소리. 배멀미로 토하는 민우… 목탁을 두드리는 스님.

민우	스님은 괜찮습니까?
스님	무슨 바람이 그렇게 센지. 태어나서 이렇게 배를 타긴

처음입니다. 죽는 줄 알았습니다.

민우   난 스님이 눈을 감고 계시기에… 5시간 동안 바람 속에서 시달렸으니 고생입니다.

스님   조금 전 배를 타고 바다를 건너가고 있었는데, 등에 나무를 맨 이상하게 생긴 고기가 뱃전에 나타나서 눈물을 뚝뚝 흘리고 있었지.

민우   고통스러워서… 저처럼…

스님   내가 그 물고기의 전생을 살펴보니, 죄 많은 인간… 물고기가 되었네… 그 모습이 가엾어서, 내가 물고기의 영혼을 천도해 주었소. 나무를 벗은 물고기는 고맙다고 큰절을 하고는 부탁하기를, 스님, 제 등에 난 그 나무를 베어서 물고기 모양으로 목어를 만들어 저와 같이 어리석은 사람들을 경책해 주시옵소서.

민우   그게 이 목탁입니까?

스님   고기는 밤낮으로 눈을 감지 않으므로 수행자들로 하여금 열심히 정진하여 도를 닦으라는 뜻으로 고기 모양을 만들었다고 전해지고 있다. 그 목어가 점점 변해서 지금이 작고 둥그런 목탁이 되었다.

민우, 호쾌하게 웃으며 목탁을 두드린다.

민우   스님… 스님은 어쩌다 절을 나왔습니까?

스님   만행이지요.

민우 만행이라고요?

스님 변화하는 거지요. 한곳에 머물러 정체되면 자신을 잃어버리기도 하지요. 변하고자 할 때 생명이 다시 눈을 뜨고 심장이 다시 뛰는 것…. 과거를 버린 새로운 삶. 아버지만 계신다고 했소?

민우 엄마는 내가 태어날 때 돌아가셨습니다. (퇴장)

이때, 고씨 나타난다.

고씨 아들아! 왔구나…. 내 이제 너에게 말하마. 고맙다. 아비는 죽일 놈… 나의 일생은 단 한 번의 실수로… 그 실수로 다시 죄악을 낳고… 내 인생을, 너의 엄마를… 그리고 너를 망쳤다.

스님과 민우 퇴장, 엄마와 오씨 등장

오씨 이리 와!

엄마 제발 부탁입니다. 우리 남편에겐 말하지 마세요. 난 이제… 그때의 몸 파는 여자가 아니라고요.

오씨 …야 이거 좋은데… 그렇지 아직도 좋으네.

엄마 이러지 말아요. 제발.

오씨 걸레가 빤다고 행주 된다, 이거야? 걸레는 삶아도 걸레야. 이런 미친년… 내 입을 막으려면 이러면 안 되지? 가

218

만히 있어.

오씨, 엄마의 옷을 벗기려고 한다.

엄마   내 뱃속에 아이가 있어요.

엄마, 오씨를 문다. 오씨, 비명을 지른다.

오씨   이런 개 같은 년이…

엄마, 오 중사의 손을 물고 퇴장. 오 중사 소주 마신다.
부분 무대 다시 조명 들어오면
영란의 춤 이어지면서 영란의 과거 이야기.

영란   나 이뻤다. 정말 (머리를 만지며) 여기 두 갈래로 나누고… 곱게 빗질하고… 여길 묶으면… 봐 이쁘지?… (울음) 개새끼들… 내가 고등학생이었어. 하늘이 아주 맑은 날….

음악이 흐른다.

영란   이러지 마! 제발! 난 아직 어려… 아무것도 모른다고… 제발! 이 개새끼들아!… (앉는다) 모든 게 날아가는 꿈,

모든 게 사라지는 꿈….

오씨   (술을 꺼내 마시며) 단 한 번의 실수…. 평생을 따라 다니는 이 악몽.

어둠 속에서 두 여자, 부인과 딸. 웃음소리, 행복하다.

딸   이거야! 바로 이거!… 엄마! 이것 봐 멋있지?

부인   그럼 누군데 아름다운 우리 딸… 돌아봐.

딸   행복해… 세상에 내가 제일 행복해!

영란   그래 창녀. 화려한 불빛, 돈이야! 돈이라고… 그래 여기야! 욕망의 배설구! 알어? 바로 여기라고… 행복해?

오씨 누워 있고 아버지 무릎 꿇고 있다. 죄의식에 시달리는 오 중사…

오씨   행복하긴 십바!… 야 고 하사… 이름 모르는 야산에 백골이 된 두 여자.

고씨   그만… 제발 그 이야긴 그만… 잊었어. 아니 잊고 싶어.

오씨   잊었어? 야 너 대단하다. 난 아직도 지워지질 않아 미치는데… (웃음) 개새끼. … 네 마누라 날 줘.

고씨   이제 우리 집사람 괴롭히지 마. 내가 네놈 여자 살 돈은 다 줄 테니까.

오씨   그럼, 당연하신 말씀. 나는 저녁마다 피가 마르는데… 그때만 생각하면… 고 하사… 그냥 우리 같이 죽자.

고씨	나도 괴로워. 밤마다 죄의식으로 죽고 싶다고.
오씨	죄의식? 죽고 싶다고? (웃음) 네 그러세요? 알겠습니다. (나가려다가 돌아서며) 애도 생겼고 행복하다?… 그럼 난… 난 뭐냐고? 그냥 사라질까?… 누구 때문에 내가 이 모양 이 꼴이 됐는데… 그건 보상해줘야지… 안 그래? 그럼 네 마누라 날 줘.
고씨	이러지 말자고. 그 여자도 불쌍한 여자야. 불쌍한 사람끼리 조용히 속죄하며 살 테니까 너도 이제 사라져라. 제발.

이때 임신한 엄마 나타난다.

오씨	(크게 웃으며) 모르는구나, 너? 마누라에 대해서… 병신. 나에게 그냥 줘도 돼 임마… 내가 알아봤거든…. 궁금하지?
고씨	제발!… 난 몰라도 돼. 과거는 말하지 마. 난 몰라… 아무것도 모른다고… (쓰러진다)
오씨	과거는 알면 안 된다? 왜? 너와 나… 우린. 단 한 번의 실수! 그래. 그때 잘못으로 이렇게 인생을 망쳤는데… 왜네 마누라의 과거는 알면 안 되냐구… 안 그래? 니네 마누라 오면 물어봐. 뭐 했는지… 내가 뭐냐? 거지잖아. 그래서 전국 다 돌아다녔잖아. 이거 이 썩은 다리로… 그러니까… 알게 됐어. 궁금하지? 어서 물어봐. 말해줄까?

고씨	그만… 제발.
오씨	좋아… 그러니까 지랄하지 말고 네 마누라 내가 데리고 간다.
고씨	죽어 이 새끼야!
오씨	어쭈 진짜 죽이겠네. 이 새끼가… (밀치며 아버지 떨어진다) 미친 새끼 네 마누라 사달 항구에서 창녀였어, 임마. 알어? 병신 새끼! 뭐 고상한 척하는데 그냥 몸 파는 년이었다고. 그러니까 나한테 줘도 돼 임마.
영란	지우고 싶어… 버리고 싶다고… 어떻게 해야 하나… 죽어서 다시 태어나고 싶다고…

마지막에 낫을 든 임신한 엄마… 나타난다.

엄마	꺼져! 이제 두 번 다시 오지 마!… 모든 것은 지나갔어. 과거라고. 지웠다고… 다 끝난 이야기잖아.
오씨	끝난 이야기? (웃음) 이년 봐라. 뭐가 끝났다고? 뭐가?… 난 아닌데. 이거 보여? 이 미친 다리 지 마음대로 움직이는… 이 머리 봐. 생각을 지 마음대로 한다니까…
엄마	과거는 과거일 뿐이야. 나도, 네놈도 우리 남편도… 여기서 끝내자.
오씨	안 돼! 네년이 뭘 모르는 것 같은데, 저놈과 난 한 몸이야. 죽어도 같이 죽고 살아도 같이 살아야지. (고씨에게 다가가며) 안 그래? 우리 목숨을 나눈 전우잖아. 아

니 동업자… 그렇지 동지. 잊지 말아야지. 잊으면 안 되지. 누구 때문에 내가 이 모양 이 꼴이 되었는데… 안 그래?… 말해 어서. 저 잘난 마누라에게 네놈이 한 짓을 말하라고.

엄마, 낫을 든다.

엄마 우리 남편 착한 사람이야. 나쁜 사람 아니야… 내가 내가 죄 많은 사람이지.

오씨 우헤… 착한 사람? 착한 사람? (웃음) 나 죽으면 넌 살인자가 된다. 똑같아. (웃음) 네 남편처럼… 저놈이 어떤 놈인지 말해줄까?

엄마 안 돼! 말하지 마!

오씨 똑똑히 봐… 왜 저놈과 내가 행복하면 안 되는지… 똑똑히 보라고!

시끄러운 음악. 봉춤의 영란… 그리고 오욕들.
부분 무대, 조명 밝아지며
부인과 딸… 그리고 오 중사와 고 하사.

부인 꺼져! 이 새끼들아!

딸 엄마… 무서워.

오 중사 돈 가방 어디 있어? 어서 말해… 좋아. 입을 열지 않으면 이렇게 하면 열겠지, 안 그래 아줌마!

딸 이러지 마세요! 아저씨! 제발… 다 드릴게요. 지금은 없어요. 내가 말할게요.

오중사 그래… 좋아. 그런데 먼저 입막음을 해야지. 우리가 너를 어떻게 믿어? 일단 이 일부터 하고… 너 이리 와. (겁탈하려고 한다)

딸 살려주세요. 엄마.

부인 이 나쁜 놈들… 니네들이 그러고도 인간이야? 이 개새끼들아!

오중사 뭐해 임마! 너는 저년 입을 막아…. 너도 해 임마!

고 하사, 망설인다. 부인의 고함 소리에 부인을 때리고 입을 막는다.
고 하사, 심하게 조른다. 부인 죽는다.

딸 엄마… 엄마가 죽었어…. 엄마!

오중사 병신 새끼!…

딸 죽였어. 이 살인자!… 엄마를 죽였어. 엄마를… (고씨에게 달려든다)

고 하사, 넋이 나간다. 딸을 겁탈하면서 목을 조른다.

고 하사 일어나… 일어나라고… 왜 안 일어나?… 죽었어. 내가 죽었어! 내가… (총을 오씨에게 겨눈다)

오 중사 정신 차려 이 새끼야. 어차피 많은 사람들이 죽었어…
네가, 우리가 아니더라도 이 세상이 미친 거야…. 미친
세상 죽지 않고 살아남아야 돼. 이건 실수야… 살다 보
면 어쩔 수 없을 때가 있어 안 그래? 그냥 실수라고…
죽을 때까지 비밀로 해야 돼. 정신 차려 이 새끼야! 똑바
로 들어. 알겠어? 눈 바로 뜨라고 이 새끼야!

고 하사, 정신을 잃어버린 듯 발광하다가 오 중사의 다리를 쏘고 소리
치며 나간다.

조명 체인지… 부인과 딸 혼령이 되어 일어난다.

오 중사 (비명소리) 병신 새끼! 저 새끼가 날 이 모양으로 만들
고… 봤지? 저놈이 죽였어! 살인자… 너도 살인자…
(웃음)

엄마, 오씨 낫으로 찌른다.

오 중사 저놈은 그 후 혼자 도망가고, 난 두 여자를 야산에 묻
고… 아무 일 없는 것처럼… 교도소로 갔지. 내 청춘은
그렇게 썩었어. 나오니까 저놈, 이렇게 아름다운 섬에서
멀쩡하게 살고 있더라고… 눈이 돌아 버리겠더라고…
저놈은 저렇게 아무 일 없다는 듯이 이 섬으로 도망오
고… 왜? 저놈은 멀쩡히 잘사는데…. 이제 모든 게 끝

났어. 다행이야… 고통에서 벗어났어…. 왜 난… 십바…
(죽는다)

엄마, 오씨를 찌른다. 이때 혼령들 독촉한다.

부인, 딸   찔러 찔러… 죽여 죽여….

목탁 소리 깊다. 소리 탁! (암전)

16장   자랑도에는 사람이 없다

플래시 불빛이 난무한다. 사람을 찾는 소리.
이때 장단 나무를 두드리는 소리.

마을사람1   저 소리 들어봐! 소릴. 분명 맞지? 그 소리가 맞지?… 맞
네. 저 소리가 나무를 두들기는 소리 맞지?
마을사람2   그 여자가 분명해. 미친년이 나타났어. 그 여자의 장단
나무 두드리는 소리, 끔찍해!

아버지 나타나 나무 아래 오씨를 묻는다.
엄마의 노랫소리… 부인과 딸이 등장, 엄마와 혼합된다.
미친 엄마의 절규! 딸, 혼령으로 나타나며… 엄마와 접신한다.

엄마	아빠! 아빠! 니네 아빠가 누구냐고? 야 병신아 그것도 몰라? 이 뱃속에 아이가 이야기하는데…
딸	나다… 나야. 잊지 않았지?
엄마	너래. 네가 죽인 여자애가 너를 찾아서 온 거래… 병신!… 또 뭐라고?
딸	이거야! 바로 이거!… 엄마! 이것 봐 멋있지?
엄마	그럼 누군데 아름다운 우리 딸… 돌아봐.
딸	행복해… 세상에 내가 제일 행복해! 왜? 왜?… 난 저 어둠 속에서 울고 있는데… 네놈은… 네놈은…. 말려 죽일 거야. 잊은 것 아니겠지? 나야. 아저씨 나라고… 잊으면 안 돼. 나야… 네놈이 죽여 이름모를 산 아래 이렇게 이렇게… 백골이 된 나야. 알지?
엄마	(웃음)… 자기가 네 새끼로 태어나 네놈을 빠작빠작 말려서 죽일 거래. 이제 알겠어. 그래서 각오하고 있으래. 야 병신아! 그 새끼가 다 말했어. 네놈도 같이 했다고…그놈이 그 짐승 같은 놈이 그래서 자긴 이렇게 죽어간다 하면서 잘 죽었어. 그런데 넌 왜 빨리 안 죽어. 죽으면 아주, 죽어서 오면 아주 작살을 낸다던데… 지옥불보다 더 심한 고통 속으로 널 빠트린대… 야 새끼야! (출산 표현) 아이고 배야!

아기 태어나는 소리.

나무 목! 소리 탁! (암전)

장례식. 병풍이 있고 민우 절한다.

천수경을 낭독하며 목탁을 두드리는 스님.

노래하는 미친 엄마 앞세우고 고씨, 아이를 업고 나타난다.

고씨   네놈을 업고 그날 장단 나무 아래 우린 있었다.

울면서 엄마 목을 조른다. 다음 장단 나무 아래 묻는다.

아이의 울음소리.

17장   지옥도

병풍 아래. 민우의 울음소리 깊어진다. 고씨 자신을 염한다. 스스로를 염한다. 다음 병풍 앞으로 온다.

고씨   민우야⋯ 저 나무⋯ 모든 것을 지켜본 나무⋯. 이게 너의 엄마 이야기이자 나의 죄 많은 인생이다. 너희 엄만 착한 사람이었다.

엄마를 묻고 장단 나무 조명 아웃.

아이의 울음소리⋯ 민우의 울음소리 오버랩.

고씨	(관 속으로 들어간다) 이제 죽는다. 나의 어리석은 삶을 용서받을 수 있을지 아직 모르겠다. 하지만 너에게만은 이 아버지를 용서받고 싶다.
민우	목탁 소리…. 좀 더 크게 내 주세요. 스님! 죽은 사람들은 어디로 갑니까?
스님	모르지, 지옥이 아니라면 좋으련만… 극락왕생! 나무아미타불!
민우	그 여자는, 엄마는 그리고 사람들은 그 후 어디로 갔을까?
스님	죄 많은 중생 죽어 물고기가 될까? 죽어보면 알겠지? 나무관세음보살!
민우	스님…. 그 목탁… 절 주세요. (두드린다) 소리 탁! (암전)

미친 울음소리. 죽은 여자 딸과 부인. 오씨의 울음소리. 민우를 압박한다.

민우의 웃음소리, 비명처럼 들린다.

쓰러진 민우.

혼령들의 목소리, 낮으며 작다. 섬뜩하다.

엄마	나의 딸… 이쁘구나.
딸	나다. 넌 나야. 엄마. 저게 나야.
오씨	고 하사… 네 아들이 저 여자야. 네놈이 죽인 여자가 네놈 아들이야.

민우   난 살려라. 이 가슴에 분노를 막아라. 저 아비의 죄를 이 가슴으로 막아라!

고씨 등에 나무를 달고 나온다.

스님   사람이여, 성질이 사납고 흉악한 사람이 있다. 만일 그 사람들이 그대를 비난하고 욕을 한다면, 그때는 어떻게 하려는가?

민우를 때리는 혼령들.

민우   나를 때리지 않는 것만으로도 좋은 사람이라고 생각하겠다. (웃음)

스님   그럼 그들이 나무나 돌을 가지고 그대를 때린다면 어떻게 생각하겠는가?

민우   그때는 칼로 나를 찌르지 않는 것만으로도 그들을 훌륭한 사람이라고 생각하겠다.

스님   그러면 만일 그들이 칼로 상처를 입히는 날에는 어떻게 생각하겠는가?

오씨   네 엄마가 날 죽였어.

민우   칼로 상처 입힌다 할지라도, 죽이지 않는 것만으로도 참 좋은 사람이라고 생각하겠다.

스님   그러면 그 칼로써 그대를 죽일 때는 어떻게 생각하겠는가?

부인 딸 예쁘구나.

민우 인생은 온갖 고뇌가 따르는 것. 자살로 자신의 생명을 끊으려는 자도 있었다. 그들이 스스로 목숨을 끊는 번거로움을 덜어 준 것이라고 생각하겠다.

나무 목! 소리 탁! (암전)
다시 조명 들어오면, 넋을 놓은 민우 목탁 소리.

스님 나무관세음보살! 그대를 찾아라. 너를 찾아라!

민우, 장단나무 아래로 간다.

민우 무엇을 잘못이라고 합니까? 무엇을 죄라고 합니까? 내가 알지 못하는데 무엇을 죄라고 말합니까?… 눈은 떠 있으나 아무것도 볼 수 없고, 귀가 있어도 들리지 않습니다. 아무것도 알지 못합니다. 어찌해야 합니까?

나무를 붙들고 있는 민우.

스님 저 나무를 때려라! 한이 맺혀 피가 고인 나무다. 네 한이 무엇인가를 알고 싶다면, 저 나무가 사람이라면, 이니면 그 무엇이라고 생각하고 마음껏 때려라!

장단 나무를 때리며 민우의 비명 소리 산을 울린다.

비명 소리 사이로 물고기 형상과 고씨 나타난다.

고씨　　아들아… 두 여자를 아비가 죽였다. 용서해라. 용서해라.

혼령들 민우에게서 떨어진다.

소리 탁!

아버지 나무를 안고 온다.

스님　　과거는 어제다. 오늘은 오늘이다. 맘 단단하게 붙잡고
　　　　있냐?

민우　　시원합니다. 어디로 갔을까요? 저의 어미는요?

스님　　난 네 어미 모른다. 그냥 한 영혼 여기 머물다 갔다.

민우　　아버지는요?… 이 손도 자를 수 없습니까, 스님?

스님　　그냥 놔두자. 손이 무슨 죄가 있냐?

고씨 영혼, 나무를 들고 민우 앞에 나타난다.

스님　　들어오시죠.

민우　　들어오지 마세요.

고씨　　스님 잘 부탁드립니다… (나무를 두고 나간다)

스님　　거 나무 참 좋다.

민우 나무에 머리를 박는다. 두드린다.

바람이 분다.

민우   무슨 소리가 날까요? 스님 내가 만들면… 내가 만들어 보고 싶습니다.

스님   소리만 제대로 나면 되겠네. 박달나무를 큰 방울 모양으로 깎아 그 중앙을 반쯤 자르고… 소리가 잘 울리도록 다시 그 속을 깊게 파서 비게 하여야 한다. 조그마한 나무 채로 두드리면 된다.

본래 이 모양은 수도하는 사람들에게 교훈을 주는 뜻이다. 밤이고 낮이고 눈을 감는 법이 없는 물고기처럼 용맹정진하라는 것…. 그래서 목어(木魚)라 부르기도 한다. 무슨 나무냐고?… 재료는 원래 번개 맞은 대추나무가 가장 좋으나… 박달나무와 은행나무도 괜찮다.

나무 목! 소리 탁! (암전)

18장 목탁 만드는 사람

민우, 목탁을 만드는 중이다.

죽은 혼령들이 나타난다. 민우 주위로 혼령들이 서로 쫓기고 쫓는다.

엄마	너무나 배가 고팠다. 가난했으니까… 그래 몸을 팔았다… 그래서 멸시를 받고 살았다. 이를 피해 살 수는 없었다. 선택은 둘 중 하나였지. 죽든지 아니면 돈이었다…. 가진 것은 몸뚱아리… 난 몸을 팔았다.
민우	배가 고프다고 몸을 팔지는 않는다.
오씨	돈이야 그래 돈! 돈 앞에서는 모두 다 무릎을 꿇는다. 악착같이 돈을 차지해서 놈들에게 복수해야 한다. 공부 못했다고 놀리는 것들, 병신이라고 놀리는 것들, 나는 보란 듯이 성공해서 나의 원한을 돌려주고 싶었다고…
고씨	난 살인자. 살인자. 그날 생생하게 기억하지… 어떻게 잊을 수 있을까? 이후 나의 길은 형극의 길이었다. 아니 차라리 죽음의 길이었다… 하지만 니네 엄마 아니다. 모두가 내 잘못이다.
민우	난 뭐냐고요. 그럼 난?

민우, 상념에 시달리다 작업을 중지한다, 칼을 던진다.
나무 목! 소리 탁!

부인	개새끼들…. 사람을 함부로 죽이는 개보다 못한 새끼들!
딸	엄마… 추워…. 여긴 추워… 빨리 나가고 싶어!
부인	개만도 못한 새끼들… 개새끼들!

민우, 울며

민우   …. 나도 개요! (개소리) 그래, 나도 개잡놈이기에 칼을
내리쳐 물고기들을 죽였지.

먼저 고기를 기절시켜야 돼. 머리와 눈 사이를 칼등으
로 내리친 다음. 칼로 머리를 자른다… 빨간색! 피… 피
를 보니까 시원하더라고, 난 그렇게 살고 싶었어. 가슴
에 이유 없이 열이 나서 그렇게 살았다. 개가 어떻게 변
화해야 되는지 알고 싶었어… 그럼 난 개새끼야!…

왜 나의 칼은 목탁을 만들지 못하고 결국 생을 죽이는
칼이 되었는가.

물고기들 웃음소리 끼어든다.

민우의 절망, 작업 칼을 던지고 쓰러진다.

여인의 울음소리 지나간다.

부인과 딸 행복한 웃음소리.

오씨   무시 당하면 좆같은 거야…. 저 웃음, 행복해 보이는 저
웃음… 우리 가족은 가난했어.

부인   그렇다고 사람을 죽이냐.

오씨   먹을 것이 없어 굶주리는 가족들… 난 그들을 먹이고 싶
었다.

고씨   돈 돈… 단지 잘 먹고 잘살고 싶었다.

엄마	살고 싶었다. 남은 것은 이 썩은 몸뚱아리 하나… 그래서 난 팔았다.
부인	돈 때문에 사람을 죽이는 것들…
딸	왜 내가 죽어야 돼? 엄마… 왜?
혼령들	어느 놈은 쌀로 밥을 짓고,
	어느 년은 막걸리를 만들고…
	어느 놈은 떡도… 어느 년은 죽도 과자도 만들지.
	왜 만드냐고?… 먹고 마시고… 그것, 한낱 먹는 것 때문에 죽이고….

모인 혼령들 서로 물고 물리는 지옥의 형상이다. 스님 다시 나타난다.

스님	선과 악, 죄와 벌…. 결국 인간 세상 필요에 의해서 인간들이 직접 만들어 놓은 것들이야. 돈! 돈! 돈은 모든 만물의 본질… 그것이 도를 뜻하는 것이지.
	너무 힘들어하지 마. 정해진 것은 없어. 흐르는 물을 젖소가 마시면 우유가 되고… 그리고 뱀이 마시면 독이 됐을 뿐….

민우 안정된 모습으로 일어난다.

에필로그 – 천도제

민우가 목탁을 만들어 단상 위에 모셔 놓고 스님께 목탁을 전한다.

민우   난 무엇인가요. 아직 아무것도 모르겠습니다. 어둡고 깜깜합니다.

스님   눈을 감고 들어라.

민우   목탁 소리가 들리지 않습니다.

스님   목탁 소리는 자궁의 소리다. 태어나서 죽음으로 사라지는 모든 것. 저 구멍으로 나와 저 구멍으로 다시 사라지는 것. 어차피 세상의 살아 있는 모든 것에 영원한 것은 없다.

민우   그럼 다시 어디로 가는 것입니까? 죽음이란? 지옥이란 무엇입니까, 스님?

스님   머물러 있는 것, 고여 있는 것이지. 물이 고이면 썩는 것, 저 바다 언제나 출렁이는… 지옥이란 과거에 집착하는 것이지. 그래서 용서도 비난도 할 수 없는 고체. 단단한 것이지. 생명이 있는 모든 것은 한곳에 머물러 있지 않고 움직이고 흐르면서 변화하는 것이 순리이자 극락이지.

민우   변화라구요?

스님   무상하다는 말은 허망하다는 것이 아니라 영원하지 않다는 것이다. 변화하고 움직이는 가운데 그 과정 속에서 생명이 깃들고 그 생명은 방황하는 것이 진정한 진리를 찾는 길이야.

민우 이 죽은 나무는요?

스님 나무를 죽이는 것이 아니라 새롭게 태어나는 것이야…
세상을 변화시키려면, 새롭게 변하려면 새로운 것을 만
들어야 해. 그것이 우리가 사는 길이야… 거짓을 진실인
양 아니면 거짓의 시대를 덮고 아무 일도 없었던 것처럼
하는 것도 죄란 말이야… 거짓이 짓눌러 온 세월 우리
가슴 한구석에 양심처럼 괴롭혀 온 우리 죄를 속죄해야
만 우리 다음 세대가 새 세상을 만들 수 있는 것이야.

물고기의 형상과 해원한 혼령들…. 신나게 춤을 추며 등장한다.
스님, 목탁의 역할, 지옥의 모양을 이야기한다.

스님 (소리 탁!) 화택고해(火宅苦海) - 힘들어하지 마라, 무
서워하지 마라, 아파하지 마라… 번뇌의 불이 타고 있는
것이야. 고생의 바다인지라 생명은 복잡한 것이야.
(소리 탁!) 일절개고(一切皆苦) - 모두가 고생이다.
한곳에 정지되어 있는 것은 살아 있는 것이 아니다.
저길 봐라. 저 별도, 한낮에 태양도, 저 달도… 늘 움직이
고 변한다.
열 가지 염이로다. 십념(十念)의 하나로, 대개 입으로 아
미타불의 이름을 부르는 것. 그의 이름을 부르면 반드시
서방의 극락정토에 왕생하게 된다. 나무아미타불!

238

염불삼매! 염불을 통하여 삼매(三昧)의 경지에 몰입하는 것. 아미타불뿐만 아니라 다른 부처의 이름을 부르는 것도 모두 염불이다. 이 목탁을 두드려라. 목탁을 때려라. 염불을 질러라. 소리 질러라. 가슴에 독기를 빼려면 이리라도 해야 한다. 이 잡것들아!

나무 목! 소리 탁! (암전)

오늘 부는 바람

2013년 대학로 연우무대 소극장 (제 13회 2인극 페스티발
출품작)
출연진: 남우성, 신혜정

2015.11.3-11.15 자유바다 소극장

2016년 청춘나비 소극장

2016년 거창 수승대 극장
출연진: 박상규, 김혜정

무대

다양한 문틀이 있다. 이것들은 움직이면서 각각의 장소를 상징한다.

작가의도

이 작품은 남, 녀 각각 일 명의 배우가 등장한다. 여자의 역할은 한 사람이지만 남자는 작곡가인 한 남자, 남편, 아버지역 등 일인 다역을 소화한다.

음악이 상징하는 것이 많다. 시대에 따라 적절한 선곡이 필요하고, 시대적 배경을 상기시키는 노래가 장과 장 사이에 들려진다.

프롤로그 - 작곡가의 방

어둠 속에서 끊임없이 방을 두드리는 소리. 이 소리는 마침내 베토벤의 <운명>처럼 들려온다.

어둠 속에서 작곡가의 목소리

작곡가　지겹다 지겨워… 언제까지 저 소리를 들어야 하지? 집주인 여자의 집세를 독촉하는 소리가 음악이 되었다. 언제면 저 소리를 듣지 않아도 될까. 지겹다 지겨워.

1장　오늘 부는 바람

작곡가의 음악 사무실,

여자는 길이다. 두 사람 통화 중이다.

여자　어디라구요?

조명 인

작곡가　아니 그러니까 동쪽으로 보시면 1층은 진성슈퍼, 2층은 PC방 보이시죠?

여자　어디를 동쪽이라고 해요?

작곡가	해가 어디 있습니까?
여자	해? 안 보이는데….
작곡가	그러면 뭐가 보입니까?
여자	대패삼겹살 있고, 김밥천국 보이네요.
작곡가	대패를 바라보시고 왼쪽을 보시면 진성슈퍼 안 보입니까?
여자	공주식당이 보이는데요.
작곡가	(음성이 높아지며) 나 참 그쪽은 오른쪽이고 왼쪽으로 보시라니까.
여자	예술 하시는 분이 왜 화내시는 거예요?
작곡가	(혼잣말) 이거 원 정신박약이구먼… 진성슈퍼 안 보여요?
여자	…보이네요.
작곡가	그럼 그 골목으로 쭉 올라오시면 30미터 정도에 남부부동산이 있고 그 옆으로 작은 골목으로 오시면 상선빌라 뒤 지하로 오시면 돼요.
여자	무슨 사무실이 이런 복잡한 동네에 있어요?
작곡가	미안합니다. 찾아오시겠죠?
여자	가보죠.

여자 퇴장

작곡가	지금 도대체 몇 시간째야. 길치라도 그렇지 완전히 장애 수준이구만.

적당히 청소를 한다. 이때 여자 등장

여자　여보세요. 한참을 왔는데 남부부동산이라고 보이질 않아요. 어떻게 된 거죠?

작곡가　씨발. 뭐가 또 보이나요?

여자　백치세탁소!

작곡가　조금 더 올라오세요. 그 길 따라.

여자　선생님. 너무하신 거 아니에요? 30미터 오면 있다면서요?

작곡가　대략 그 정도 오면 남부부동산이 있다니까요?

여자　제가 발로 60보를 세면서 왔거든요. 한보가 50센치. 두 걸음이면 1미터. 30미터면 60보 맞잖아요?

작곡가　미치겠네…. 대략, 약, 어바우트… 몰라요?… (여자: 몰라요) 미안합니다. 10미터만 더 오시면 남부부동산 보일 겁니다. 어서 오세요.

여자　확실히 20보 더 가면 있는 거죠?

작곡가　네. 어서 오세요. (전화를 끊는다)

부분 무대 여자 다시 암전.

작곡가　이런 떨떨한 여자가 뭘 하겠다고… 이번에도 별 영양가가 없겠는데…

사이,

작곡가는 가사가 적힌 종이 하나를 읽는다.

작곡가   오늘 부는 바람

바람아 바람아 나는 알았네.

왜 부는지를

풀잎에 흔들리고

나의 가슴을 스치면

마침내 하늘 저 끝 편에서 울고 있는

바람아 나는 알았네.

이제 머물 곳을 찾아야 한다.

무슨 바람이 있어 흔들리랴.

덧없는 목숨이여 (덧없는 목숨?…)

높게 낮게 불타는 나의 바람이여.

이제 여기서 내 노래여 멈추어라.

덧없는 목숨? 멈추어라? 바로 한강 다리에서 떨어져 죽
겠고만.

작곡가는 작시를 적은 종이를 기분 나쁜 듯 던지고 생각에 잠긴다.

이때 여자가 나타난다.

여자	어머… 세상에나. 이런 구석에서 어떻게 음악을 하신다고…
작곡가	안녕하세요.
여자	(쳐다보지도 않고 둘러보며) 어머 곰팡이 냄새. 지하라 습기도 많구, 이거 몸에 안 좋은데… (가방에서 손수건 꺼내서 갑자기 청소를 한다)
작곡가	이봐요. 그만두세요.
여자	이게 뭐예요? 치우고 좀 사세요. 이게 무슨 음악사무실 이래. 더러워서 못 있겠네.
작곡가	뭐요? 당신이 상관할 일 아니니까? 그만 중지하라고!
여자	(멍하니 쳐다보다가) 잠깐만 아저씨… 아니 선생님, 화장실 어디죠?
작곡가	저기….
여자	저기 어디요. 빨리.
작곡가	1층에 입구 옆에…

여자, 튀어 나간다.

| 작곡가 | 열쇠 가지고 가야죠. (주머니에 열쇠 꺼내며) |

여자, 들어와선 열쇠를 빼앗듯 가져간다.

| 작곡가 | 이 여자 뭐야? |

사이,

회상 브릿지음악

지난 전화의 통화내용을 상기한다. 부분 무대 여자 등장.

여자 여보세요? 저… (아주 순진한 목소리로) 작곡가 선생님 맞으시죠? 바쁘신데 통화 괜찮으세요?

작곡가 하나도 안 바쁩니다.

여자 이렇게 저와 통화 되어서 감사드려요.

작곡가 감사는 무슨… 워낙 절 찾는 사람이 없어서 오히려 제가 고맙네요.

여자 노래 작곡 하나 의뢰하고 싶어 전화 드렸어요.

작곡가 (웃음) 저 그렇게 작곡 잘하는 사람 아닙니다.

여자 아닙니다. 무슨 말씀을 〈어제 내린 비〉 작곡하신…

작곡가 (짜증스러워지며) 물론 그 노랜 오래전에 제가 작곡한 노래는 맞지만…

여자 맞잖아요. 괜히 귀찮아서 그러시는 건 아니죠? 여보세요, 여보세요. 저 선생님 수소문한다고 얼마나 애를 썼는지 몰라요… 그러니까 제발…

작곡가 가수이신가요? 아니면 어디 기획사에서 연락하셨나요?

여자 아뇨. 전 평범한 주부입니다.

작곡가 아, 그래요.

여자	가사는 읽어보셨나요?

작곡가 한강 다리에서 떨어지… 아니 바람아 바람아 뭐 이거 말씀하시는 건가요?

여자 별론가요?

작곡가 가사가 장송곡 같다고나 할까.

여자 장송곡이라고요?… (자책하며 자신에게) 그래 병신아, 그 정도야. 넘 감상에 빠져가지고 어휴 병신 지랄 육갑… 그래 그게 바로 너야 알겠어?

작곡가 (당황하며) 여보세요?… 아닙니다… 단지 내용이 좀 우울해서 말입니다. (혼잣말로 - 병신) 노래가 원래 감상적이면 좋은 법이죠. (혼잣말로 - 지랄) 너무 자책하지 마세요.

여자 전 나쁜 년입니다. 나쁜 년.

작곡가 여보세요, 여보세요.

여자 죄송해요. 없었던 일로 하죠. 그럼 이만.

작곡가 (당황하며) 잠깐만요. 여보세요, 여보세요. (여자: 네) 그러니까 이 가사를 가지고 노래를 만들겠다. (여자: 네) 그래서 나에게 작곡을 해 달라 이 말씀이신가요?

여자 (밝아지며) 네 선생님… 작곡비는 달라는 대로 다 드릴 테니까. 꼭 이 노래 만들어주세요. 제발. 네?

작곡가 오해하지 마시고 제가 사실은 능력이 부족한 사람입니다. 오죽하면 그 노래 말고는 히트곡이 하나도 없겠습니까.

여자   바로 그거죠. 많은 노래를 작곡해야 훌륭한 작곡가다? 전 아니라고 봐요. 한 곡의 명작을 만들곤 아무것도 할 수 없다는 것. 그건 하나를 만들 때 혼신을 다하기 때문 아닌가요? 한 곡을 위해 모든 정열을 다 바친다. 바로 그겁니다. 이 노래 만들고 다른 노래를 만들 수 없다. 바로 그런 노래를 만들어주세요. 선생님.

작곡가   네. 좋습니다 일단 우리 만납시다.

사이.

여자 소리. 힘주는 소리가 들린다. 변비인가.

여자   화장지가 없잖아요. 빨리 좀 갖다 주세요. 빨리요~

작곡가   가요, 씨발.

작곡가 화장지 찾아서 준다.

작곡가   갑니다 가~ 간다니까.

다시 들어오며 가사를 읽어본다. 바람아 바람아…
여자, 배를 만지며 등장. 아직도 불편하다.

여자   물 좀 없어요?

작곡가	여기.
여자	어휴. 또 실패야, 실패. 괜히 힘만 썼네… 이놈의 변비… 저기 제 빽 좀 주시겠어요?

작곡가, 가져다 준다.

여자	빽 열면 알약 있죠? 그것 좀 꺼내 주세요.
작곡가	어이구. 당신이 꺼내면 되지.
여자	이거 안 보이세요? 일어날 힘도 없다구요. 얼마나 용을 썼던지.

작곡가, 꺼내 준다.

작곡가	…그래 절 찾아오신 이유는?
여자	저번에 전화로 말씀드렸잖아요.
작곡가	대략 작곡을 의뢰하고 싶다 정도…
여자	(일어나며) 대략 너무 좋아하신다. 대략 어바우트 이러 니까 여기 찾아오느라 고생했잖아요.
작곡가	이봐요. 초면에 너무 친한 척하시는 것 아니에요?

사이, 약 먹는 여자.

여자	선생님의 대표곡 〈어제 내린 비〉 듣고 싶어요.

작곡가   항상 이렇게 일방적인가요?

어색한 침묵.

여자   어? 뭐지? (주위를 일어나 둘러보며) 냄새가 나요. 뭐랄
까… 오래된 사과 냄새… 그리고 며칠째 안 갈아입은 팬
티 냄새…

작곡가   이봐요, 나 빤스 갈아입은 지 일주일밖에 안 됐어요.

작곡가, 자기 몸에 냄새를 맡고 주위를 치운다고 소란스럽다.

여자   (계단 쪽으로 올라가서 다시 내려오며) 선생님… 저 계
단을 내려오는데… 오늘은 이상했어요. 한 계단 한 계단
내려오는데 제 위선과 거짓이 한 꺼풀 한 꺼풀 벗겨지는
느낌. (작곡가에게 다가간다) 이상하게 솔직해지고 싶
어지더라구요…

작곡가   그래요. 사실 청소도 잘 안 합니다. 샤워도 잘 안 하고…

여자   우리 좀 더 솔직해지면 어때요?

작곡가   그나저나 〈어제 내린 비〉 꼭 들어야 해요?

여자   그 노래 들으면 옛날 시절이 생각나요. 그 노래가 한창
유행할 때 단발머리 여고생이였죠. (지금도 기억하고 있
나요 시월의 마지막 밤을~) 이 노래하고 선생님의 〈어
제 내린 비〉 이 주일의 인기가요에서 무려 5주, 5주나 1

위를 다퉜잖아요.

작곡가 하하 5주, 5주. 그때는 잘나갔죠… 아. 근데 옛날 얘기가 싫은 게 말이요… 그때는 돈 좀 만지고 그랬는데 지금은 찢어지게 가난하죠. 이 음악 아세요?
베토벤의 불후의 명작… 바로 〈운명〉입니다. 이 음악 어떻게 해서 만들어졌는지 아세요? 바로 처절한 가난입니다. (일어서며) 어느 날 계속 방세는 밀려간다. 주인집 여자의 돈을 요구하는 소리. 바로 이 소리. 꽝꽝꽝! 꽝꽝!… 문을 잠그고 열지 못한 가난뱅이 작곡가는 저 소리만 들리면 죽고 싶어진 거죠. 소리에 놀라는 자신의 처지를 볼 때마다 비참하고 죽고 싶다는 생각… 이때 악상이 떠올랐습니다. 바로 이것!

운명교향곡이 울린다.

여자 선생님, 우리 한잔 할까요?
작곡가 제가 사 오죠. (다시 들어오며) 만 원만 주시죠.

여자, 가방에서 술을 꺼낸다.

여자 이거 한잔 하실래요? 보드카. 무색의 맛… 아무 향기도 맛도 없는… 독하기만 한 술.

여자, 술맛을 보곤 인상을 찌푸린다. 술병을 쳐다보며

여자 건방진 놈! 아무것도 없으면서 당당하게 독한 놈!

남자, 술을 빼앗아 마시며

작곡가 제가 바로 이놈처럼 아무것도 없으면서 당당하죠.

여자 …

어색한 침묵.

작곡가 좋습니다. 그래 우리 이제 본론을 진짜 이야기해 봅시다. 그 가사는 당신이 쓴 것 맞아요?

여자 그럼 베낀 글 같아요?… 사실 이 글, 제 글 아니에요.

작곡가 그럼 누가 쓴 거죠?

여자 제 남편입니다. 선생님한테 노래를 의뢰하면서… 이 노래 가사에 대해서 제가 솔직해져야만이 선생님도 진정성 있는 곡을 만들 수 있다고 생각해요. 아닌가요?

작곡가 물론입니다. 제가 알고 싶은 것도… 바로 이 가사의 의도가 뭔지를 알면 당연히 좋은 곡이 나오겠죠.

여자 (윗옷을 벗으며) 선생님 우리 솔직해지자구요. 한두 살 어린애도 아닌데… 우린 서로에 대해서 아무것도 모르잖아요. 전 아무것도 모르는 선생님 앞에서 말 못했던 내 위선을 모조리 다 까발리고 싶네요.

작곡가 싫은데요. 우린 처음이고 제가 그런 말을 들을 자격도 없고…

여자 그게 이유가 된다고 생각하세요? 진실해지면 왜 안 되죠? 처음 만난 사람이기 때문에? 선생님 한잔 하죠. 자! 바람 같은 남편을 위해!

작곡가 싫습니다. 내가 알지도 못하는 당신의 남편을 위해서 건배라면 싫습니다.

여자 이 노래는 바로 그 사람을 위해 만들고 싶어요… 그럼 이제 이 글을 쓴 제 남자에 대해 이야길 할까요? 아니 제 이야기겠죠.

작곡가 (술잔을 뺏으며) 많이 하신 것 같은데 우리 오늘은 그만 하죠.

여자 (단호하게) 안 돼요. 선생님은 이미 저와 계약을 하셨고… 다음 제가 오늘이 아니면 이 이야길 못할지도 모른다는 사실이 두려워요.

작곡가 ….

여자 전 평생을 거짓을 안고 살았어요. 왜? 너무나 아팠으니까요. 진실이 주는 상처 아세요? 진실이 하나하나 드러날 때, 의문이 하나하나 풀어질 때마다 제 심장은 갈기갈기 상처 났어요.

작곡가 진실이 주는 상처라…. 좋습니다. 비록 계약은 했지만 노래를 못 만들 수도 있다는 것. 왜냐? 내가 실력이 없기 때문에. 두 번째 내가 싫은 경우 도저히 못 만든다. 나도 싫으니까. 그게 양해가 된다면 이 노래를 위해 당신의 이야기를 듣겠습니다.

여자 아주 오래전 한 남자가 있었어요. 아니 그보다 먼저 여자가 있었습니다.

음향 점점 높아지며

작곡가 이 술 아주 건방집니다. 천천히 하세요.

여자 어디서부터 이야기할까. 1990년 봄.

2장 아주 오래된 이야기

여자 (목소리) 안 돼, 안 돼.

여자와 녀석은 젊은 대학생의 모습.

여자, 울고 있다. 강간당한 이후.

바지를 올리며 옷을 입는 남자 대학생.

녀석 그만 울어. 시끄러워 죽겠네… 네가 실수한 거라고, 알어?… 너, 나 이런 놈인 줄 알면서도 따라왔잖아. 안 그래?

째려보는 여자.

녀석　너 욕하고 싶지? 욕해 시팔놈, 개새끼… 마음껏 하라고. (주위에 보이는 술병을 들고) 이거 좋네. 이걸로 그냥 날 쑤셔, 한 방에 죽여 버려.

옷을 추스르고 피 묻은 휴지 숨기는 여자. 그사이에 널브러져 있는 휴지조각들을 바라본다. 침묵이 지나간다.

녀석　너 처녀였어? 그런 년이 왜 겁도 없이 날 따라온 거야? 나, 너 같은 애들, 싫어해. 난 말이야 돈 주면 치마 바로 내리는 이런 애들을 좋아하지. 너처럼 고상한 척하는 것들은 체질적으로 싫은 사람이라고. 재수 없는 것들… 아, 씨발 물어보고 덮칠걸.

여자　개새끼!

녀석　(좋아하며, 자기 몸을 때리며) 그래 좋아! 막 해봐! 욕하고 때리고… 이렇게 이렇게 (자신의 몸을 때리며) 내가 제일 싫어하는 게 뭔 줄 아냐? 괜한 죄의식에 시달리는 것. 알어? 왜? 내가 착한 것 같으니까. 난 착한 게 싫어. 난 태생부터 나쁜 놈이고 나쁜 놈 소리 들을 때 희열을 느끼지. 그러니까 너 괜히 처녀가 어떻게, 뭐가 어쩌니 하면서 질질거리지 말라고… 지금 빨리 옷 입고 경찰서로 간다. …어서 이 병신아!

여자	(처다본다 단호하게) 병신이라고 하지 마세요.
녀석	병신 맞어. 이 병신아… 그래 줄 데가 없어서… 이렇게 멀쩡하고 이쁜 년이 나 같은 개망나니 개새끼한테 처녀를 주냐? 아니 뺏겼지.

여자, 천천히 옷을 입는다.

여자	됐으니까… 어서 꺼져. 개자식아!
녀석	어쭈. 이 병신 봐. 지랄 옆차기하고 자빠졌네.
여자	더 이상 날 비참하게 하지 말고 어서 꺼지세요… 그냥 미친 개새끼한테 한 번 물렸다고 생각할 테니까.
녀석	미친 개새끼? 놀고 자빠졌네. (웃음) 웃기지 말고…. (주머니에서 돈을 꺼내며) 나 부자거든… 아니지 우리 아버지가 부자지. 그래 돈으로 하자… 돈! 그래… 우선 이것 받고… 내가 더 많이 줄 테니까 우리 퉁 치자. 며칠 후에 학교 후문 앞에서 보자. 야, 너 제법 멋있다. 병신 같아 보이는데 뭐 좀 아네.

녀석, 퇴장

여자, 녀석이 나간 후 옷을 추스르다 운다… 다음 갑자기 웃는다. 점점 그 웃음은 끝 모를 옥타브로 높아간다. 밖은 또다시 대학생 데모 구호 소리로 시끄럽다.

여자 그만 좀 해! 이 병신들아! 그런다고 세상이 바뀌냐? 니네들이 아무리 발버둥 쳐도 내가 나를 버릴 때 가질 수 있는 것이 있어. (옷을 입으며 노랫소리 흥얼거리기도 하며) 나 지금 그걸 하는 거야. 내가 보여줄게 이 병신들아! (퇴장)

사이

녀석, 야구복에 야구방망이를 휘두른다.

녀석, 헛스윙 다시 헛스윙

녀석 스트라이크 아웃! (배트를 내려놓고) 공이 오다가 휘어지면 커브잖아. 이 자식아 그러면 내가 어떻게 치냐? 당연히 못 치지. 뭐 그게 투수가 해야 할 일이라고? 그래 넌 투수니까 타자가 못 치게 공을 던져야 하지. 난 타자니까 당연히 그 공을 쳐서 안타나 홈런을 만들어야 하고… 하지만 난 치기 싫은데 아니 왜 쳐야 하는지 모르겠다고… 왜? 내가 하고 싶은 일이 아니니까… 그런데 어떻게 일류대학교 야구부에 선수가 됐느냐고? … 사실 난 수강신청이 뭔지 내 이름을 한자로 쓰지도 못하는데 어떻게… 그 학교 학생이 됐느냐? 세상에 자기 마음대로 안 되는 것은 죽음뿐이라는 위대하신 우리 아버지. 고복식! 높을 고, 복 복, 먹을 식. 고 복 식!

아버지 목소리를 흉내내며 (경상도 사투리)

녀석   너거 세상 만만히 보지 마라. 돈이면 다 된다고 생각하제? 택도 없다. 하지만 이 고복식이 하나뿐인 내 새끼를 위해서는 돈으로 되는 걸 보여준다. 어떻게 나 무식하니까… 무식이 얼마나 무서운지 너거 모르지? 어이 하나밖에 없는 내 새끼 이리 와서 앉아봐라. 니 보니까 공부는 이미 아이다. 과외수업시키면 어느 정도는 할 거다 생각했는데 니, 저 선생이 얼마짜린 줄 아나? 그런데 성적이 이기 뭐꼬? 이 문딩 자슥 여자 선생이라고 공부시간에 저 가스나 다리하고 가슴만 처다봤제? 맞제? 그래 할 수 없제. 마, 니 잘못 아니다 겁먹지 마라. 그라면 오늘부터 공부는 치아라. 니~ 내 말 단디 들어라. 그렇다고 내가 일류대학 못 보내면 이 고복식이가 아닌 기라… 니 오늘부터 너거 학교 야구부 있제? 거 들어가라. 가서 야구 해라. 못해? 카! (손을 들었다가 내리며 크게 웃으며) 겁먹지 말고 누가 잘해라 캤나. 그냥 해라. 너거 학교 야구부 오늘부터 내가 돈 다 낸다. 중학교 마치고 야구부 있는 고등학교 가라. 그라고 그중에 제일 잘하는 놈 무조건 같이 붙어 다니라. 고 새끼 가방을 들

260

라고 하면 들고 그 새끼가 뭐 사 묵고 싶다 하면 다 사 주고 그건 할 수 안 있겠나? 그다음은 내가 마 알아서 다 해 줄게. 알았제? 그것만 해라. 그라면 니 일류대학 갈 수 있다.

사이

녀석 나 우리 아버지 소원 들어 줄라고 소질도 없는 야구부 생활, 중학교 1년, 고등학교 3년 내내 했다고. 나 얼마나 힘들어했는 줄 알아? 좆도 모르면서 방망이 휘두르고… 다른 것 다 침을 수 있겠는데 무찻집 새끼가 돈 때문에 야구부 한다는 소리. 그래 아무도 그런 말을 하지 않았지만 그 눈빛, 나한테 짜장면 얻어먹고 만두 얻어먹고 하면서도 내 뒤통수 뒤로 쏟아지는 그 눈빛들… 내가 병신이냐 그것도 모르게. 하지만 참았다. 우리 아버지 고복식이 소원이니까. 난 그분의 하나밖에 없는 아들이니까. 우리 야구부에 걸출한 니네들도 다 아는 지금 프로 야구 최고의 투수 거시기가 내 동기다. 그놈을 대학에서 스카우트 할려고 우리 학교 운동장이 뻔질나게 다닐 때 우리 아버지가 힘을 썼다. 거시기야, 고만수 같이 데리고 가면 간다고 해라. 그라면 빌딩 하나 줄게. 바로 이 조건으로 내가 일류대 학생이 됐다. 아이고 우리 아버지 고복식 선생님 존경합니다. 과연 아버지답습니다. 이제 난 야구 안 해도 일류대 학생이다. 야구 끝!

3장   바람이 불어 들려준 이야기

여자, 소박한 대학생 차림으로 나타난다. 다시 세상은 온통 최루탄과
구호 소리다.

녀석   병신아. 늦게 오면 어떡해? 내가 저 지랄 같은 가스를
마시고 있어야 돼? 자 이리로 와 저쪽으로 가자. 어서
빨리!

여자의 팔을 잡고 사라진다.

암전, 구호소리, 노랫소리

다시 조명 들어오면 조용한 곳.

녀석   야 병신아⋯ 너 정말 자꾸 연락하고 할래. 다 끝났잖아?
혹시 너 지금 본전 생각나서 이러는 거야?

여자, 고개 숙이고 가만히 있다.

여자 돈 더 달라고 온 거 아니야.

녀석 그럼 뭐야?

여자 …

녀석 (웃음) 너 혹시… 너… 생각하기도 싫은데… 나의 첫 순정을 바친 남자… 이건 운명이야. 난 이 남자의 여자가 될 거야라. 야 끔찍하다 야… 네가 뭐가 부족해서 그런 생각을 하냐? 이런 개새끼한테 순정 이런 것 생각도 하지 마라. 너 진짜 구렁텅이에 빠진다. 난 아주 인간이 못 되는 놈이야. 절대 좋은 놈이 될 수 없는 놈이라고… 너 혹여나 착각하지 마라.

여자 오늘 병원 갔는데…

녀석 잠깐 말하지 마! 스탑! 말하지 마!

여자 임신이래.

최루탄 소리

녀석 야 개새끼들아! 그만 좀 쏘라고… 너 방금 뭐라고 했냐? 임신?

여자, 운다.

녀석 (웃음) 병신아!… 난 또…

여자 내 뱃속에 생명이… (울음)

녀석   아씨, 쪽팔리게 다른 사람 보면 무슨 영화 찍는 줄 알겠다. 그거 별거 아니야. 산부인과가 금방 해결해 병신아. 난 또 뭐라고… 병신!

한동안 웃음 길다.

여자   개새끼!

녀석   그래 개새끼야! 지금 네 뱃속에 있는 것… 혹이야 그냥 혹… 그거 아주 더러운 혹이야.

여자   (남자 때리며) 야 이 나쁜 새끼 이 개새끼!

녀석   아씨 쪽팔리게…(객석에 눈을 의식하며) 뭘 보냐? 시팔 처음 보냐? 좀 조용히 해 병신아! 별것도 아닌 걸 가지고 시끄럽게 지랄하네. 병신이… 너, 내 말 똑똑히 들어. 이건 뭐냐면 고름이야… 내가 가다가 재수 없게 돌부리 채여 넘어졌어. 그런데 별거 아니고 그냥 상처가 좀 났어… 그냥 별거 아니겠지 생각했지. 그런데 이게 곪아가지고 고름이 생겼네. 그냥 상처! 알겠어? 그냥 병원 가서 도려내. 칼로 싹뚝 도려내는 거야. 그럼 조금 있으면 상처가 깨끗하게 아무는 거야!… 그리고 내가 생긴 대로 다 혹을 달았으면 지금 내가 사우디 왕이다. 줄줄이 사탕… (애기 흉내 내며) 아빠 아빠! (호쾌하게 웃는다)

이때 여자, 녀석의 목을 잡고 조른다, 죽일 듯이.

여자　야 개새끼, 악마 같은 새끼!

암전.

4장　바람 속으로 들어간 사람

여자, 한 손에 꽃다발을 들고 등장, 꽃을 놓고 절을 한다.

여자　(앉으며) 비기 올 것 같아. 가을 가뭄이라 모두들 비를
기다리는데 좀 많이 내렸으면 좋겠다 그치? (절을 하고
일어나며) 이제 오지 않을 거야. 알지? 나… 그렇게 독
한 사람 아닌 것… 엄마처럼… 하지만 이제 나 독종이
될 거라고. 엄마. 사람이 독이 오르면 제일 먼저 어떻게
변하는지 알어? 자기를 버리는 거야. 병신들… 왜 자기
를 죽여? 난 아니야. 난 끝까지 살아남을 거야. 엄마처럼
자신을 죽이진 않아. 병신!… 엄마, 나 간다. 이제 우리
다시는 만나는 일 없을 거야. 죽어서도…

이때 비가 내린다. 우산을 든 여자는 하늘 한 번 쳐다보곤 과거를 회상
한다. 우산 접고

여자, 다음… 고무줄놀이를 한다.

여자　(노래) 시월에 유신은 김유신과 같아서 삼국통일 되듯
　　　　이 남북통일 되어요.

고무줄놀이 접고 엄마가 부른 듯 객석을 향해

여자　엄마! 엄마! 오늘 상 받았다. 사생 대회에서 내가 1등
　　　　했어… 엄마딸 이쁘지? 잘났지?… 그런데 아버진 언제
　　　　와?… 왜 우리 집에 같이 안 살아? 다른 집은 매일 엄마,
　　　　아빠랑 같이 사는데 아버진 어쩌다 한 번씩만 집에 와?
　　　　1등 하면 아버지 집에 갈 수 있다며? 내가 1등 했는데
　　　　왜 아버지 집에 갈 수 없냐고 엄마?…

다시 심각해지며

여자　엄마랑 난 식모가 있는 큰 기와집에 살았어. 애들이 부
　　　　러워하던 동화책도 자전거도 있었어. 부족한 게 없는 부
　　　　잣집. 그런데 어느 날 예고 없이 아버지가 찾아오면 아
　　　　빠~ (아버지 목소리로) 어이구 우리 공주님! 이 아버지
　　　　가 우리 공주님이 원하는 거 다 해 줄게. 그러니 우리 딸
　　　　은 공부만 잘하면 돼. 날 닮아 공부도 잘하고… 어이구
　　　　이쁜 딸. 그러면 난 아빠 앞에서 재롱 부리며 노래를 불

렀지. (노래) 쨍하고 해 뜰 날 돌아온단다~ 쨍하고 해
뜰 날 돌아온단다~ 그리곤 난 아무나 가질 수 없는 것
들을 선물 받고 좋아했지. 그런데 왜 아버진 우리랑 같
이 살 수 없는 걸까? 중학생이 되고 알았다. 내가 왜 아
버지랑 같이 살 수 없는지… 우린 작은집. 우리 엄마는
작은 엄마. 첩이었어. 난 첩의 딸년. 내가 고등학생이 되
려고 할 때 우린 큰 기와집에서 쫓겨났어. 아버지가 갑
자기 사업이 망하고 그리고 얼마 후 돌아가시고 나와
엄만 하루아침에 거리로 쫓겨난 거지가 되었어. 그냥 길
거리에 아무것도 없이… 그때 만난 또 한 분의 아버지.

사이

아저씨   (목소리) 어이구 이쁘구나. 내가 이제 니네 아버지야. 어
서 아버지라고 해봐. 어서. 아니지 아빠라고 해보라고…
어서.

점점 가식적인 웃음에서 무섭게 변해 간다.

여자   그때 그 아저씨의 쉰 냄새 그리고 쉰 목소리… 엄마 저
아저씨 무서워 우리 도망가! 어서!… 난 한순간도 있고
싶지 않았어. 왜, 무서우니까. 그때 나의 절박했던 소원
이 뭔 줄 알아? 그 집에서 도망 나오는 것. 하지만 여고

생이 할 수 있는 일은 단 하나. 어른이 될 때까지 참고 기다리는 것… 아저씨는 우리 아빠가 아니잖아요! 이런 말을 해야 했는데 난 한 번도 말을 하지 못했어. 왜? 가만히 있는 엄마. 멍청히 가만히 있는 엄마. 죽지 않으려면 참아야 된다는 엄마. 난 엄마의 얼굴을 보면서 참아야 했지. 나도 이걸 부정하는 즉시 엄마와 함께 거지가 된다는 두려움을 아는 나이였으니까… 엄마 나 무서워!

아저씨   (목소리) 이것 아니잖아. 다 죽어가는 니 모녀 내가 이렇게 챙겨주는데 이러면 안 되지. 안 그래? 왜 이래. 내 말을 들어야지. 내가 니네들을 살려주는데 안 그래? 그럼 이렇게 하면 되겠네. 여보!

허리띠를 풀어서 내리치는 아저씨. 저 멀리 들리는 엄마의 비명 소리!… 귀를 막는 그녀.
다시 조명 바뀌면 여자의 모습, 웨딩드레스를 입는다.

여자   난 절대 엄마처럼 살지 않을 거야. 엉터리라도 거짓이라도 싸울 거야. 내 운명에 나를 던질 거라고.

5장 바람에 날리는 사람

남자, 양복을 입고 허겁지겁 등장.

| 녀석 | 아버지 절 때린다고 돌이킬 수 없습니다. 이제 저도 제 마음대로 할 나이가 되었다고요. 약속을 지키셔야죠. 대학만 가면 이제 제 맘대로 하게 해 준다는 약속 지키셔야죠. (옷 추스르고) 어이 이봐 병신! 우리 결혼하러 가자! |

웨딩마치

면사포를 쓴 배가 부른 여자 나타난다. 배를 만지며⋯ 감상에 젖는다.

| 여자 | 오늘 결혼식에 저희 친정식구는 아무도 오질 않았습니다. 결혼식에 처갓집 식구가 없다고 전 저희 남편에게 말했습니다. 난 사실 고아와 진배없다고 하면서⋯ 저 쿨한 남자는 더 이상 많은 걸 묻지 않았습니다. |
| 녀석 | 내가 결혼을 하다니? 세상 참 재미있네. |

이때 객석을 하객으로 결혼식이 진행된다.

| 녀석 | (객석 관객에게) 자 당신을 장모, 장인⋯ 다음 당신은 처남, 처형. 또 당숙, 그래 나머지는 친구들⋯ 오케이 연기 잘하셔야 됩니다. 아저씨 들키면 안 돼요. 끝나고 오늘 일당은 꼭 받아 가세요. 특히 장인 장모역을 맡으신 분은 특별히 많이 드릴 테니까 아시죠? |

여자	이 사람은 부잣집 아들, 시아버진 부동산 재벌입니다. 정확힌 모르지만 최소한 빌딩이 시내 여기저기 몇 채를 가진 외동아들. 친구들이 얼마나 부러워하는지 일류대 출신 남편에 부잣집 아들. 이렇게 내 소원대로 부잣집에 며느리가 되었습니다.

결혼식 사진 찰칵! (암전)

결혼사진 영상에 비친다.
어둠 속에서 여자의 웃음소리.
슬픈 웨딩마치곡

사이

여자	(목소리) 여보… 욕실 바닥 미끄러워. 조심해…

이때 목욕탕에서 샤워를 마치고 나오는 녀석.

녀석	이봐 병신! 저기 맥주 좀 가져와.
여자	(나타나며) 병신이라고 부르지 마.
녀석	병신을 병신이라고 하지, 뭐라고 불러?
여자	(뒤로 안으며) 여보!
녀석	미친년… 넌 병신이야. 네 인생을 나 같은 놈한테 건다

고? 도박하냐? 꿈 깨! 결혼하면 니 소원은 이루어졌는
지 모르지만 난 영원히 개새끼로 살아갈 거니까. 저리로
꺼져 병신아.

여자   우린 이제 부부야. 부부!

녀석   부부? 그래 부부! 물론 결혼식도 했으니까 부부는 맞지.
그런데 아직도 넌 내가 정상적인 삶을 사는 사람처럼
보여?

여자   그럼. 내가 그렇게 만들고 말 거라고.

녀석   대단한 신념이군. 그러니까 넌 병신이야.

여자   왜 안 돼? 변하는 게 사람이야.

녀석   그래 말 잘했네. 사람은 말이야 자신의 의지대로 선택된
행동을 할 수 있을 때 사람이야. 그런데 난 아니야. (일
어나서 창가로 가며) 바람이다!

여자   창문 좀 닫아. 추워.

녀석   난 바람이 좋아. 그래 난 바람이야. 실체도 모양도 없는…
난 이미 사람의 형체를 쓴 바람이 되었다고 알아?… 너 알
아서 해. 그냥 네 뱃속에 있는 혹이랑 알아서 살아. 돈은
남아도니까. 나 잔다!

녀석 하품하며 퇴장.

여자   고마워요. 여보!… 당신이 바람이면 난 뭐지?… 아랫배에
남지 않은 난 그럼 악마인가?

술잔을 가져오며 소파에 앉아

여자   미안해! 우리 아기… 엄마가 오늘은 좀 마셔야겠다. 너
       도 취하면 안 되니까, 딱 한 잔만… 이 엄마가 용서가 될
       까?… 엄마 고생 참 많이 했어. 혼자 힘으로 대학 다닌
       다는 게 얼마나 힘이 들었는지… 하루하루가 지옥이었
       다. 엄마는 누구보다도 널 잘 키울 거야.
       너만은 이 엄마를 이해해 줘야 돼. 그래야 이 엄마가 용
       서받지. 널 위해서라도 이 엄마가 너한테 용서받길 위해
       서라도 거짓이 진실이 되게 만들 거니까…

       이때 녀석 일어나 들어온다.

녀석   나도 한 잔 줘! 너만 처먹지 말고.
여자   왜 안 자고 일어났어?
녀석   (소파 옆 바닥에 앉는다) 잠이 깊이 오질 않아. 난 단순
       한 사람인데. 고민? 우리 이런 거 안 한 지 오래됐는데…
       오늘 밤은 나답지 않게 생각이 많네.
여자   (기대며) 난 오늘 행복한 날이야. 고아처럼 살았는데…
       이렇게 가족이 만들어졌잖아. 당신 그리고 우리 아기.
       (여자, 남자 무릎에 눕는다)
녀석   가족? 가족이라고?… 너 참 대단하다. (여자 밀쳐낸다)

날 이렇게 다시 가족이란 곳에 빠트리다니…

여자 고마워. 여보… 내가 잘할게. 당신과 우리 아기를 위해.

녀석 오늘 내가 처음으로 우리 아버지 말을 거역하고 너하고 결혼했다. 이 영광스러운 날 나 혼자 자축 좀 하자. 들어가라. 홀몸도 아닌데. 자라고… 어서.

여자 (하품하며) 나도 이제 피곤하네. 잘 잘게. 행복해요. (뽀뽀를 하며, 퇴장)

녀석 행복해요 여보? 병신!… 너 실수한 거야. 진짜로 행복해지고 싶다면 날 선택하면 안 돼. 잘 자라… 병신… 거짓! 초라하고 비참한 거짓! 내가 말하고 있는데 내가 없는 느낌. 내가 여기 있는데 여긴 내가 없어. 이게 무슨 느낌이야? 이런 기분이 들 때마다 저 가슴 밑바닥에서 치밀려 올라오는 분노. 또 이건 뭐야? 온통 모르는 것 투성이. 십팔 난 도대체 뭐냐고 십팔!

갑자기 일어나 보드카를 들고 온다.

녀석 그때 날 위로한 건 바로 이거야. 압술루트 보드카! 아무 향기도 없는 것이 마약처럼 온몸을 적시는 안도감. 이 술은 날 꽤 괜찮은 놈으로 만들거든… 취하면 온몸으로 전해 오던 맑은 퇴폐. 맑은 절망. 순수한 나로 돌아오게 한다는 것. 이것이 이 술의 매력이야. 거짓도 아름답게 만드는 이 황홀한 매력. 아무 맛도 향기도 없으면서 당당하고 독한 놈.

술을 병째로 마시고 쓰러진다.
암전.

6장　　바람에 날아간 사람

남자, 우두커니 서 있다. 여자의 배는 더 부르다.

여자　심심하지 않아? 하루 종일 집에만 있으면…

녀석　알잖아. 돈도 벌 필요 없고… 뭘 할 줄도 모르고…

여자　다른 사람들처럼 아침부터 나가 봐. 그냥 막 다녀 봐. 친
　　　　구들도 만나고…

녀석　내가 어떻게 살았는지 아는 사람을 만나? 내 과거를 아
　　　　는 사람을 만나라고?

여자　그럼 새롭게 만나면 되잖아. 모르는 사람과도 만나고…

녀석　언젠가 새벽까지 술 먹고 전철을 탔는데… 출근 시간이
　　　　더라고. 사람들이 밀려오는데… 그 사람들의 얼굴을 봤
　　　　지. 뭔가를 향해 질주하는 듯한 의지가 보이더라. 그런
　　　　데 난 지금 어디로 가지?… 차창에 비친 그 사람들과 다
　　　　른 나의 얼굴… 그때 내리고 싶더라고… 차 문이 열리고
　　　　비집고 나갈려는데, 그런데 안 되더라. 너무나 많이 밀려

드는 사람들… 몇 정거장을 내리지 못하고 계속 가는데 점점 무서워지더라고… 사람들이 날 이상하게 보는 것 같고… 심지어 날 보고 웃는 사람도 있더라고… (갑자기 목을 잡으며) 이렇게 숨이 막혀 오는데 그래서 다음 정거장에서 무조건 밀치고 나갈려는데… 난 또다시 밀리고 말았지. '야 새끼들아 나 나가고 싶다고… 비키라고… 내가 나간다고… 개새끼들아.'

여자   여보.

녀석   우리 옥상에 가볼까?

임신복의 여자와 손을 잡아주는 녀석. 바람이 심하다.

녀석   난 바람이 좋아. 시원하고 내가 날아갈 듯 가벼워져… 춥냐?

여자   아뇨. 저도 좋아요. 바람이 시원해요. 너무 좋아요. 이제 좀 살 것 같아요.

녀석   진흙 속에 피는 꽃처럼 그물에 걸리지 않는 바람처럼 바람아 바람아 나는 알았네… 풀잎에 흔들리는…

여자   나 혼자 살 때… 방 하나 있는 게 소원이었어. 아르바이트하는 곳 숙직실 아니면 구석진 곳. 벌써 어두워… 저 많은 불빛들이 있는데 내 집 아니 내 방 하나 없었다고…

사이

녀석 저기 봐. 불빛들… 저 많은 자동차들 어디로 가지?

여자 모두들 집으로 가지.

녀석 왜?

여자 가족이 있으니까.

녀석 가족?

여자 사랑하는 가족!

녀석 전화가 왔어. 아버지가… 그런데 이상한 말씀을 하시더라고…

여자 뭐? (여자 일어난다)

녀석 아기 언제 나오냐고… 당신 데리고 밥 같이 먹자고 하면서…

여자 아이고 고마우셔라. 그래. 빨리 전화 드리고 약속 잡아.

녀석 우리 아버지 그런 사람 아니거든… 한 번도 그렇게 말씀하시는 것 난 본 적이 없어.

여자 거봐. 아버님도 손자가 보고 싶은 거라고… 다른 아버지랑 다를 것 없는 천상 노인네라고. 그러니까 빨리 전화해.

녀석 너 사람이 갑자기 변하면 어떻게 되는지 알지?… 죽어! 병신아.

여자 (남자 팔짱을 끼며) 그런 말 하지 마. 무서워. 여보 이번 토요일 아버님 뵙고 일요일 아침 일찍 일어나서 소풍 가

자. 다른 가족들처럼… 어때요? 여보. (암전)

사이,

유치원 아이들의 웃음소리 노랫소리.

조명 들어오면 피크닉 가방에 돗자리를 든 녀석, 돗자리 깔고 있다.

여자   여보 귀엽죠? 병아리들 너무 이쁘다. (배를 만지며) 언
제 나올 거냐? 우리 아기… 정말 빨리 보고 싶다.

녀석   아버진 왜 그렇게 잘해주지? 너한테…

여자   좋으니까… 손주를 배고 있는 며느리… 얼마나 이쁘
겠어?

녀석   아버지 그런 따뜻한 미소 처음 봤어. (여자: 거봐) 난 밥
먹는 동안 얼마나 생소한지… 저 사람 우리 아버지 맞나
하고 한참을 쳐다봤다니까.

여자   아버지하고 도란도란 말도 하고 세상 돌아가는 이야기
도 하면 좋을 텐데… 인사 말고는 한마디도 안 하고…
이제 해봐.

녀석, 일어나며

녀석   너 해봐, 이런 말 다시 하지 마라. 내가 세상에서 제일

듣기 싫은 말이 해보라는 거야. 우리 아버지 내 얼굴만 쳐다보면 하는 말이었다고. (아빠 흉내) 해봐, 해보라구 자슥아. 해봐.

이때, 오토바이족들이 지나간다. 굉음소리가 시끄럽다. 여러 대가 지나가는 소리

녀석　저기 봐. 방금 할리를 타고 가는 사람들… 안개처럼 바람 속으로 사라지네.

여자　우리 아기 놀라지 않았지? 귀청 떨어지는 줄 알았네.

녀석　죽고 싶다는 생각 해본 적 있어?… 난 언제나 죽고 싶었어.

여자　아이가 들어요. 무서운 소리 하지 마세요.

녀석　그냥 살다 죽었다…. 태어나고 살고 죽고… 지놈도 알아야지. 저 사람들 바람 속으로 사라지는 저 사람들… 부러워… 인생 뭐 있냐? 인생은 이런 것이랴 하며 저 괴성을 지르며 달리는 맑은 퇴폐가 오늘 날 위로하네.

녀석, 팔을 펼치며 눈을 감는다.

녀석, 진흙 속에 핀 연꽃처럼 그물에 걸리지 않는 바람처럼… 바람아 바람아… 구절을 읊조린다. 점점 조명 사라진다.

어둠 속에서 여자,

여자   추워요! 이제 집에 가요!

사이,

(음향) 할리의 굉음소리 크다.

조명 들어오면 저 구석에 할리 데이비슨이 등장한다.

여자   정말 사 왔어? 타려고?

녀석   웅… 저거 타고 가면 바람을 가른다고 하더라고… 바람! 바람을 가르며 간다? 멋있겠다라는 생각.

여자   좋으네요, 멋있고. 그런데 왜 타고 안 나가세요?

녀석   아직 어떻게 해야 움직이지는지 몰라.

여자   아니 운전도 못하면서 먼저 저것부터 사 온 거야?

녀석   사실 무진장 타고 싶은데… 무서워.

여자   아니 세상에 당신이 무서워하는 것도 있어? 그냥 배우면 되는 거지. 처음부터 잘 타는 사람이 어디 있다고… 어서 배워서 타 봐. 저도 한번 태워주고. 아이가 나오고 나면.

녀석   무섭다고… 무섭다고…

여자   …

녀석	바람을 가르며 간다. 저걸 타고 막 달리면 바람 속으로 내가 사라질 것 같아… 그래서 무서워.

여자, 안으며

여자	여보 우리 애기가 나오고 나면 나하고 같이 타. 나도 배울게. 그때 우리 함께 바람 속으로 달려가자~.

부릉부릉 오토바이 타는 흉내내며 퇴장

암전.

7장 바람을 알게 해 준 사람

백화점 쇼핑백을 가득 들고 들어오는 여자.
한 구석, 어둠 속에 앉아 있는 녀석.

녀석	불 *끄자*!
여자	오래간만이네. 집을 잊어버렸나 했어.
녀석	불 *끄자고*!
여자	고함치지 마. 아기에게 안 좋아.
녀석	뭐 하나 물어볼까?

여자   내가 아는 게 있어? 병신인데…

녀석   넌 내가 보이냐?… 아니 내가 있는 게 보이냐고?

여자   갑자기 왜 그래? 보이죠. 당연히 거기 있잖아.

녀석   지금 눈이 너무 부시다. 잠시만이라도 불 좀 꺼줘.

여자, 불을 끈다. 탑 조명 아래 녀석 홀로 서 있다. 할리 데이비슨과
함께.

녀석   한 달 동안 오토바이 타고 전국을 돌았어. 같이 갔던 새
끼들이 갑자기 보기가 싫어지더라고. 그래서 나 혼자 다
른 길로 벗어났지. 시냇가가 흐르는 한적한 시골길 아무
도 사는 사람이 없을 것 같은 시골길. 뭔가가 날 기다리
는 듯 빨려 들어가는 기분. 점점 깊어지고… 자욱한 안
개 속을 지나는데 주위가 온통 안개가 쏟아지는데 할리
를 멈추고 내렸지… 길을 잃었다. 뭔가가 공허한 이 기
분…

사이,
녀석 앞에 노파 한 사람이 서 있다.

녀석   할머니! 이 길을 계속 가면 큰 길이 나오나요?

할머니, 말없이 지나간다.

녀석	할머니! 저 안 보이세요?
할머니	누구? 어디?
녀석	여기요. 할머니!
할머니	소리는 들리는데… 보이지 않네.
녀석	(할머니를 잡으며) 여기요. 할머니 눈이 안 보이시나… 여기요.
할머니	어디?
녀석	저 여기 있잖아요.
할머니	귀신이여? 아니면 뭐여?
녀석	귀신이라뇨… 저 사람입니다.
할머니	(크게 놀라 주저앉으며) 아이고마, 내 어릴 때부터 듣던 이야기가 참이었네.
녀석	무슨 이야기인데요?
할머니	내 어릴 때 우리 할머니한테 들은 이바구인데. 사람들 중에는 맑은 곳에 오면 육체가 사라져 보이지 않게 되는 사람이 있다더구만.
녀석	살아 있는데 귀신도 아닌데 안 보이게 된다?… 그래서요.
할머니	그려. 그것들을 원신(原神)이라고 하는데… (녀석: 원신) 맑고 깨끗한 곳에 오면 더러운 육신이 사라져 흩어지는 데 영만 남아. 살아 있으면서도 귀신처럼 되는 것이지.
녀석	왜요?
할머니	그 몸뗑이를 너무 더럽게 쓴다든지 아니면 자신이 살아

있다는 사실을 너무 오랫동안 잊어버린다든지 자기 스스로 자기를 미워한다든지 하면 그렇게 된다. 이 말씀이었어. 내가 오늘 원신을 만났구만… (녀석: 할머니) 저리 썩 꺼져라! 이놈아.

할머니, 침을 세 번 뱉고 한 발을 들고 세 번 뛴다.

할머니   따라 혀라!

녀석, 따라 한다.

할머니   아이고마, 인자 보이고마. 우짜다가 원신이 되었냐이? 이렇게 말짱하게 잘 생긴 사람이.

녀석   할머니 진짜 아까는 안 보였나요? 제가? 진짜로?

할머니   이 문디자슥 봐라. 내가 무슨 대낮에 거짓뿌렁이를 왜 한다냐? 멀쩡한디 우찌 원신이 되었을까?

녀석   (두려워하며) 저는 이제 어떻게 해야 돼요.

할머니   원신이 오래되면 죽는 것이여. (녀석: 죽는다구요?) 그러니 집에 돌아가면 집 기둥에 자신을 묶어 한동안 밖을 나가지 말 것이며 팥죽 알지 팥죽. 팥죽을 삼칠일을 먹어. 다음 너를 찾아 나는 나다! 하면서 알간? 나 가네. 잘살아야 혀. 내 말 명심하고. (퇴장)

사이

녀석   집 기둥에 나를 묶고 삼칠일을 팥죽을 먹어라… 나는 나다…

여자   무서워요. 여보. 불 켜요?

녀석   안 돼 아직 켜지 마!

여자   무섭단 말이야…

녀석이 일어나 불을 켠다.

여자, 우두커니 서 있다.

여자   이제 어떡해 팥죽 해?

녀석   당연하지. 오늘부터 21일 동안 안 나갈 거니까… 매일 팥죽 해. 알았지. 나 이렇게 죽고 싶진 않아. (소파 모서리 붙들고)

여자, 녀석을 안으며 살짝 웃어 준다.

여자   여보.

녀석   왜 이래. 하고 싶어서 그래?

여자   가만. 이제 당신이 정상적인 생활을 할 거라는 생각이 들면서 기뻐서 그래요.

녀석   정상적인 생활? 그게 뭔데.

여자, 녀석을 소파에 앉힌다. 애교 있게.

여자   아침에 일어나면 나지막한 미소로 뽀뽀하고, 다음 운동
을 하고 하나, 둘, 하나, 둘… 다음 내가 차려준 아침을
맛있게 먹고는 다른 사람처럼 출근을 하고 저녁에 들어
와선 오늘 있었던 이야기를, 물론 화나는 일이든 기쁜
일이든 막 얘기해 주고, 저녁 늦게지만 와인을 마시면서
음흉한 농담을 한다든지… (어깨를 살짝 보인다)

녀석   다음엔 옷을 벗기고 섹스를 신나게 하는 삶?

여자   그래요. 그런 평범한 생활… 우리도 느껴 봐요. 이제.

녀석   좋아. 그것도 재미있겠네. 안 해본 것이니까. 좋아 오늘
부터 당장.

녀석, 여자의 옷을 벗기려고 한다.

여자   안 돼. 뱃속에 아기가 위험해요. 출산 날이 얼마 안 남았
다고요.

여자 뱃속에 귀를 기울이며

녀석   이놈아 내가 네 아빠다.

여자, 녀석 뒤를 안으며

여자	고마워요. 여보…. 이제 변화해 보세요. 당신의 삶을… 과거는 어차피 지나갔어요. 이제 가족이라는 미래를 소중하게 생각하자고요. 고마워요. 여보. (안아 준다)
녀석	사람이 갑자기 변하면 죽어. 저리 떨어져. 인간아!
여자	싫어… 잠깐만 당신 오늘 한 번도 나보고 병신이라고 부르지 않았어. 맞지? 그리고 방금 인간아라고 했다.
녀석	그래서?

여자   아싸루비야!

음악 고조되며 여자 춤을 춘다. 녀석을 독촉하고 그도 따라 한다.
점점 음악 소리 높아간다. 두 사람 춤을 추면서 대화한다. 소리 높다.

여자	창밖에 비가 와요.
녀석	비 내리는 밤을 황이라고 하고…
여자	뭐라고요? 안 들려요.
녀석	우리처럼 미쳐 있는 걸 홀이라고 하지.
여자	황! 홀!
녀석	그래 오늘 밤이 우리에게 마지막이 될 거야!… 마음껏 이 황홀을 느끼라고…
여자	고마워요! 여보!

음악 고조되며 조명 사라진다.

암전.

8장   바람은 그냥 스치는 것

녀석 오토바이를 배경으로 역광 속에서 의식을 치른다. 아버지의 장
례식.
녀석, 촛불에 상모를 쓰고 있다.

녀석   태어나고 살다 죽는다. 위대하신 우리 아버지 고복식 높
을 고 복 복 먹을 식 고복식… 죽었다.

9장   바람 속으로 사라진 아이

여자의 비명! 조명이 들어온다.

여자   아니잖아요? 아니죠? 솔직히 말씀해 주세요. 정확히…
이게 대략 그렇다고 말할 수 있는 일이 아니잖아요. 선
생님… 저 냉정해질게요. 소리치지 않을게요… 저 이성

적으로 할게요. 그러니까 진실을 말해 달라… 예!… (침묵 속에서 이야기를 듣는다. 그리곤 풀썩 주저앉는다) 그게 사실인가요? 왜죠? 왜 우리 아기에게 그런 일이 벌어진 건가요? 우리 아기가 무슨 잘못을 했다고… (울음) 닥쳐! 이 자식아! 이 돌팔이 같은 놈아! 네가 뭔데 우리 아기를 지우라고? 병신이니까… 태어나면 병신이 된다고? 그러니까 지우라고? 닥쳐! 이 새끼야! 아기야, 널 버리지 않을 거야… 난 너의 엄마야… 그러니까 절대 저 자식 말을 듣지 마… 넌 저 말을 듣지 않은 거야 그지? 착한 우리 아기. 난 니 엄마야… 엄마라구!

여자, 쇼핑백을 하나씩 개봉한다. 그곳에서 아이 용품이 쏟아진다. 온통 무대는 아이 용품으로 흩어지며 날린다.

사이

녀석　난 싫었습니다. 아버지가 부자라는 사실… 아버지 전 아버지가 무섭습니다. 아버지 아래선 아무것도 할 수 없는 무능력자, 그게 저라고요. 아버지가 무섭습니다. 아버지가 사라지면 나도 사라질 것 같은 공포… 저도 이제 자유롭고 싶다고요… 그런데 그게 안 됩니다. 이제 나 혼자서는 아무것도 할 수 없다는 사실…

녀석, 힘없이 들어온다. 여자, 구석에 절망 속에 앉아 있다.

녀석	이제 그만하자. 니가 아무 말이 없으니까 지옥같다.
여자	불 좀 꺼. 아무것도 보고 싶지 않아.
녀석	일어나 병신아! 그렇게 있지 말고 나하고 나가자.
여자	싫어. 아무것도 하고 싶지 않아.
녀석	너 잘못 아니니까 그만 일어나.
여자	내 잘못이야. 내가 죄인이라서 그래. 아기가 무슨 죄가 있다고…
녀석	새로 하나 만들지 뭐. 그러면 되잖아.
여자	이제 말하지만 당신은 원하지 않았는지 몰라도 난 너무나 간절히 원했던 아기라고.
녀석	그만해! (소파에 앉는다)

여자, 계속 운다.

| 여자 | 모두 다 내 잘못이야. 난 나쁜 여자였어. 당신은 날 강간했다고 아직도 생각해?… 아니야. 이제 말할게. 사실 난 당신을 유혹하기 위해 얼마나 많은 노력을 했는지 몰라. |
| 녀석 | 그래서? 그러니까 너 병신이라는 거지. 내가 알았든 몰랐든 그건 문제가 아니야. 우리가 만난 것은 우리의 선택이 아니야. 지금 현재 우리가 여기에 살고 있는 것도 알고 보면 우리의 결정이 아니라고… |

여자   그럼 뭐야? 뭐냐고?

이때 조용필의 〈킬리만자로의 표범〉 노래가 나온다.

녀석   기억해? 우리가 처음 만난 날… 이 노래가 나오더라. 그
           때 알았어. 우리가 지금 여기에 있는 것은 우리의 잘못
           도 노력도 결정도 아니라는 것.

여자   그럼 뭐냐고?

녀석   운명! 시시하게도 이 말밖에 그걸 설명할 수 없어. 아무
           리 내가 세상과 다르게 살아 볼려고 해도 안 되는 그 무
           엇… 그것이 운명이라는 거야.

여자   운명?

녀석이 떠나는 듯한… 표정이 단호해진다.

녀석   하지만 내가 마지막 꿈꾸는 것. 내가 진정으로 결정하는
           것… 이제 그것을 할 거야. 바로 내 운명을 내가 만들어
           보는 것.

여자   그럼 난 뭘 해야 되지?

녀석   너도 해라! 너 하고 싶은 삶을 이제 살아가라.

여자   내가 진정으로 하고 싶은 것이 뭐였는지 이젠 모르겠어.

녀석   천천히 생각해봐. 난 이제 아무런 상관을 하지 않을 거
           니까.

여자	우리 같이 하면 안 될까?
녀석	아니야. 넌 너고 난 나야.

녀석, 천천히 걸어 나간다.

여자	꼭 다시 돌아올 거지? 내가 기다린다는 사실 잊지 마. 여보.
녀석	병신!

녀석, 춤을 추며 퇴장. 홀로 남은 여자는 천천히 일어나며 거울로 간다.

여자, 천천히 거울 앞에서 화장을 한다.

에필로그 - 신곡 <어제 부는 바람>

노랫소리가 들리면 녀석 춤을 춘다.

여자	여보. 아무것도 남기지 않고 바람처럼 사라진 당신을 그리며 만든 노래예요. 내가 살아가면서 알았어요. 산다는 건 스치는 바람이라고, 삶을 이해하라는 것… 당신은 진정한 나의 사랑이었어요. 안녕.

암전

다시 조명 들어오면 어둠 속에서 두 사람 각각 춤을 춘다.

(영상 또는 나레이터)

만약

인생을 다시 한 번 살 수 있다면,

나는 더 많은 실수를 할 것이며, 더 많은 휴식을 취할 것이다.

훨씬 이상한 행동을 더 많이 할 것이다.

진짜 중요하게 여기는 일 몇 가지만 알고 있을 것이며,

많은 모험을 시도할 것이다.

여행을 더 많이 다닐 것이다.

많은 산에 올라갈 것이며,

많은 강을 헤엄쳐 건널 것이며

지는 해를 더 자주 볼 것이다.

아이스크림을 많이, 샐러드는 적게 먹을 것이다.

알찬 문제는 가능하면 더 많이 품고,

괜한 걱정들은 가능하면 아예 갖질 않을 것이다.

아름다운 순간도 있었지만

삶이 내게 다시 한번 허락된다면,

나는 아름다운 것들만, 소중한 것들만 가질 것이다.

인생을 다시 한번 살 수 있다면,

봄의 첫 햇살을 받으며 맨발로 늦가을까지 걸어갈 것이다.

게으름을 피우며 많은 일을 그냥 놔둘 것이다.

롤러코스터도 타보고

햇살을 받으며 누워 있을 것이다.

—할리 데이비슨 글에서 인용

암전.

옷이 웃다

2016.11.19-11.26 청춘나비아트홀

2017.4.30-5.1 부산시민회관 소극장

2017.5.4-5.12 청춘나비아트홀
출연진: 강혜란, 김명회, 양성우, 박지영, 엄지영

2020.10.26-10.27 부산예술회관
출연진: 강혜란, 박호천, 최현정, 손미나, 임선미, 오상희

등장인물

자숙   50대 중반, 옷 수선집을 하고 있다

자영   자숙의 공장 친구

벨칸토 박 음악학원 원장. 자칭 이태리 유학파 성악가

영지 여사 교양 있고 돈 많은 여사

카르텔   명품 옷가게 여주인

호남자   여자 옷을 수선 맡기는 의문의 남자

두식   자숙의 옛 연인

프롤로그

어둠 속에서 옷 수선 중인 자숙. 작은 등 아래 미싱 소리만 들려온다.

자숙 꿈이었다고 생각하기엔 너무나도 아쉬움 남아

가슴 태우며 기다리기엔 너무나도 멀어진 그대

돌아선 마음 달래보기엔 너무나도 멀어진 그대

조명 달라지며… 옷이 걸려 있는 곳, 두식, 유령처럼 나타난다.

자숙 커피 한잔 할래요?

두식 커피는 무슨… 소주가 딱이지.

자숙 멋없긴 여전하네… 하기사 그땐 커피를 그렇게 많이 마시질 않았네. 비도 안 오는데 소주 생각나?

두식 언제 내가 비올 때마다 소주 찾았어?

자숙 그럼. (목소리 흉내 내며) 빗소리 봐라… 소주 막 땡기네. 비하고 소주는 부부다…. 비 오면 소주가 더 맛이 난다.

두식 비 안 와도 소주 생각날 때 많았는데 너는 그것만 기억하네.

자숙 그런가? 오빠는 일하는 것 말고 별다른 취미도 없고, 그냥 일 마치면 소주 한 병 마시곤…

두식 너도 좋아하잖아?

자숙 난 마시고 싶을 때만 마셔. (빗소리) 비가 오나? 밖에?

두식	안 온다. 그냥 비 오는 소리다. 너하고 소주 한잔 할라고.
자숙	소주 없어.
두식	제삿날에도 안 주더니만…. 다음부턴 소주 줘. (빗소리 그침)
자숙	오빤 나쁜 사람이야.

암전.

1장   옷 수선집

옷 수선집 가게 앞에 벨칸토 박, 종종걸음 하며 전화를 계속한다.

박	어머나, 이 아줌마가 왜 이래? 가게 문도 안 열고. 미치 겠네. 전화는 왜 안 받는 거야?

옆집 가게 아줌마에게 물어본다. (객석 관객에게)

박	지금 시계가 몇 시인데 가게 문을 안 열면 어떡해요?… 옷 수선집 아줌마 언제 와요? 몰라요? 이웃인데 몰라 요? 서로 싫어하시나 봐. 알았어요.

저 멀리 자숙이 나타나는지 고함치는 박. 속사포다.

박   빨리 오세요. 어서요. 오늘 오전에 옷 찾으러 온다고 했
      잖아요. 이렇게 가게 문 늦게 여시면 어떡해요? …아이
      진짜 확실한 아줌마가 오늘 왜 이러시나 진짜로… 어서
      말 좀 해보세요. 뭐라고 변명이라도 해보세요.

자숙   (가게 문을 열며 말 느리게 여유롭게) 말할 시간을 줘야
      말하지.

박   지금 주잖아요. 아줌마.

자숙   언제 약속했어? 오늘 아니잖아?

박   어머머. 이 아줌마 벌써 치매 오시나. 오늘 18일 화요일
      오전 10시까지 내가 찾으온다고 했잖아요? 맞죠? 어머
      머. 심각하시다 병원 가봐야겠다. 60도 안 되신 분이.

자숙   (여전히 여유롭다) 그래 18일 오전 10시 찾아오기로
      했지.

박   어머 이제 기억하시네. 그런데 이렇게 12시가 다 되도록
      안 오시면 어떡해요. 저 오늘 저 옷 입고 가야 하는데…
      얼마나 중요한 약속인데. 도대체 어디 갔다 오신다고 이
      렇게 늦게 열어요?

자숙   병원.

박   맞네. 치매라고 하죠?

자숙   아니, 당신이 치매라고 하던데.

박   어머 무슨 말씀이세요?

자숙   어제가 일요일, 오늘은 무슨 요일이더라. 그리고 18일은?

박, 급히 휴대폰을 꺼내서 확인한다.

박   어머 왜 이렇게 됐지? 분명 화요일인데 언제… 월요일이
        네. 어머, 미안!

자숙   내일 다시 와. 문 열어 놓고 기다릴 테니까. 병원 꼭 가
        보고. 치매라며?

박   그러게요. 어머 이상한 날이다. 하루 벌었다. 히히. 미안
        아줌마. 내일 꼭이요. 중요하다고요. (자세 잡으며) 발
        표회! (노래를 흥얼거리며) 노래가 나올 때 전 우아하게
        걸으며… (퇴장)

자숙, 일을 할 준비를 한다. 라디오 소리가 옷 수선집에 퍼진다. 교양
있는 귀부인 태가 나는 영지 여사 들어온다.

영지   안녕하세요?

자숙   네, 어서 오세요…. 여기.

영지   남자 무스탕이라서 힘드셨죠? 죄송해요.

자숙   아닙니다. 너무 오래된 옷이라 조금… 누구 옷이에요?

영지   이 옷, 우리 시아버지께서 입던 옷이에요. 제가 시아버지
        랑 너무 사이가 좋았어요. 지금은 안 계시지만. (거울에
        비춰 보곤) 예쁘네요. 어떻게 이렇게 다르게 변할 수 있
        죠? 정말 고마워요.

자숙	입어 봐요. 원하는 대로 됐는지.
영지	당연히 맞겠죠. 한 번도 틀린 적이 없었는데… 정말 선생님은 마법사예요…. 이것도 부탁해요. (파티용 드레스를 넘겨주며)

이때 자숙의 친구, 자영이가 들어온다.

자숙	이 옷은 함부로 입는 옷이 아닌데… 어디 파티라도 가시나 봐요?
자영	(호들갑스럽고 큰 목소리로) 친구야… 하늘 봐라. 이런 날 일하면 죄받는다. 궁상스럽게 이게 뭐냐?

자숙, 자영을 말리고

영지	…. (무슨 말을 해야 할지 잠시 머뭇거리다가) 감사해요. 선생님. 여기. (지갑을 꺼내 오만 원 돈을 지불한다)
자숙	잠깐만. (잔돈을 찾는다)
영지	(나가며) 그냥 됐습니다.
자숙	어머 매번 더 주면 어떡해?
영지	수고하세요. (퇴장)
자영	누구야? 뭐 하는 여자야?
자숙	몰라. 넌 왜 왔어? (귀찮은 듯) 오늘 나 바쁘다.
자영	(여자의 말투와 매너를 흉내 내며) 아니요. 괜찮습니다.

그럼… 어머 멋있다. 교양이 철철 넘치는 게 기품이 있
다. 아야! (얼굴에 멍을 만진다)

자숙　왜 또 그놈이 술 처먹고 팼어?

자영　무슨 소리야? 우리 남편 욕하지 마.

자숙　뭐 남편? 넌 사귀면 다 남편이냐?

자영　매일 맞으면 사람이 어떻게 사니?(매고 있던 가방을 자
랑하며) 이게 뭘까요? 자숙 씨.

자숙　맷값으로 하나 얻었냐?… 아주 갈빗대 나가면 아파트
한 채 주겠다.

자영　(옷을 꺼내 보여주며) 우리 자기가 조금 과격하고 남자
다워서 그렇지. 다음엔 꼭 사과하면서 이런 걸 사준다…
남자란 게 다 그런 거야. 맞어, 넌 남자를 안 좋아하니까
모르겠구나… 자숙아 여기 허리하고 가슴이 좀 작다. 고
쳐줘.

자숙　너… 나이가 몇이냐? 이런 옷이 너한테 어울린다고 생각
해? 제발 철 좀 들자.

자영　(웃으며) 너 또 질투한다. 내가 너무 젊어 보이지? 너도
해. (성형수술 자국들을 보여주며) 지지리 궁상처럼 살
지 말라고. 이게 뭐니? 루즈라도 좀 바르고… 날 봐, 택
시 타면 아저씨들이 아가씨 어디로 모실까요? 하잖아.
많이 봐도 서른세 살처럼 보이잖아.

자숙　미친년. 제발 오지 마. 난 바쁜 사람이니까. 너처럼 한가
한 복 많은 여자 아니니까.

자영 점심 안 했지? 가자. 우리 자기가 멍 빼는 데는 소고기가 최고라고 예약을 해놨다. 내가 사줄 테니까 가자 어서.

자숙 혼자 가… 아직 점심 생각 없고… 나 일 많아. 할 말 없지? 오늘 그냥 가라.

자영 어머 고향친구 누가 있다고… 하나뿐인 불알친구 너무 무시한다.

자숙 안 가냐? 집중 안 된다. 어서 꺼져 주세요. 영자 여사.

자영 영자라고 하지 마. 자영이라고 해. 너도 숙자라고 하면 좋겠어? 네가 남자에 대해 몰라서 그러는데… 남자는 말이야. 자기 것에 대한 독점욕이라고 할까. 그걸 확인하고 싶어 하잖아.

자숙 그래서 확인한다고 맨날 패냐?

자영 널 보면 불쌍해. 너무 안됐어… 있잖아. 남자 물. (자숙: 남자 물?) 그거 무시하면 큰일 난다. 부족하면 너처럼 돼. 까칠하게…. 허리 아프지? 관절도 쑤시고? 그거 다 남자 물을 못 먹어서 그런 거라고.

자숙 너나 많이 드세요. (밀어낸다)

자영 혼자 된 지 너무 오래다 그지? 그게 언제냐? (끌려 나가며) 너무하다 너. 친구의 허물을 갈구면 그게 친구냐?

자숙 제발 오지 마라. 친구야.

자영 망할 년, 까칠한 년, 지 잘난 맛에 사는 년…. 평생 혼자 살아라 이년아! 악마, 마귀… (퇴장)

자숙, 다시 옷을 가져와 단추 다는 작업을 한다. 입에선 시가 흘러나온다. 라디오를 켠다. 배철수의 음악 캠프. 남자 한 사람, 어색하게 들어온다. 말을 더듬는다.

호남자   여기요? (목소리가 작고 어눌하다) … (작업에 몰입하는 자숙, 듣지 못한다) 여기요?

자숙   어머 미안해요. 어서 오세요.

호남자   옷…. 그러니까 늘려주고 좁혀주고… 변형도 해주시나요?

자숙   그럼요.

호남자   고맙습니다. 부탁합니다. (옷 가방을 건네주며)

자숙   여자 옷이네요?

호남자   …아 네.

자숙   부인 옷인가 봐요? (옷 모양을 보곤) 아니 딸 옷이네요.

호남자   …. (못 들은 척하곤 나간다) 그럼.

자숙   잠깐만요. 어떻게 해 달라고 해야 제가 고치죠.

호남자   저기 옷 가방 안에 쪽지… 메모… 대로 해주시면… 됩니다. (가려다가) 얼마입니까?

자숙   어떻게 해야 되는지 알아야 견적이 나오죠. (메모를 찾는다)

호남자   옷 찾으러 올 때 드리면 안 될까요?

자숙   네 그러세요.

호남자 노래를 흥얼거리며 나간다. 자숙은 옷을 꺼내 펼쳐보다 메모를 찾아 읽는다.

자숙 찬바람이 싸늘하게 옷깃을 스치듯… 레이스를 달아주세요?

이때 손님 한 사람 들어온다. 카르텔이다.

카르텔 어머 언니. 그 옷 누구 옷이야? 촌티가 짤짤 발렸네. 요즘 이런 옷 입는 사람 있어? 어머 프릴 꼬라지 좀 봐. 이런 옷 누가 입어?

자숙 어서 와요.

카르텔 어머 말 놓으세요. 우리 친한 사이 아니었어요? 한두 번 거래하는 것도 아닌데… 우리 큰언니와 비슷한 연배이신데. 동생처럼 하세요.

자숙 (무시하며) 여기요. 세 벌.

카르텔 (냉정해지며 꼼꼼하게 챙겨본다. 심지어 돋보기로 들여다보며) 음 좋아. 오바로크 좋다. 역시 언니 세발뜨기 실력은 최고야. 최고. 역시 귀한 옷은 아무나 만지면 안 되지. 그럼. (그냥 나가려고 한다)

자숙 돈 주고 가야죠?

카르텔 돈? 어머 또 섭하게 한다. 언니. 우리 돈 따지는 사이 아니잖아? 월말 결제! 오케이? 콜?

자숙	많이 밀렸어요. 지난달 것 주고 가세요.
카르텔	우리 집 카르텔 명품이라 비싼 것 언니도 알잖아? 그래서 뭐 웬만하게 VIP 아니면 못 오는 가게지만 무엇보다도 있는 사람들은 다르다. 뭐 찌질하고 그러지 않아. 사람들이 딱 달라요. 난 그게 뭘까 했어. 돈이 아니더라고. 바로 정! 정이 많아. 속정. 우리 이렇게 살자. 명품가게라 아무나 올 수도 없지만 (자숙, 안 듣고 있다) 그래요. 얼마라고 했죠? 지난 것.
자숙	(장부를 보며) 63만 원.
카르텔	어머 진짜야? 그렇게 많이? 이상하다. 몇 벌 안 됐는데. 장부 보여주세요.

자숙, 장부 보여준다. 꼼꼼히 챙겨보는 카르텔.

카르텔	(유체이탈 화법) 진짜 싸가지 없다. 경우가 없다 없어. 너 이렇게 살면 안 돼…. 맞네. 이렇게 많았네. 참 나쁜 사람… 나. 외상 이런 거 이렇게 늦게 주는 그런 사람 아닌데… 요즘 내가 이상해. (약을 꺼내 먹곤) 언니… 60 콜?
자숙	63만 원.
카르텔	단골! 디스카운트!… 땡큐! (카드 꺼낸다)
자숙	카드 안 돼요.
카르텔	그러면 안 되는데…. 카드 안 되면 탈세?… 어머 안 그래

보였는데 언니도 탈세?… 대한민국 의무잖아 안 그래
요? 언니?

자숙 빨리 현금으로 줘요.

카르텔 요즘 누가 현금을 그렇게 많이 가지고 다니나 언니. 그
럼 다음에…

자숙 돈 주고 일 맡기세요. 미루지 말고.

카르텔 언니, 내가 일거리 많이 주잖아. 브이아이피 손님. 이러
면 안 되지.

자숙 다음에는 다른 집에 가보세요.

카르텔 안 되지. 솜씨가 언니를 못 따라오지. 왜 내가 언니 집에
만 오겠어? 바보같이 일하면서 비싸게 받는 집이 얼마
나 많은데… 무엇보다 솜씨가 언니를 따라올 수가 없
어…. 믿음! 최고! 엑설런트!… 다음에 옷 찾을 때 결제
오케이?

자숙 다음 옷 찾으러 올 때 한꺼번에 줘요.

카르텔 당근!… (핸드폰을 꺼내 들고) 국세청 전화번호가 뭐더
라? (웃음) 농담! 쪼는 것 봐!… 쫄았지? (퇴장)

자숙 주는 것 없이 꼴 보기 싫은 년. 아이고 재수 없는 년…

간헐적으로 기침소리에 잠시 일을 멈춘다. 조명 달라지며 나타나는
두식.

자숙 오빠 옷 수선한다고 무시하는 것 같애.

두식	병원 갔다 왔다며… 뭐래?
자숙	아무것도 아니래. 그냥 옛날부터…
두식	그래 옛날… 창문도 없고 다락방 같은 동대문 평화시장. 아마 그때 잔 먼지가 폐 속에 눌러붙었을 거야.

자숙, 손가락으로 몇 년 됐는지 꼽아 본다.

자숙	(기억에 잠기며) 오래전… 그런 시절이 있었나 싶어.
두식	애기. 코흘리개.
자숙	그래 시골뜨기.
두식	몇 살이었지? 그때?
자숙	너무 어렸지. 국민학교 졸업하고 바로니까.
두식	(놀리며) 작업반장이 조금만 고함쳐도 깜짝 놀라고 찔찔 짰지. (반장 흉내를 내며) 빨리. 변소에서 살 거야? 오늘 일당 못 끝내면 퇴근 없어. 알지? 언제 끝내냐? 물 먹을 것 다 먹고 오줌 쌀 것 다 싸고… 여기가 유원지야? 자, 빨리!
자숙	똑같다 똑같애… 당연하지. 시골에서 올라와 아무도 없는 서울. 청계천 시장인데… 얼마나 막막한지. 그땐 정말 몰랐어. 그렇게 다들 일 했잖아. 당연히 그렇게 해야 하는 줄 알았다니까. (기침소리) …오빠는 재단사였어. 얼마나 부럽던지…
두식	재단공은 좀 편했지.

자숙 그때 언니들 대단했어. 모두들 빨리 시다 끝내고 직공이 되는 게 꿈이었으니까. 나도.

통금 사이렌 소리가 들린다.

두식 밤새는 날 참 많았지. 통행금지 사이렌 울려도 우린 오히려 아티반 먹으며. 잠은 어찌나 많이 오던지.

자숙 잠도 잠이지만 배가 얼마나 고프던지… (웃음) 생각나? 삼립크림빵?

두식 알지. 야참으로 나왔던… 기억력 좋네. 그래 넌 참 맛나게 먹었지.

자숙 그때 두 개 먹는 게 소원이었어. 한번은 월급 받고 10개를 한꺼번에 사서 먹었는데 단숨에 다 먹었어. 진짜 맛있더라.

두식 지겹지? 미싱!

자숙 내가 세상에 태어나 처음으로 배운 밥벌이. 제일 잘할 줄 아는 게 이건데 뭐.

두식 그땐 너무 못해가지고 소질 없다고 울고불고 해놓고.

자숙 맞어. 영옥언니 따라 버스 차장이나 하려고 했으니까. 오라이, 오라이 동대문시장 갑니다. 그때 국제 와이샤쓰에 산업체학교가 생겼잖아. 그곳에 가면 중학교, 고등학교 공부도 하고… 얼마나 좋았는지 몰라. 무엇보다도 교복이 입고 싶었어.

두식   그때 너의 교복 입은 모습은 너무 이뻤어. 내가 반할 정
       도로.

       이때 과거 속 자영이 교복 차림으로 나온다.

자숙   머리는 땋았어. 그래야 공순이가 학생처럼 보이니까…
       아직도 그때 생각하면 구름 위를 다니는 것 같아.
자영   숙자야 학교 가자.
자숙   하얀색 운동화. 아무리 잘 시간이 없어도 깨끗하게 매일
       빨아 신었던 운동화. 하늘을 나는 듯 걸어가는 걸음거
       리. (소녀처럼 걷는다)
자영   숙자야 너 때문에 학교 늦었어.
자숙   응 같이 가…. (사라지듯 들어가는 두식) 가지 마! 오빠!
두식   미안하다.
자숙   다 지난 이야기야. 하지만 오빠 생각은 세월이 지나도
       지워지지 않아.

2장   벨칸토 박

       강의 중이다.

박   몸이 경직되면 안 돼요. 안면근육도 푸시고 바쁘게 하

면 안 돼요. 호흡을 할 때는 배로 느끼세요. 호흡하세요. 엔— 호흡 마시고 천천히 내빼시고… 엔--- 네 번 나누어서 스케일 한 번 할까요. 솔파미레 도레미파솔라시도 레도시라솔파미레도--- 히히이엥아아하… 히히아아헤--- 호흡 다시 쓰쓰스… 해보세요. 목소리는 그 사람의 마음입니다. 자신만의 목소리를 찾기 위해서는 올바른 호흡법이 중요합니다. 제가 이탈리아에서 공부할 때 세계적인 박사 안젤로 갈릴레이의 강의로 공부했죠. 바로 깊은 호흡, 바로 복식호흡 다음 정확한 발음, 입모양이죠, 비로소 좋은 목소리… 자 어금니 물고…

조명 체인지 되면 자숙의 옷 수선집.

박	안녕하세요.
자숙	일찍 오셨네. 지금 다 되어가는 중… 기다려요.
박	어머 이 옷 이쁘다. 발표회 때 입으면 좋겠다. 누구 옷이에요?
자숙	금방 찾으러 올 거야. 만지지 말고 그냥 두시죠?
박	(옷을 걸쳐 보며 노래한다) 어머 옷이 좋으니까 노래된다.

이때 들어오는 영지 여사. 놀라서 빼앗아 보여주는 자숙.

자숙	괜찮아요?
영지	네 어쩜 이렇게 예쁘게!
박	어머 이런 우아한 드레스 나도 입고 싶다. 성악 발표회 할 때 잘 어울리겠어. 어디서 사셨어요? 아니다, 이런 옷은 맞춤이다. 그죠? 어디 누구 옷이에요? 앙드레? 배용?
영지	아니요. 그냥 시장에서…
박	어머 거짓말… 어디 행사 가세요?
영지	그냥…. 파티가 많아서 그래요.
박	우아한 일을 하시나 봐요?
영지	(웃음)

이때 전화가 온다. 전화 벨소리 의외다. 천박한 노래다. 영지, 잠시 목인사를 하고 통화하며 퇴장한다.

박	뭐 하는 여자예요?
자숙	몰라.
박	분명 귀부인이야. 교양미가 철철 넘치는 게 아주 품위가 있어.

자영 등장, 울며 들어온다. 얼굴을 가렸는데 심각한 부상이다.

자영	도망갔다 이놈이. 나 어쩌면 좋아? 도망갔어. 개새끼.
자숙	너 왜 여기 와서 이래? 가. 내 영업장소야.

자영	나쁜 년, 매정한 년. 그놈이 다 가져갔다고. 나 인제 거지 됐다고. 나쁜 새끼 죽여버릴 거야! (암전)

조명 들어오면 나름 정리가 되어 자영의 하소연을 들은 여자들 대책을 강구 중이다.

영지	(전화를 하며) 저예요. 네… 제 친구 언니라니까요? 그래요. 서장님이 직접 수사과에 지시 좀 내려주세요. 확실히 하라고…. 당연하신 말씀. 제 일이니까요. 당연히 해결해주실 거죠?… 고마워요. 자기. (눈치를 보며 쪽! 뽀뽀하는 흉내를 낸다)
박	어머 금슬 좋으시다. 부군께서… 아직도 신혼이네요. 어머 보기 좋아라. 그래요. 아무래도 빽을 쓰면 신경을 더 써주죠. 좋은 생각이에요. 언니, 이분 말씀대로 하세요.
자숙	고마워요. 사모님. 제 친구 때문에.
영지	아니에요. 어려운 일이 생기면 서로 도와줘야지.
박	그런 새끼는… (입을 막으며) 아니 그런 자식은 인간도 아니에요. 제가 그렇게 당했으면 가만 안 둬요. (얼굴 표정 변하며) 죽여 버릴 거야.
영지	강력계 형사들을 풀겠다고 하니까. 경찰서로 어서 가보세요.
박	빨리 가세요. 울지 마시고… 이제 해결된 거예요.
자숙	자영아 어서 가. 가서 그 사기꾼놈 당장 잡으라 그래.

자영, 인사하며 영지 여사랑 나간다.

박   내가 보는 눈 정확해. 기품이 있더라고… 교양도…. 남
        편이 경찰서장님이네. 나도 이제 음주단속 걸리면 부탁
        해야지.

자숙   다 되었어요.

박   분명 이 드레스는 높은 사람들만 모이는 파티에서 입을
        거야. 아이 부러워. 나도 저분처럼 사모님 소리 들으면
        서 살면 얼마나 좋아… 우아한 파티!

자숙   안 가세요?

박   내가 세상에 태어나 한 번도 꿀리면서 산다고 생각해 본
        적이 없는데, 졌다. 저 사모님에겐 졌다. 야 벨칸토 박
        넌 2류야. 알겠어? 그러니까 겸손하라고. 아줌마 아니
        겸손! 사장님.

자숙   코딱지만 한 가게에 나 혼자인데 무슨 사장님?

박   우린 너무 찌질하게 산다. 저하고 우리 저녁 해요. 우아
        하게 제가 한잔 살게요. 나 저기 길 건너 멤버십 바 회원
        이에요. 물론 가격이야 좀 하지만, 어서 가요. 일 다 하
        셨죠?

자숙   나 그런데 한 번도 안 가봤는데.

박   아이…

자숙   근데 옷이 이래서…

314

박	(옷들을 가리키며)
자숙	…그래 우리도 우아하게 (우아하게) 멋지게 (멋지게 와인을 마시면서)
박	오늘은 어디서 한잔을 빠라삐리뽕. 어서 문 닫고 오세요.

조명 체인지 되면 라자니아 음악 속에 두 사람 춤추고 있다. 벨칸토 박 퇴장하면 홀로 춤추는 자숙의 모습을 보며 두식 등장.

두식	누구랑 마셨냐? 벨칸토 박?
자숙	응. 저 음악학원장 여자. 어찌나 이탈리아 유학 얘기하면서 자랑하는지 저녁 먹으면서… 그리고 서장 사모님, 귀족같이 우아한 여자. 저런 여자들 보면 난 겨우 산업체 학교, 야간부 공순이 출신에… 옷 고치는 찌질한 여자… 진짜 부럽더라.
두식	미안하다. 내가 너무 일찍 죽었어.
자숙	그래 원망스러워. 그냥 내 꼴이…. 미안 오빠. 모처럼 취하니까 막 속에서 말이 올라와. 투정도 부리고 싶고… 이 나이에도 말이야.
두식	넌 영원히 나에겐 서른 살 여자야.
자숙	당연하지, 그때 오빠는 죽었으니까.
	나 오늘 이상하지? …오늘 우아한 곳에서 와인 마시면서 아주 분위기 있게 놀다 왔어. 거기 사람들… 그 사람들 모두 여유롭고 행복해 보이더라. 나도 그런 척하고

오버하며 놀았지.

두식   언제나 강인한 또순이, 알뜰하고 야무진… 너 이런 모습 처음 본다.

자숙   (화를 내며) 왜? 난 하면 안 돼? 언제나 난 이렇게 살아야 돼? 그래, (걸쳤던 옷을 벗으며) 장난이야. 신경 쓰지 마.

책상을 뒤져 도면을 찾아 가져온다.

두식   그 옷 왜, 만들려고?

자숙   그래 내가 만들려고.

두식   디자인 도면이 남아 있었네.

자숙   난 그동안 너무 바보 병신처럼 살았어. 우린 이 옷 때문에 헤어졌어. 오빠의 옷.

두식   미안하다.

자숙   알고 싶어. 옷이 사람을 죽일 수 있는지.

두식   다 지난 일이다. 잊어.

자숙   아니야. 알고 싶어. 오빠가 왜 그랬는지. 상관하지 마 내가 만들 거라고.

3장 호남자가 궁금하다

자숙의 가게 앞 기다리는 남자, 호남자다.

자숙 (들어오며) 미안해요. 오늘 내가 늦었네요. 옷은 다 되었
    어요.
호남자 (돈을 꺼내주며) 여기요.
자숙 네, 고마워요… 이 옷 누가 입을 거예요? 딸?
호남자 …네. (퇴장)
자숙 오늘 하늘 참 맑다. 비 온 후 참 좋다.

자숙, 들어와선 도면을 찾아 꺼내며 새로운 작업을 하려고 준비한다.
새옷을 만들 요량이다. 새로운 시작으로 흥겹게 콧노래가 나온다. 호
남자, 급하게 다시 나타난다.

호남자 ….
자숙 왜요? 안 맞아요?
호남자 아니요. 다른 데는 다 맞는데.
자숙 (남자의 메모지를 찾곤) 여기 적혀 있는 대로 했어요.
호남자 바로 지금 재 주시면 안 될까요?
자숙 어딜요?
호남자 여기요. (자신의 가슴 쪽을 가리키며)
자숙 여기를요? (놀라며) 딸 옷 아니었어요?

호남자	제 옷… 입… 니다.
자숙	(당황하며) 지금 재 드릴게요.
호남자	입어 봐도 되죠?
자숙	네.

호남자 피팅룸으로 들어간다. 이때 벨칸토 박 노래를 흥얼거리며 등장

박	언니! 안녕! …괜찮죠? 내 말투. 나도 좀 우아하게 하려고요. 그 경찰서장 사모님처럼.

자숙, 자꾸 박을 데리고 나가려고 한다. 이때 다시 나오는 호남자, 여자 옷을 입고 나온다.

박	(크게 놀라며) 악! 뭐예요? 이게?

호남자 자신도 같이 고함치며 놀란다. (암전)
조명 들어오면 자숙 호남자의 가슴 치수를 재고 있다.

호남자	가슴을 이 브라자에 맞춰주세요. 전 D컵이거든요.
자숙	네… 자, 다 됐네요. 내일까지 해드릴게요.
호남자	(박에게) 언니, 아까 그 노래 뭐예요? 왔다리 갔다리… 내일 다시 올게요. (퇴장)

박, 남자 뒤를 따라 밖에 나갔다 다시 들어와선

박   뭐야? 언니? 뭐냐고?

자숙   나도 몰라.

박   단골이라며.

자숙   항상 여자 옷을 맡겼는데 자기 마누라 아니면 딸 옷이라
        고 생각했지. 자신이 입는 옷일 거라곤…. 어휴 놀랬네.

박   게이야? 호모라고 하나? …진짜 세상일 모르겠네. 저렇
        게 깔끔한 남자가 저런 비밀이… 어머 세상 사람들 속을
        모르겠네. 진짜.

이때 카르텔이 나타난다. 잔뜩 화가 나 있다.

카르텔   아줌마, 진짜 이렇게 하실 거예요? 어떻게 옷을 망쳐놓
        고 말 한마디 안 하시고 저 손님한테 보여줬다가 얼마
        나 욕을 먹었던지 (주먹을 올리며) 아휴 십팔. 아직 이
        손모가지가 떨린다니까요.

자숙   왜요? 뭐가 잘못됐어요? 어디 한번 봐요.

카르텔   아니 수선이 잘못된 게 아니라… 나 원 참. 여기 봐요…
        똥물 같은 게 묻었잖아. 여기요…

자숙   (한참을 들여다보곤) 그래서요? 왜 이걸 나한테… 난 수
        선만 했잖아요?

카르텔   수선하다 묻혔겠지.

자숙	보세요. 이게 여기서 묻었다고 확신하세요? 전 말이에 요. 이제까지 이 일 하면서 옷에 뭐가 묻어서 항의 받아 본 적 없어요. 당신도 처음이죠? 우리 집에 일 맡기고 이 런 일 처음이잖아요?
카르텔	그런데 어떡해요. 이렇게 얼룩이 묻어 있는데… 그리고 세탁한 흔적도 있어. 봐 냄새가 다르잖아. 정말 사장님 믿고 단골로 거래했는데 이렇게 절 속이시면 어떡해요. 너무하시네.
자숙	말조심하세요. 뭘 속이긴 속여요? 그냥 수선만 했는데 그 얼룩은 내가 모르는 거고.
카르텔	그럼 내가 그랬다는 말이에요?
자숙	나야 모르죠. 그 옷 사신 사람이 집에서 그랬는지 혹. 그 러니까 날 보고 말하지 말고 가보세요.
카르텔	정말 이렇게 하실 거예요? 우리 집 물건 카르텔자이가 얼마나 비싼 명품인 줄 모르고 이러시는 것 아니시죠? 손님들이 얼마나 고급스럽고 교양 있다고요. 이렇게 비 싼 옷 입는 사람들이 쪼잔하게 자기가 묻혀놓고 변상을 요구해요? 정말 경우에 맞는 소리를 하시라고요… (박 에게) 물 좀 줘 봐.
박	당신이 해요. 왜 나에게 시켜?
카르텔	종업원 아냐?
박	아니 이 여자가 어디 함부로 말하고 있어. 뭐야 당신?
카르텔	여기 종업원인 줄 알았네. 미안… (물 가지러 가며) 물려

주세요. 어서.

자숙　내가 미쳤어요? 물려주게. 밀린 외상값이나 주고 어서 가요.

카르텔　진짜 수준 낮다. 옷 수선집 한다고 그러시나.

자숙　이 여자가 뭐라고…

카르텔　콧구멍만 한 가게에 옷수선이나 하는 주제에.

자숙　(목소리 달라지며) 빨리 꺼져라. 외상값 다 주고 어서. 나 더 이상 못 참는다.

카르텔　그럼 외상값이랑 퉁 치면 되겠네.

자숙　너, 더 이상 가면 오늘… 나에게 뒤진다.

박　언니. 파이팅.

카르텔　어머 무서워라. 안 물려 줘도 돼요. 저 갈게요. (표정 바꾸며) 이럴 줄 알았지. 경찰 불러요 경찰. 나도 인제 막 간다. 죽일 테면 죽여.

까르텔 한쪽 손으로 구두를 들고 자숙과 엉켜 싸운다. 이때 영지 여사 들어온다. 갑자기 숨는 카르텔.

영지　안녕하세요? 어머 전에 음악하시는… 원장님도 계셨네.

박　(갑자기 우아하게) 그래요, 사모님. 절 기억하시고.

영지　잠깐 차에…

다시 나가는 영지. 카르텔, 급히 얼굴을 숨기며 나가려는데 다시 들어

오는 영지를 보곤

카르텔　여기 뒷문 없어? 어서 (우왕좌왕한다. 그러다 피팅룸으로 들어가 숨는다)

영지　이거… 몸에 좋다고 하더라고요.

영지, 자숙에게 영지버섯 세트를 선물한다.

자숙　어머 이거 비싼 건데…

영지　아니요. 우리 집에 선물로 들어온 건데… 비싼 건 아니고. 기침 많이 하시기에… 이게 좋다고 그래서… 부담 갖지 마시고…

자숙　고마워요. 사모님…. 제가 오히려 제 친구 때문에 신세를 져서… 뭘 어떻게 보답하나 하고.

영지　아, 사기 사건? 그냥 저 아는 분께…

박　경찰서장님이 남편분 아니었어요? 난 또 바로 전화 한 통화에 해결하시기에.

영지　아니에요. 그냥 우리 남편이랑 좀 친한 분들이 많아요. 경찰서장도 그냥 친구.

박　어머나 남편분은 무슨 일 하시는데 대단한 분을 그렇게 많이 알고 계실까? 저도 부탁 하나 해도 될까요?

자숙　(말리며) 왜 이래 동생. 불편하게.

영지　무슨…?

박	괜찮은… 남자… 소개. 경찰, 검사, 이런 힘 있는 사람 좋아하는데…
자숙	원장님 혼자였어? 어머나 남편분이 그럼… 이혼?
박	어머 저 처녀예요. 완전 처녀. 한번도 남자랑 살아본 적 없는 숫, 오리지날 버진!
자숙	미안해.
영지	저 소개 이런 것 못해요. 그냥 우리 남편 덕분에…
박	레벨 때문이라면 걱정 마세요. 어머 저 이래도 이탈리아 벨로나 아세요? 거기 유학파예요. (갑자기 이태리 칸소네를 부른다) 성악가라고요.
영지	어머 대단하시네요. 저 이태리 유학 갔다 온 사람 처음 봐요.
박	그렇죠? 일본 유학은 진짜 싼마이고, 미국 유학 이건 개, 말, 돼지, 바퀴벌레도 다 갔다 오죠. 하지만 이탈리아…. 롬. 비렌체아. 밀라노…. 베니스…
영지	베니스요? 물의 도시… 텔레비전에서 봤는데 너무 아름답더라. 곤돌라를 타고 노래하는 사람들. 멋있다.
박	베니스 이러면 촌놈 소리 들어요. 우리나라에서나 베니스 이러지.
영지	그럼 뭐라고 해요?
박	베네치아…. 물과 낭만의 도시. 죽이죠.
영지	어머 난 베니스와 베네치아가 같은 곳인 줄 오늘 알았네.
박	어머 사모님 화났다. 내가 너무 잘난 체하니까… 놀리

시네.

영지   저 진짜 몰랐어요.

박   우리 사모님 농담 잘하시고 장난도 잘하신다.

자숙   (옷을 전해준다)

영지   그럼…

박   저 잊지 마세요. 소개하는 거… 사모님.

카르텔, 피팅룸에서 나오며

카르텔   한국 여자들 셋만 모이면 남 씹고, 문제야. 수다가 장난
이 아니라니까… 뭐가 그렇게 길어… 더워 죽는 줄 알
았네.

박   뭐가 켕기는 데 있어 숨으시나?

카르텔   숨다니 무슨 말이야? 내가 뭘… 그냥…

박   아마 저 사모님이 카르텍인지 칼텍에 오시는 브이아이
피? 그런데 이런 데서 패악 지기는 걸 우리 사장님이 말
할까 봐 그래서…

카르텔   나 모르는 여자야. 오늘 처음 봤어.

이때 영지 여사 들어온다.

놀라는 두 사람 동시에 얼굴을 숨긴다.

먼저 얼굴을 가리고 도망가는 카르텔, 영지도 피한다. 박, 자숙, 당황
하는 영지를 보고 의아해한다.

4장 자숙의 옷

자숙 등장, 만들고 있는 드레스를 들고 들어온다.

자숙   다음은 오늘의 마지막 출연자, 두메산골 태어나 산업체 야간부 출신, 봉제공장 미싱공 아가씨, 오숙자 양입니다.

두식   (나타나며) 다 만든 거야? 우와. 숙자 너 대단하다. 왜? 입어보지?

자숙   됐어. 내가 이런 옷을 어떻게 입어.

두식   아니야. 너도 예뻤어. 미스코리아처럼.

자숙   …옛날에 미스코리아 전문 드레스 의상실에서 시다로 일할 때 밤마다 혼자서 하던 놀이. 착각놀이… 나도 미스코리아다. 우아하고 매력적인 아가씨. 오숙자.

두식   인정.

자숙   놀리지 마… 그때… 의상실 디자이너 선생님이 얼마나 무서웠는지 몰라. 잠시라도 한눈을 판다든지 딴생각하고 있으면 금방 안다.

두식   (디자이너 선생님 목소리 흉내내며) 옷을 만들 때는 절대 딴눈을 팔아서는 안 돼. 그때 옷의 신이 화를 내는데 바로 그 때문에 옷을 망치는 거지. 한눈팔지 말라고… 알겠어?

자숙   네 선생님. 정말 무서웠다. 아직도 그 때문인지 가위질할 때나 가봉하고 줄자 잴 때는 아무 생각 없이 집중한

다고. 오빠가 의상실 할 때 물론 우리 선생님보다 더 했

지만… 아유 지독한 사람…

두식 내가 그랬나? (퇴장)

자숙 오빠가 옷을 만들 때 보면 난 사실 무서웠다.

자숙 옷을 옷걸이에 갖다 건다. 자숙의 상상 속 미스코리아 선발대회
가 열린다.

5장 옷을 잃어버리다

영지 여사 온다. 가게가 비어 있다. 전시된 자숙의 드레스를 쳐다본다.
이리저리 만져보고 있다.

자숙 나타나며

자숙 오셨네요. 천을 사가지고 온다고. 많이 기다렸어요?

영지 아뇨. 방금 왔어요… (뭘 꺼내 주며) 이거 마시고 숨 좀
돌리세요.

자숙 네. 이건 뭐예요?

영지 여명2080. 간에 좋다고 하더라고요. 숙취에 좋다고 해
서 사 왔어요.

자숙 …

영지 저 드레스는 뭐예요? 참 예쁘다. 입고 싶어지네요. 누가

맡겼어요?

자숙 아뇨? 제가 만드는 옷이에요.

영지 어머나, 옷도 잘 만드시구나. 그럼 누굴 위해서 만들어
요? 저 옷 입고 싶다.

자숙 팔려고 만드는 게 아니고… 그냥.

영지 다 만드시고 나면 저 좀 입어 보게 해 주세요.

이때 박이 나타난다.

박 언니 안녕! 어머 안녕하세요. 서장 사모님. 어머 이 옷
누구 옷이에요? 사모님 옷?

영지 아뇨. 사장님께서 만드신 옷이래요.

박 설마 날 위해서? 진짜 이 옷은 내 옷이다. 독창회 때 입
으면 딱 맞겠다. 그죠?

자숙 안 돼. 이 옷의 주인은 따로 있다고.

박 언니 내가 입는 거다. (영지에게) 맞아. 언제 약속하실
거예요?

영지 무슨 약속?

박 저 소개팅.

영지 아 예. 난 아는 총각들은 없는데. 다 유부남인데.

박 아이 참, 부군… 많잖아요. 제가 마음에 안 드세요?

영지 아뇨. 멋있는데요.

박 그렇죠? 저 괜찮은 여자예요. 돈 잘 벌죠. 노래 잘하죠.

영지　그럼 저 아니라도 남자 많으실 것 같은데.

박　아니에요. 그냥 돈이면 다인 줄 아는 남자들 시시해요. 전 힘 있는 남자 좋아한다고 했죠? 그런 사람들만이 여유롭게 예술을 안다고요. 왜 힘이 있으니까. 여자의 낭만을 이해할 수 있다고요. 하지만 저 외로워요.

영지　(영지 여사 옷을 맡기며) 사장님, 잘 부탁합니다… 그럼. (퇴장)

자숙　네 가세요. 사모님.

박　(따라 나서며) 사모님 저랑 차 한잔 해요. (자숙에게) 언니 안녕!

자숙 일을 시작한다. 이때 나타나는 자영. 콧노래에 신나 있다.

자영　자숙아. 나 왜 이러는지 궁금하지 않니?

자숙　나 바쁘다.

자영　망할 년. 너 아마 부러워 넘어질까 겁난다. 안 넘어질 거지?

자숙　또 놈팡이 하나 물었냐?

자영　놈팡이는… 니 곰팡이나 조심해.

자숙　네. 어서 말하시고 사라져 주세요. 자영 여사님.

자영　나 다시 그 남자랑 산다.

자숙　사기꾼? 맨날 패는 놈?

자영　아니, 고기 사장.

자숙	백정 같다고 싫다며.
자영	어쩜 결혼할 줄도 몰라요. 정식으로 하고 싶대. 나랑 결혼식장 잡아서.
자숙	제발 이제 한 남자에게 정착해라. 백정도 좋고 사기꾼도 좋으니까.
자영	숙자! 너… 잘난 체 좀 그만해. 니가 뭐가 그렇게도 잘났는데?
자숙	….
자영	너 자신을 돌아봐. 지지리 궁상 떨며 옷 고치며 사는 주제에 나보다 나은 게 뭐가 있다고 맨날 충고야?
자숙	너 군대 있는 니 새끼는 이런 널 보고 뭐라고 안 해?
자영	왜? 벌써 군대 가서 월급받고 잘사는 우리 아이는 엄마 알아서 잘사네요, 하지. 왜? 날 원망해? 지놈 홀로 다 키운 엄마인데… 남자도 하나 없는 주제에… 자식이 있어 뭐가 있어? 그러니까 충고하지 말라고.
자숙	그만해. 그래 너 잘났다.
자영	그렇지? 네가 날 아는구나. 나도 이제 많은 남자들에게 관심받는 것도 지겨워. 한 남자의 여자가 되고 싶어… 나이가 이제 만만하지도 않아서 나도 이제 정착해야지. 너도 남자 하나 알아봐. 소개시켜 줄까. 고기 사장 친구 개고기 사장…
자숙	난 됐고요. 너, 가게 좀 봐줘. 얼른 천 좀 떠 올게.
자영	어머. 나 마사지 가야 되는데. 피부 뜨는데.

자숙 (나가며) 금방 갔다 올게.

홀로 남은 자영.

자영 야 이년아 성질머리 못 고치면 언제나 외로워요. 불쌍한 년. (드레스를 발견하곤) 어머 날 위해 만들고 있는 거야? 내 결혼식 때 입으라고… 망할 년 속정은 깊어서… 그래 하나뿐인 불알친구인데… 당연하지. 어머 이쁘다. (입으려고 몸에 재어 본다) 나한테 큰데.

전화가 온다.

자영 어머, 자기 왜 또 보고 싶다고? 너무한다. 방금 보고 또 보고 싶어? …지금은 안 돼. 자숙이 가게 보고 있어. 참아 봐…. 안 된다니까. 가게에 나 혼자라니까. 뭐… 다쳤다고? 어딜? 오토바이가 와서 쳤다고. 이런 개자식이… 어디? 그래 갈게. (퇴장)

텅빈 가게, 이때 호남자 등장

호남자 저기요? 아무도 없어요?… (침묵 속에 기다린다) 아무도 없어요? 옷 찾으러…

전시된 드레스 옷을 발견한 호남자. 아무도 없음을 알고… 드레스를 들고 피팅룸으로 들어간다. (암전)

6장 옷에 대한 탐욕

조명 들어오면 자숙 망연자실 앉아 있다. 이때 영지 여사 들어온다.

영지 부탁하고 싶어 왔어요. 저번에 만드시던 옷… 주인이 없다면 저에게 파시면 안 될까요?

자숙 그 옷이 그렇게 맘에 드세요?

영지 네, 그 옷 보고 입고 싶어서… 사실 다른 사람이 입고 있다고 생각하니까 더욱더 입고 싶어지더라고요.

자숙 그 옷 팔려고 만드는 옷 아니에요. 누구에게 보여주려고 만드는 옷이에요. 그런데 지금 그 옷 여기 없어요.

영지 결국 내 옷이 될 수 없군요.

자숙 미안합니다.

영지 여사 말없이 나간다. 이때 등장하는 박. 분위기에 아무 말도 붙이지 못한다.

박 언니 왜 그래요?

자숙 아무 일도 아니야.

박, 옷이 없어진 걸 보며.

박   이 옷 어디 갔어? 벌써 누가 사 간 거야? …언니. 그 옷
        은 안 돼. 내가 첫 독창회 때 입을 거라고 했잖아? 어디
        갔어? 저 사모님이 벌써? 아니 이럴 순 없어. 그 옷은 내
        옷이라고. (울음)

자숙   제발 조용.

박   내가 지금 조용할 기분이 아니야. 그 옷은 내 옷이라
        고…

자숙   됐다. 그만.

박   빨리 내 옷 찾아줘. (뒤지며)

이때 나타나는 자영.

자영   자숙아 분위기가 와 이렇노…

자숙   왔어. 자영아, 있잖아… 그날 가게 지켜달라고 했잖아.

자영   지켜달라고 했지… 근데 무슨 일 있었어?

자숙   근데 그날 있잖아…

박   내 옷이 없어졌어.

자영   동생 옷이 없어져? 우짜노… (옷들을 살핀다) 내 결혼
        드레스 어디 갔어?…

박   (자영을 노려본다)

332

자영	뭐야 이 분위기? 그 옷을 그럼 내가 훔쳐갔다는 거야? 친구를 아주 도둑년으로 만드네. 그래 내가 가게를 비운 건 맞지만…
박	잠깐, 이 집에 이 옷을 아는 사람 중에 범인은 있어. 면식범이라고 하지. 언제나 범인은 가까이 있는 법. 내가 일본 추리소설 백 권 읽은 사람이야.
자영	어머 이 사람, 왜 날 계속 쳐다봐… 꼭 내가 범인인 것처럼…
박	눈동자가 불안하게 어색하고 얼굴 피부색이 당황하면서 달라지고 있어.
자영	뭐가? 그럼 내가 노북이란 거야? 이봐.
박	…범인이 아니라는 거지. 언니는 절대 범인이 아니야. 도둑은 피부가 두꺼워서 변화가 없어.
자영	어휴, 다행이네. 난 자숙이가 내 결혼식을 위해 그 옷을 만든다고 생각했다고. 맞지? 자숙아…. 나 주려고 한 선물인데… 잃어버려서 어떡하니?
박	잠깐, 영지 여사는 아니고 절대 그럴 리가 없고…. 카르텔? …음… 카르텔… 평소 자숙 사장님에게 불만이 많았어… 그리고 감정도 있고…. 뭔가 자신이 갑인데 을인 것 같은 것에 대한 불만… 복수심!
자숙	그만해 됐어. 다들 가 어서. 나 혼자 있고 싶어.

나가며 자영, 박에게

자영 이봐요. 눈빛 맘에 안 들어… 내 속을 쳐다보는 것 같아.

박 범인은 언제나 내 속에 있다. (퇴장)

7장 나들이 의상실

옷 수선집.

사람들 찾아오지만 닫혀 있는 문. <안내문: 내부 수리중> 안을 들여
다보니 <나들이 의상실> 간판이 보인다.

카르텔, 문이 닫힌 걸 확인하고 다시 나간다.

영지 옷 찾으러 왔는데, 연락도 안 되고. 나들이 의상실? 의상
실 하실려나… (퇴장)

박 등장.

박 한번도 이런 적이 없었는데… 어디 아프신가? 어머 이 언
니가 말도 안 하고 의상실 개업 준비를 하나 봐. (퇴장)

8장   제삿날

제사상을 들고 들어오는 자숙. 촛불을 켠다. 두식 등장.

자숙   오빠, 난 지금까지 살면서 그때만큼 행복하다고 생각
해 본 적이 없었어. 오빠 만나고 큰 공장에 다니면서 비
록 야간이지만 생각도 못했던 중학교, 고등학교 마치고
가다 잡는 것, 재단하는 것, 다 배우고 기술 좋다 소리…
오빠하고 동업으로 의상실까지 차리고 진짜 부자가 된
기분이었어. 고마워 두식 오빠.

두식   넌 언제나 열심히 했어. 어떤 일이라도…

자숙   이제 힘에 부쳐… 몸이 예전 같지 않아.

두식   그래 난 죽었으니까 아직 예전 모습 그대로이지만 넌…
이제 오십 대 중년이네.

자숙   오빠 여기. 소주.

두식   이야 이번 제사상엔 진짜 소주네. 고맙다.

자숙   이것 기억나?

두식   나들이 의상실. 그게 남아 있었구나. 그때 불타고 없어
진 줄 알았는데. 옷과 함께.

자숙   그래 이건 남아 있었지. 오빠가 만들다가 불에 타버린
드레스. 내가 만들었어. 오늘 제삿날 보여주려고 했는
데… 그 옷이 사라졌어… 오빠가 왜 그 옷에 집착했는지
알고 싶었어. 그날 불 속으로 왜?

두식	나도 몰라. 그냥 내가 정성을 다했다는 사실, 혼신을 다했다는 집착.
자숙	옷을 잃어버리고 나니까 나도 맘이 상해 아무 일도 못하겠더라. 그때 이런 생각이 나더라. 옷은 만들어지는 것이 완성이 아니라 누군가가 입어야지 완성이라고. 혹 맞지 않으면 그 사람에게 맞게 고쳐서 입는 게 최선의 완성이라고. 옷과 목숨을 바꿀 수는 없어. 오빤 바보였어.
두식	미안하다.
자숙	그리고 평생을 오빠 생각으로 살아온 나 자신도 바보였어. 이제 나 스스로를 고치고 싶어. 내 인생을 나에게 맞게 고치고 싶어. (촛불을 끄고 암전)

9장 자숙의 과거

자숙 바쁘게 일을 하고 있다. 개업 축하 화환을 들고 나타나는 벨칸토 박.

박	언니. 내가 일등! 축하 축하!
자숙	무슨 축하?
박	의상실! 언니 내가 당연히 일등! 내가 나들이 의상실… 첫 손님이다. 내 옷부터 만들어줘야 해.
자숙	(웃음) 개업 아니야… 내가 바빠서 잠깐만.

박	저 간판은 뭐야? 나에게 말도 안 하고.
자숙	그냥 걸어 둔 거야.
박	난 또 개업하는 줄 알고 온통 선전했는데… (작업테이블의 옷을 보며) 무슨 옷인데 이렇게 다들 예뻐?
자숙	의상과 교수와 학생들이 패션쇼 한다면서 만들어 달라고 해서.
박	지네들이 못 만들어? 의상과라면서?
자숙	의상과는 디자인만 하나 봐. 죄다 나한테 부탁하네.

이때 등장하는 자영.

자영	숙자야. 축하한다. 콩그레츄레이션.
자숙	개업 아니야.
자영	개업한다고 소문 다 났던데…
자숙	저 간판을 달았더니 다들 오해했나 봐.

등장하는 영지 여사

영지	내가 일등인 줄 알았는데… 다들 오셨네요. 어머 안녕하세요.
박	사모님 안녕.
영지	축하해요. 개업 기념으로 드레스 맞출 거예요. 저번에 잃어버린 그 드레스하고 같은 걸로.

박	어머 그 옷은 내가 찜뽕했는데 한발 늦었네요. 사모님.
자영	사모님. 개업 아니래요.
영지	그럼 왜 한동안 문을 닫아 놓았어요?
자숙	제가 좀 아파서요.
영지	그럼 이거 좀 드세요. (영지버섯 드링크 한 병을 꺼내 준다)
자영	어머 그 옷은 내 결혼드레스인데… 맞지 자숙아?
영지	하지만 없잖아요? 잃어버렸잖아요?

조명 체인지 되면 문 두드리는 소리 들린다. 잃어버린 옷을 들고 있는 호남자.

호남자	(나타나며) 저예요!
자숙	어머 이 일을 어째?
호남자	미안해요.
자숙	이 옷! 당신이 가져갔었어요?
호남자	훔치려고 한 게 아니라… 그러니까… 가게에 아무도 없고… 몰래 입어 보려다가… 그만 (옷을 보여준다) 너무 놀라서 어떻게 해야 할 줄도 모르겠고… 그냥 고쳐서 가져오려고 하다가… 그만…
자숙	다 터졌네요.
호남자	그럼 저한테 파시면 안 돼요?
자숙	이 옷의 주인은 당신은 아니에요.
호남자	(나가려다 다시 들어오며) 이 옷 저한테 팔고 싶으시면

꼭 말씀하세요. 죄송합니다. (퇴장)

자숙, 옷을 옷걸이에 건다. 다시 조명 돌아온다.

박	어머 언니, 이 옷 찾았어? 범인 누구야?
자숙	아니야. 내가 못 찾았을 뿐이야.
박	언니. 아니 사장님. 이 옷 진짜 나 주면 안 돼?
영지	그럼 나도 질 수 없죠? 돈은 달라는 대로 다 드릴게요. 저한테 파세요.
자영	어머 돈으로 밀어붙이네. 이러시면 안 돼요. 자숙이는 돈 자랑하는 사람 무진장 싫어해요.
자숙	나 안 싫어해…

서로 옥신각신 싸운다.

자숙	그만들 해요. 이 옷은 내가 입을 거예요.
박	좋아, 그러면 하나 더 만들면 되지.
자숙	이 옷은 이번으로 끝이에요. 이 옷 디자이너가 한 벌만 만들고 끝이래서…
박	디자이너가 누구야?
자숙	저의 오빠…. 두식이 오빠.
박	친오빠?
자숙	아니요. 저의 남편… 결혼식은 못 올렸지만 맞아요… 나

의 남편.

박　그럼 그분은 지금 어디?

자영　두식이 오빠, 죽었어요.

영지　어머, 미안해요. 그런 줄도 모르고.

자숙　괜찮아요. 오래전… 나들이 의상실. 나도 그 의상실에
있었어요.

조명 체인지 되면 열심히 일하고 있는 오빠 모습 보인다.

자숙　오빠, 쉬면서 해. 너무 무리하지 말고.

열심히 일하고 있는 (과거)두식 오빠와 (현재)자숙

두식　아니야. 날짜 맞추려면 이건 오늘 밤까지 끝내고 저건
내일까지… 난 우리 옷이 이렇게 잘 팔릴 줄 진짜 생각
도 못 했어. 숙자야. 난 내가 하고 싶은 일 하니까 너무
행복해. 이제 사람들이 기성복을 입는 시대라지만, 그럴
수록 만든 옷은 가치를 더하게 될 거야. 결국 명품은 기
계가 아니라 사람의 손으로 만드는 거니까. (퇴장)

조명 체인지

자숙　오빠는 이 옷의 디자이너였어요. 최고의 디자이너였죠.

최고의 명품을 만드는 사람.

자영	불쌍한 년….
자숙	개업은 아니지만 우리 파티 해요. 내가 쏠게요.
박	와인은 내가 쏜다.
자숙	우리 모두 우아하게 (우아하게)…. 멋지게 (멋지게) (암전)

10장 파티

와인파티 중. 함께 합창하는 노래, 술이 많이 들어갔다.

자숙	사람은 왜 옷을 입었을까? 왜?

호남자, 여자 옷을 입고 갑자기 나타나 파티에 합류한다.

호남자	(들어오며) 정답, 부끄러워서… 발가벗고 있으면.
모두	(놀라서 자리를 내어주며) 어머.
자영	아니, 발가벗고 있어도 부끄럽겠지만 (호남자의 차림을 보며) 그것도 안 부끄럽진 않겠네.
영지	나도 정답, 자기 과시하려고.
자영	그것도 맞네. 명품 입으면 마 내가 뭐 된 것처럼 봉봉거리며 뜨거든.
박	용기! 이런 것도 보여 줄라고. 힘! 권력! 이런 것 가지고

가오 잡을라고.

자영 맞네, 왕이나 장군들 얼마나 화려하게 입어?

박 성적 매력 때문에도 입네… 미니스커트… 망사스타킹. (갑자기 호남자의 치마를 올린다)

호남자, 부끄러워 화를 낸다.

박 여자가 남자처럼 화를 다 낸다. 성깔은 남자다.

호남자 갑자기 그러시면 어떡해요? 남사스럽게…

자영 이봐요. 아저씨… 남자예요? 여자예요?

호남자 …몰라요.

모두들, 웃음을 참는다. 이때 자영의 전화벨 울린다.

자영 자기 왜? 또 모텔 가자고? …고기? 여기선 안 돼. 우리 지금 와인파티 중이야. 구워 먹을 수 없다고… 뭐 그럼 어떡하냐고? (사람들에게) 우리 자기가 뒷고기 엄청 가져왔는데 다들 나눠줄까요?

모두 콜! 나도!

자영 그럼 내가 갔다 올게요. (퇴장)

호남자 옷이 날개라고 하잖아요. 그러니까 옷 입은 것 보면 그 사람을 알 수 있다는 것이지.

박 맞아요. 명품 옷을 걸쳐도 태가 나지 않는 사람들이 많아요. 우리 학원에 오는 여자들 중에 루이비통, 카르텔, 뭐시기 온통 명품으로 치장해도 멋이 안 나는 사람들, 그냥 옷만 보이지 사람은 영 아닌 것 같잖아요. (영지 여사를 가리키며) 이 정도는 돼야 어울리지.

호남자 우리가 진짜 배워야 돼. 이런 기품과 겸손을. 아 더 멋있다. (영지 여사에게) 제 술 한잔 받으세요.

영지, 전화벨이 울린다.

영지 네 회장님, 모임을 가지신다고요. 오 박사님 팀이랑 함께… 네, 알겠습니다. 그래요. 그때 뵈어요. 라마스테!

호남자 라마스테!

박 술이 남았을 때!

호남자 (일어서는 영지 여사에게) 가시게요? 이제 술도 번지고 기분 나려고 하는데 좀 더 있다 가세요.

영지 네, 잠시 전화 할 데가 있어서. 잠시만 미안해요. (나간다)

박 제가 아무래도 음악을 하다 보니까… 퀄리티가 높은 사람들을 많이 만나잖아요. (영지 여사를 가리키며) 저분 예술 쪽 서양화 전공일 거야.

호남자 아니야. 불문학, 봉쥬르 몸매관리가 되잖아.

이때 카르텔 들어온다. 아무 일 없다는 듯이

카르텔 어머 오늘 무슨 날이에요? 옷 수선집에서 파티를 다 하시고… 어머 안주가 부실한 것 아니야… 내가 비싼 와인이라도 한잔 낼까요?

자숙 외상값 주시러 오셨나?

카르텔 어머 사장님. 계셨네… 벌써 문 닫았으면 어쩌나 했는데… 다행이다. 이 옷 부탁해요.

자숙 이제 당신 일 안 합니다. 밀린 외상값이나 주고 가세요.

카르텔 그동안 무슨 일이 있었나요? 옷 수선집에? …외상값은 지난번 잘못된 작업이랑 퉁 쳤잖아요?

자숙 지 맘대로 퉁이라고… 좋아. 퉁 쳤으니까 이제 다른 집 가보세요.

카르텔 너무하신다. 지난 일 내가 그만했으면 양보 많이 했는데 고마워도 안 하고.

자숙 뭐요? 이 사람이 진짜.

카르텔 해줘요. 여기 말고 다른 데 해봤는데 영 아니네. 옷만 더 조지고… 고객들이 자꾸 클레임이 들어와서 그래요. 좋은 실력 인정! 내가 인정한다니까. 진짜.

자숙, 말없이 그 여자 옷을 들고 밖으로 던지려고 하면서

자숙 옷 던져 진짜. 안 가면.

카르텔 어머 돈 많으신가 보다… 옷 수선집 해서 빌딩 있나 봐. 그 옷 때 묻으면 바로 변상 들어갑니다. 얼마짜리 옷인

	데 마음대로 해 보시던가.
박	사장님 던지세요. 내가 물어줄게… 확!
카르텔	야 뚜루루. 너 요즘 학원 학생 없어서 우리 옷 사지도 못 하면서 어머 대찬 척한다?
호남자	너 까불다가 죽는다… 안 꺼져?
카르텔	야, 이제 보니까 아주 조폭모임이네. 여기 인간들. 좋아 마음대로 해 봐. 옷 맡기다가 오늘 날 잡네. 이것들이. 보자 보자 하니까 아주 보자기로 보는 거야?

카르텔과 호남자, 박, 자영이 싸운다. 하지만 3명이 카르텔의 기세에 눌린다. 이때 영지 들어온다.

영지	씨발! 이 개 같은 년이. 그만 안 둬!
카르텔	어머… 언니 알아봤구나. 오랜만.
영지	너 빨리 따라 나와. 어서.

영지, 카르텔의 머리채를 잡고 끌고 나간다. 모두 다 놀란다. (암전)

11장 마지막 이별

자숙, 드레스를 입고 나타난다.

자숙	오빠… 오빠 옷이야! 이뻐? 동대문 창신동 산동네 판자촌. 연탄가스를 마시고 살아남았던 첫 경험. 첫사랑. 나에게는 오빠와의 추억이 모두 첫 경험이었어. 하지만 처음을 추억하다 진짜 아무것도 할 수 없다는 것을 이제 알았어. 과거는 이미 흘러간 강물.
두식	(나타나며) 미안하다. 그때 같이 꾸던 꿈. 내가 다 뭉개버렸어.
자숙	그때 참았으면 우린 지금까지 잘살았겠지?
두식	미안하다.
자숙	자꾸 불러내서 미안해, 자꾸 생각나 그때… 진짜 그때 왜 다시 들어갔어?
두식	너에게 꼭 맞는 옷. 내가 최선을 다해 만든 옷, 그 옷을 너에게 입혀주고 싶었어.

(소리) 불이야! 불이야!

두식	(놀라 뛰어들어 가며) 자숙아! 저기 옷! 가져올게.
자숙	안 돼. 위험해. 들어가지 마!
두식	(목소리) 기다려.

(소리) 불이야! 나들이 의상실에 불이 났어!

자숙	오빠 나와!… 그 옷 나 안 입어도 돼!

울며 주저앉는다. (암전)

에필로그 - 고치면 된다

자숙, 일을 하고 있다. 이때 옷들 사이로 나타나는 사람들. 자숙이가
만든 옷의 주인공들이다.

자영 (나오며) 넌 뭐가 그래 잘났는데? 그래 나, 얼굴 다 뜯
어 고쳤고… 이 코 이 볼따구… 이 눈 다 수술했다고. 못
났다고 무시하는데… 내가 할 수 있는 게 이것뿐이더라.
날 패고 하면서도 내가 헤어지자고 할까 봐 안달하는
남자. 고마웠다고… 좋았다고… 사랑스럽더라고… 그래
서… 알어. 자숙이 니 말, 그래 이제 진짜 날 찾아서 고
쳐 볼게. 내 진짜 삶을 위해서. (퇴장)

영지 (나오며) 저 무슨 일 하는지 궁금하시죠? 저 마담일 해
요. 그냥 고급술집. 그래서 오는 손님들이 유별난 것뿐
이에요. 이런 사람들을 상대하다 보니까. 여러분들 눈에
제가 교양있게 보였을 뿐 저 아무것도 아니에요. 그냥
술집 여자… 아 카르텔 하는 여자. 비밀로 해 주세요. 한
때 제 밑에서 접대부 하던 애인데… 스폰서로부터 한밑
천 잡아서 그 가게를 한대요. 다행이에요. 하지만 옛날

	서럽던 시절이 가슴에 남아서 좀 모진 게 병이에요. 예
	쁘게 봐주세요. 그래요. 사장님이 좀 고쳐주세요. (퇴장)
호남자	(나오며) 제 잘못인가요? 아니죠? …그냥 여자 옷이 좋
	아요. 입고 싶어요. 하지만 안 된다고요. 다른 사람들의
	시선이 무서워요… 전 뭘 고치면 당당하게 살아가죠?
	(퇴장)
자숙	(일어나서 무대 중앙으로 나오며) 정답은 없어 틀린 답
	만 있지. 틀린 답. 고치면 그게 정답이 되는 거잖아. 고칠
	수 있는 용기. 손님 다 고쳤습니다. 이제 자신의 몸에 꼭
	맞을 거예요. 너무 고민 마세요… 고치면 돼요. 내 몸에
	꼭 맞게… 그럼 다음에 또 오세요. 고치러.

자숙, 불 끄고 들어가려는데 소리 들린다.
(목소리) 언니! 언니!
벨칸토 박이 나타난다.

박	잠깐만 언니! 나 사실 이탈리아 유학파 아니야. 이탈리
	아 근처도 안 가봤어. 나 사실 지방대학 다녔어. 사람들
	이 내 실력이면 유명한 성악가수가 될 거라고 했는데…
	누구보다 내가 더 잘 부르는데 난 뒷줄에 서 있지. 재능
	이 학벌을 못 이기지만 내 노래는 이길 수 있다. 이제부
	터 다 때려치우고 노래로 승부하기로 결심했어. 언니 우
	리 이탈리아 갔다 오자. 오페라도 많이 보고 음식도 맛

있다고 하잖아. 난 돌아오면 노래만 할 거야. 무대에서 저 멋진 드레스를 입고.

자숙 이탈리아 가자고? 음. 난 몽고에 가고 싶어. 티브이 보니까. 초원… 더 없는 사막. 거기에 그렇게 가고 싶데… 바람이 분다.

영지 여사, 자영, 호남자 옷 사이로 등장

호남자 바람이 분다.

자영 몽고? 좋다.

영지 나도 가고 싶다.

자숙 우리 그곳에서 바람 부는 언덕으로 가는 거야. 부질없고 쓸모없는 것들 담아 두지 말고 바람 부는 언덕배기에 올라 날려 버리자고. 날려 보내자. 누구나 상처 하나쯤은 안고 살아간다. 웃으며 살자고. 누구나 상처 하나쯤은 안고 살아간다. 웃으며 살자고. (암전)

끝.

춤추는 소나무

2017.4.16-17 한결아트홀

2017.4.19 영덕 여주문화예술회관

2017.5.14 창원 3.15아트센터

2017.6.11 서울 조계사 전통문화예술공연장

2017.6.18 울산 문화예술회관
출연진: 김미경, 양성우, 강원재, 자명스님

2018.4.28-4.29 부산시민회관 소극장
출연진: 김미경, 강원재, 김상호, 박유흠, 전광후

1장

폭풍우 소리에 큰 파도 소리. 강하게 내리는 빗소리.

어둠 속이다.

멀리 개소리… 점점 가까워진다.

플래시를 든 여자.

여자   거기 누구 있어요? 누구예요? 사람이에요? (강아지 짖는 소리 커진다)

어둠 속에 남자 하나 앉아 있다.

여자   이봐요? 위험해요. 파도가 거기까지 덮친다고요. 어서요. 일어나요.

여자의 플래시 불빛에 나타나는 남자의 모습. 무송이 천천히 일어나다 쓰러진다.

여자   이봐요? 일어나요. 죽어요. 죽는다고요. 어서 일어나요… 여기요? 여기요? 사람 있어요? (다급한 여자의 고함 소리)

파도 소리. 폭풍우 소리. 강아지 소리 커진다. (암전)

2장

빗소리 그치고 맑은 아침이다.

파도 소리가 멀리 들리는 바닷가, 한적한 간이술집. 여자, 음악을 듣고
있다. 저 너머 소파에 무송이 자고 있다. 다급하게 문 두드리는 소리,
여자, 인식하곤 천천히 문을 연다.

형사   (고함 소리) 문 열어… 어서. 열라고… 빨리.

문이 열리자 장 형사, 잔뜩 짜증난 표정으로 들어온다.

형사   빨리 문 안 열고 뭐 했어? 뭐 하고 있었는데 왜? 뭐라도
       숨겼어?

여자   ….

형사   밤새 세상이 종말이 온 것처럼 하늘이 버번쩍… 소리치고
       지랄을 하더니만… 날 밝아오니까 언제 그랬냐 하면서
       너무 조용하잖아. (하늘도 믿을 수 없는 세상) 해 뜨면 아
       무것도 아닌 게 신기해. 안 그래? 혼자 안 무서웠어?

여자   커피?

형사   밥 남은 것 없어? (기침) 시팔… 됐고… 소주나 한 병 줘.

여자   (아무 말 없이 일어나 나간다)

침묵,

형사… 고함치며

형사   넌 미워하거나 증오하는 그러니까 죽도록 미운 놈 없어?
여자   없어.
형사   왜? 없어?

여자, 소주 한 병 들고 들어온다. 갑자기 여자의 목을 잡으며

형사   왜 없어? 도도한 척, 무심한 척, 세상 모두를 다 경험하고 달관한 척하지 마. 거짓처럼 보여… (손을 치우곤) 물론 너의 이 모습이 날 미치게 하지. 넌 죽고 싶다는 생각해 본 적 없어? 자기 스스로 자신을 세상에서… (자기 목을 조른다) 지운다!
여자   안 마실 거야?
형사   (목에서 손을 떼고 술을 마시며) 어젯밤 한 남자가 죽었어. 누가 죽였을까? 아무도 없는 집에서 홀로… 외롭게 말이야.
여자   외롭게?
형사   불행에 빠트리는 인간들. 그래서 저 자신도 지옥으로 만드는 병신들. 내가 이 세상에서 제일 미워하는 새끼가 누군 줄 알어?
여자   죽인 사람 누군데?
형사   죽인 사람? … 자기. 바로 자신.

여자	자살?
형사	현재로선… 아무런 단서를 발견 못 했으니까… 죽은 자는 말을 한다… 이걸 찾아서 똥개처럼 밤새 뒤졌지.
여자	(일어서며) 오늘 일찍 문 닫을 거야. 이거 마시고 가.
형사	(여자를 잡고 품에 안으며) 쫓아내지 마! 서러워져… 가만히 있어. (울음 섞은 목소리) 나 말이야 너 보고 가면… 절망감이 사라진다고… 살아도 괜찮다는 약간의 희망도 생긴다고. 가만히. (윗옷을 벗기려고 한다)
여자	(거부하며) 안 돼. 그만해.
형사	가만… 아늑해. 팽팽했던 골통이 풀어지고 있어. 엄마… 오래전 엄마 품이 이런 느낌이었어.

개소리 들려온다. 무송, 기침 소리를 내며 깨어난다.

놀라서 떨어지는 형사.

형사	아이 십팔 놀래라. 저 새끼 뭐야?
여자	어서 가. 어서.
형사	누구야 누구냐니까? 아는 사람이야? 처음 보는 놈인데.

무송, 기침 소리 심하다. 춥다. 형사, 매서운 눈초리로 주목한다.

여자	잘 잤어요? …괜찮아요? 더 누워 있으세요.

무송, 목례로 답하지만 다시 기침.

여자   잠깐만요. 따뜻한 차라도 한잔. (일어나서 나가며. 이때 강아지 소리) 강생아! 기다려. 밥 갖다줄게.

형사   개가 짖는 이유가 뭘까? …나 발정기야. 왈왈! 아니면 배고파요! 왈왈… 내 말 좀 들어주세요. 왈왈.

여자, 마실 것 가지고 온다.

무송   강생이? 강생이라고 했어요?

여자   어젯밤, 저 강생이가 아니었으면 죽었어요.

형사   …. 이야, 강생이가 요물은 요물이야. 개새끼도 너무 오래 살면 요물 된다니까. 그러니까 개새끼가 살렸구만. (개 짖는 소리) 어유 어제 비바람 장난 아니었는데… 이보슈. 나 장이요. 그쪽은?

무심히 쳐다보며 악수를 거부하는 무송.

형사   당신 어디서 왔지?… 여긴 무슨 일이라도?

여자   그만해. 누가 짭새 아니랄까 봐…. 따뜻해요. 어서 마셔요.

형사   이야 이거 뭐야? 나한테도 좀 그렇게 해봐. 누군 똥 묻은 개자식이고 누군 품 안에 서방인가?

여자   좀 조용히 하고 어서 안 가? (무송의 기침 소리, 다가가

선 마시는 것 도운다) 천천히 마시세요.

형사 (질투하며) 뭐야? 이런 분위기? 응? …당신, 지금 그 얼굴빛 뭐야? 피가 돌잖아. 뽀송하면서 생기 있게 피어오르는… 어젯밤 뭐했어? 밤새 뭔 일 있었던 것 아니야? 만리장성이라도 세운 거야?

여자 미친놈.

형사 (일어나 무송에게 다가가며) 이봐? 너! 어디서 왔어?

여자 그만해.

형사 조용히 해!… 이 동네에 볼 것도 하나도 없고 저기 지겨운 바다 말고 아무것도 없는 곳인데… 왜 왔을까? 응? …형씨, 신분증 좀 봅시다.

여자 (형사의 팔을 잡으며) 날 찾아온 사람이야.

형사 가만… 나 형사야! 공무 중이니까… 당신 조용히 있어. (무송을 건드리며) 일어나 봐. 신분증 좀 보자니까.

무송 …없습니다.

형사 없어? 그럼 번호… 주민등록번호 불러봐.

무송 (차를 마시며 무심해진다)

형사 어이, 내 말을 씹네… 나 장 형사야. 시골 짭새라고 무시하는 거야? 일어나.

여자 그만해 새끼야!

형사 닥쳐.

이때 장 형사, 전화벨 소리.

형사	(전화를 확인하곤) 시팔! …예! 장 형사입니다. 아직요… 이제 일어났다고요… (놀라며) 예? 타살이라고요?… 뭐요? 목격자가 나타났어요? 예! 알았습니다. 바로 갈게요…. (가려다 돌아서서) 저 자식 어제 분명 여기 있었어?
여자	미친놈!
형사	어이 이봐… 내 다시 올 때까지 기다려. 느낌이 있어. 촉이 느껴져.
여자	어서 가. 어서. (밀어낸다)
형사	(부드럽게) 이러지 마. 나 섭섭해진다고… 제일 서러울 때가 언제냐면… 차별 받을 때야. (다시 전화벨 소리. 나 가려다 돌아서며) 저 자식 꼭 붙들고 있어. 이봐. 도망가지 마. 나 올 때까지 기다리라고. 조심해! (여자에게) 세상 무섭다. 아무나 믿는 것 아니야. 알겠어?

장 형사 나가고, 어색한 침묵.

여자	경찰이에요. 저 사람은 모든 사람들이 범죄자처럼 보여서 미치겠대요. 살인사건을 보고 나면 모든 사람이 살인자처럼 보인다고 하더라고요. 직업병이죠.
무송	무섭지 않습니까?
여자	저래도 마음은 여린 사람이에요.

무송	아뇨. 내가 무섭지 않습니까? 저 사람 말대로 내가 어떤 사람인 줄도 모르잖아요.
여자	무서워요. 그래도 어쩔 수 없잖아요. 믿어야죠. 나쁜 사람이에요 당신?
무송	예. 아주 나쁜 놈입니다.
여자	그럼 저 지금 도망가야 되는 거죠?
무송	예, 빨리 도망가서 그 형사를 데리고 오세요. 어서.
여자	그래요? 그런데 발걸음이 안 떨어지네요. 설마 자기를 살려준 사람을 죽이기야 하겠어요?
무송	당신은 죽고 싶은 사람을 살렸어요. 나의 바람은 오늘 아침엔 분명 지옥에 있어야 했는데… 그런데 당신과 저 강생이 때문에 살았다고요.
여자	미안해요. 그럼 다시 죽으세요.
무송	(여자의 팔을 잡고 목에 가져가며) 당신이 날 살렸으니 도로 죽여 주시오. (기침 소리 내며 떨어진다)

여자 밖을 나갔다 옷을 가져온다.

여자	이 옷 입으세요. 제 옷이라 작을 거예요.

무송, 여자 옷을 걸친다. 잠시 눈을 피하는 여자. 이때 개소리.

여자	어젯밤, 저 강생이 짖는 소리가 평소와 달랐어요. 바람 소

리에 잠을 깼는데… 뭔가 느낌이 이상했어요. 강생이를 따라갔어요. 갯바위에 쓰러져 있던 당신을 찾았어요. 저 강생이가 당신을 살린 거니까 다시 죽여 달라고 하세요.

무송   이 옷… 냄새가 나요… 엄마 냄새가…

여자   엄마 옷? (웃음)

무송   배고파요. 밥 주세요. 엄마… (기차 소리 들려온다)

여자   살려달라고 애원하세요. 그럼 밥 줄게요.

무송   (회상한다)

여자   무릎 꿇고 어서요.

무송, 무릎을 꿇는다…

무송   기차역은 없어졌다고 했나요?

여자   이제 여긴 기차가 오질 않아요… 여긴 왜 왔어요? 누굴 만나러?

무송   (기차 소리 들리며) 옛날에 어릴 때 여길 왔습니다.

여자   누구랑?

무송   …엄마랑.

여자   엄마…? 난 혼자 왔는데… 처음. 이 동네에… (개소리에 일어나며) 강생이도 배가 고픈가 봐요… (나가며) 죽지 마요. 저도 죽으려고 여기 왔었어요… 뭐라고 불러야 되죠? 이름요.

무송   …무송이!

여자	무송이. 무송아! 무송아!
무송	엄마, 나 여기 있어요. 여기요! (무송이 회상에 잠기며 서 있다)

(암전)
엄마 소리 들려온다.

엄마	빨리 가자… 어서… 무송아! 저 소리 들리지? 그래 분명 들리지?

아기의 울음소리… 기차 소리.

엄마	울지 마! 아가…
무송	엄마 나 여기 있어.
엄마	저기 소리 들리지? 기차 오는 소리… 이제 살았어. 빨리 저 기차를 타야 돼. 못 타면 우리 둘 다 죽어. 빨리! (퇴장)

3장

지게를 맨 아저씨, 고함치며 등장한다.

아저씨 (지나가며) 강생아! 강생아! …이놈이 발정기가 됐나… 나가면 한나절이야. 밥은 처먹고 다니냐? 이놈의 강생아! (퇴장)

아기 울음소리. 엄마, 포대기를 업고 나타난다.

엄마 그만 보채라. 이 애미가 먹어야… 젖도 나오지. (포대기를 돌려 빈 젖을 물려 본다) 이놈아. 이 애미가 살아야 너도 살지. 안 그래? (아기를 어르며) 산 사람은 사는 법. 죽으라는 법은 없다… 아이고 배고파라… (멀리 인기척을 느끼며 밝아진다)
저기 봐. 사람이 오고 있어. 뭐든지 달라고 해보자. 이보시오! 여기요! 여기 사람 있어요! …여기요! (퇴장)

아저씨 (다시 나타나며 앉는다) 아무리 똥개라도 아무데서나 접붙이고 그런 게 아니여. 함부로 하는 게 아니다 이 말이여. (담배 하나 말아 피며) 저쪽 산 아랫마을이 봉달리. 산봉우리에 달이 걸린다고 봉달이고 저쪽 학 날개마냥 양쪽으로 쭉 뻗어 바다가 쭉 이어진 마을이 화인리라 하고만… 꽃 같은 사람이 사는 마을이라.

엄마, 나타나며

엄마 참, 꽃처럼 아름다운 동네네요. 사람도 꽃처럼 아름답겠죠?

아저씨   (대답이 없다)

엄마, 아저씨에게 구걸한다. 당당하다.

엄마   이봐요. 참 말하기 남사스러운데… 내 처지가 이렇습니다.

아저씨   말하소.

엄마   망할 년의 팔자네요. 젖이 안 나옵니다. (포대기를 보여주며 애를 깨운다) 한참을 울더만… 이놈도 어지간히 포기를 했는지 울도 안 해요. 먹다 남는 것 있으면 좀 주세요.

아저씨   (일어서며) 산이 민둥 지면 산짐승이 죽고…

엄마   애미가 굶으면 아도 굶고…

아저씨   어이 마누라!… 마누라! 우리 마누라가 참 심성이 곱소. 좀 모자리긴 해도… 어이 봐. 밥 남은 것 있제? 퍼뜩 채리 봐라. 젖이 없단다. (포대기를 보며) 이놈. 아가야. 꼬추냐, 짬지냐?

엄마   좃입니다. 지 아버지 닮아서 큽니다. (포대기를 풀어 보여주며) 함 보세요. 죽었나요? 한참을 울어 쌓더니만… 모르겠습니다.

아저씨   아이고마, 한번 보자.

아저씨, 자신이 포대기를 업으며

아저씨 어디로 가는 길인감?

엄마 갈 데 없습니다.

아저씨 (손가락질 하며) 저기.

엄마 어디?

아저씨 저기 안 보이남? 학교!

엄마 아, 학교가 있네요.

아저씨 고 뒷산에 밤 밭데기 내 끼고, 저 너머에, 쪼매 부치 묵는 밭데기 서너 마지기가 있소. 마 굶고 안 살면 부자 아니요?… 여기서 사소.

엄마 나야 고맙지요. 오라는 데도 없고 갈 데도 없는데…

아저씨 봐라. 여보. 밥 퍼뜩 가져온나… 여기 이 사람 우리하고 살 기다.

엄마 잠깐만요. 저분이 좋아할랑가 모르겠습니다.

아저씨 야야 우리 같이 살아도 되제? …된다 하네.

엄마 아무 소리 못 들었는데요?

아저씨 벙어리요. 6 · 25 전란 때 마, 못 볼 걸 봤는지… 그때 이후로 통 말을 못 해. 마 일어서소. 가자 좆 달린 새끼야. 내가 자슥이 없는데 인자 아버지라고 불러봐라. (크게 웃으며 퇴장)

엄마 무송아. 이제 배는 안 굶어도 된다…. (무송의 목소리 들린다. 엄마) 이 자슥. 크면 학교 가까워서 좋겠네. (퇴장)

어린이 동요, 학교 종소리 들려온다.

4장

무송   (다급한 목소리) 엄마! 엄마! 배고프다. 엄마! 엄마는 어디 가서 안 오시나? 배고파 죽겠는데.

이때 나타나는 강생이. 어린 무송의 땅 놀이를 방해한다.

무송   꺼져! 저리 안 가? 꺼지라고.

강생이   (개 짖는 소리)

무송   꺼져. 저리 가 저리 가라고. 꺼져 개새끼야.

강생이   멍 멍. 너 좋으면서 왜 그래? 심심하잖아. 내가 놀아줄게.

무송   (발길질하며) 꺼져 개새끼야.

강생이   개새끼라 하지 마. 나도 이름이 있어. 생이라고 불러. 강생이!

무송   이 똥개 새끼가… 왜 이래 저리 안 꺼져?

강생이   안 가 임마. 나보다 어린놈이 개새끼라고 무시하고… 무송이 자슥, 공부도 못하고 뭐 잘하는 것도 없는 기 지랄하지 마라…. 같이 놀자. 나무막대라도 던져봐. 내가 물어 올게. 어서.

막대기 하나 멀리 던지는 무송, 달려가는 강생이. 자리에 누워 하늘을 보는 무송.

무송   아무도 없다. 텅 빈 마을… 아무도 보이지 않는다. 세상에 나 홀로 있는 듯했다. 이렇게 땅 위에 누우면 하늘이 보인다. 천천히 지나가는 뭉게구름… 너무나 조용하다.

저 멀리 굿 소리 들려온다.

강생이   (나타나는 강생이) 큰 굿이래. 이장댁… 씻김굿 크데. 엄마도 거기 갔을 거다. 아이 배고파.

무송   저 소리… 저 소리… 내 기억 속에 첫소리다. 혼자다, 라고 느낄 때마다 들려왔다.

굿 소리… 이때 멀리서 꿈결처럼 아련히 엄마의 소리가 들린다. 그리고 나타나는 엄마.

엄마   무송아.

무송   (반가워하며) 엄마. 배고프다.

엄마   보채지 말고 큰엄마부터 주고 너도 줄게.
(강생이도 보챈다) 기다려. 굿 떡이랑 먹을 것 많다. 큰엄마부터 먼저 주고 올게.

무송	나부터 줘. 배고프다고.
엄마	이놈이… 시끄럽다… 형님! 일어났어요? (들어간다)
무송	엄마는 왜 나부터 안 주고… 만날 누워 있는 사람부터 주는지 모르겠다.

엄마의 비명 소리.

엄마	(목소리) 악! 어머나 왜 이래요? 형님? …무송아! 큰엄마… 이상하다? 빨리 들어와 봐라. 어서.

무송, 들어간다.
사이,
엄마, 무송이를 몽둥이로 때린다. 도망 다니는 무송.

엄마	이놈의 새끼. 나쁜 놈. 호로새끼… 이리 안 오냐?
무송	내가 왜? 뭐 잘못했다고?
엄마	네가 인간이냐? 짐승이냐? 큰엄마 저리 쓰러져 있는데 뭐 했더냐? 이놈의 자슥아!

이때 나타나는 아저씨. 몽둥이를 뺏는다.

아저씨	아 잡것다. 복날에 똥강아지를 패야지. 아는 와?
엄마	말리지 마세요. 이놈은 인간도 아닙니다.

아저씨	됐다 마. 치아라.
엄마	큰엄마가 다 토하고 숨넘어가는데… 쳐다보도 안 하는 놈이 사람입니까?
무송	난 몰랐다고. 몰랐다고.
엄마	몰라? 이놈의 새끼야. 학교 갔다 와서 인사부터 했으면 챙겨 봤을 것 아니야?
무송	난 무섭다. 맨날 천날 방구석에 귀신처럼 누워 있는데… 무섭다고.
엄마	뭐라고? 이놈이… 지놈 먹고사는 게 누구 덕인 줄도 모르고… 개새끼도 지 은인은 안다고… 이 호로새끼야. 나가 죽어라.
무송	(소리) 나도 죽고 싶다고!… 아이들이 놀린다고 놀려. (뛰쳐나간다)

아저씨, 따라가려는 엄마를 말린다.

엄마	(주저앉아 울며) 미안합니다. 지가 누구 때문에 먹고 사는 줄도 모르고… 아직도 아버지라고 말도 안 하고… 다 내 잘못입니다.
아저씨	저거 아버지 아니니까 아니라 카제.
엄마	입혀주고 먹여주면 그게 아버지지.
아저씨	무송이 진짜 아버지는… 죽었나?
엄마	죽었는지 살았는지 모릅니다. 도망 왔을 때 미친 사람이

었습니다. 포대기에 안긴 아기를 보고 죽일라고 하는 사람이었습니다. (울음)

아저씨 (일으켜 세운다) 고만해요.

엄마 (안을 보며) 형님. 미안합니다. 우리 새끼가… 은혜도 모르고… 방구들에 누워만 있는 형님보고 그냥 무섭다고 싫다고 했어요. 미안합니다.

아저씨 아가 무섭다고 안 하나? 무서운 걸 무섭다 하는데 뭐가 잘못이고. 퍼뜩 아 찾아 오니라. 밤길 무섭다. 마 있어라. 강생아! 무송이 잡아라. 퍼뜩 안 가나?

엄마 팍 죽든가. 모르겠습니다. 내 이놈의 버르장머리 그냥 안 둘 겁니다.

아저씨 마, 시끄럽다. 아 보고 그런 소리 하면 안 된다. 강생아! 얼른 무송이 찾아 온나. (나가며) 무송아!

강생이 짖는 소리 들린다.

무송, 밤길이다.

무송 (울면서) 얼레리 꼴레리… 무송이는 아버지는 하나인데 엄마는 둘이래요…. 벙어리이고요. 하나는 첩이에요. 학교 가면 아이들이 놀린다고… 시끄러워 시끄러워… 우리 아버지 아니야. 아니라고… (달려간다) (비명 소리) 악! … (첨벙) 살려주세요! 무송이 물에 빠졌어요! 누구 없어요? 살려달라고요! 엄마!

어둠 속 플래시를 든 아저씨 무송을 찾아다닌다.

아저씨 (플래시 불빛 돌아다닌다) 무송아! 이놈아! 무송아!⋯

사이,
어둠. 무송이 물속에 있다. 춥다.

무송 무송이 물에 빠졌다. 검은 어둠 속으로 깊이 내려간다. 눈을 감았다. 어둡다. 온통 검은 어둠이다. 살려주세요. 엄마, 무송이 여기 있어요. 아무 말도 할 수 없었다. 벙어리. 무송이 벙어리다.

아저씨 (목소리) 무송아! 이 손 잡아. 잡으라고⋯ 어서. (풍덩 소리 들린다)

5장

아저씨 나비춤을 추고 있다. 엄마, 나타난다. 상복 차림이다. 무송에게 상복을 입힌다.

아저씨 무송아! 저기 누런 게 보이냐? 농사꾼은 언제 제일 행복하겠노? 바로 이맘때다⋯ 누렇게 나락이 익어갈 때인기라… 웃고 있는 게 보이제. 흔들흔들.

무송   웃는 게 아니고 그냥 바람에 흔들리는 거지요.

아저씨   그래 그기 바로 웃는 기다. 저 누런 나락들이 와 흔들면서 웃는지 아나?

무송   모르겠어요.

아저씨   지난여름, 비바람에 살라고 발버둥 치던 기억. 폭풍우에도 꽉 붙들어 매달았던 모진 몸부림이 끝났다는 사실이… 가을이 되면 막 웃음이 나오는 기라. 인자 웃는 게 보이냐?

무송   저도 보여요. 웃는 게.

아저씨   맞제. 니도 봤제?

무송   예.

아저씨   무송아. 인자 아버지라고 한번 불러봐라. 아버지라꼬.

무송   …자고 일어나면 내일부터 아버지라고 부를게요.

아저씨   오냐. 자 이리로 온나. 논두렁을 한 바퀴 돌다 가자. 나락은 주인의 발자국 소리를 듣고 자란다. 어서 돌자. (퇴장)

사이

무송   엄마… 이 옷 입기 싫어. 싫다고… (상복을 벗으려고 한다)

엄마   입어라. 아버지가 죽었다. 네놈 찾으러 갔다가… 물에 빠진 널 살리고… 대신 죽었어.

무송	(울면서) 엄마 그럼 내가 죽인 거야?
엄마	모두 다 내 잘못이다. 내 팔자가 더러워서 그렇다. 아이고 무송이 아버지요. 미안합니다.
	형님요? 그만 우세요… 어떡해요. 산 사람은 살아야지요. 가는 사람 잘 보내주고 옵시다요. 무송아. 큰엄마 챙기거라. 어제부터 아무것도 안 먹었다.
무송	큰엄마 일어나세요. 아저씨 나 때문에 죽었대요…. 미안합니다. (무송 퇴장했다 벙어리 흉내를 내며 들어온다) 엄마, 큰엄마 자꾸 운다.

엄마 아무 말 없이 서 있다.

무송	우리 아버지 또 없다.
엄마	남편도 또 없다.
무송	우리 뭐 먹고 살지? 또 어디로 가야 돼?

사이

엄마	큰엄마하고 기차역 있는 읍내 가서 살자. 큰엄마 벙어리라도 참 사람 좋다. 무섭다 하지 말고 너도 잘해라… 식당 하나 하면서 먹고살면 된다. 큰엄마하고 나하고 우리 무송이 셋이서… 걱정 말고 너는 공부만 잘하면 된다. (빌며) 고맙습니다. 미안합니다. 잘 가세요! 휘이!

무송 또 조용하다. 침묵이다… 저 멀리 들판 위로 아무도 없다. 하늘… 오늘은 아무것도 없다. 뭉게구름도. 바람도. (퇴장)

강생이 등장한다.

강생이 물속에 빠진 무송이… 물속에 조용히 앉아 있었어… 콧구멍에 거품만 꼬르륵… 무송이 자슥, 또 아버지 잃어버렸네. 참 좋은 아버지였는데…. 남한테 욕 한마디를 하냐… 뭐든지 양보하제. 저거 벙어리 마누라에 무송이 엄마까지… 그리고 무송이는 지 새끼도 아니면서 얼매나 잘했노 말이다. 나무관세음보살… 극락 가소… 인자 읍내에서 식당 한다 했제. 나도 데리고 갈란가? 당연히 한 식구인데 데리고 가겠지? 가만 복날이 언제지? …불안하네. (퇴장)

기차 소리 이어서 노랫소리 들린다.

6장

노랫소리, 젓가락 장단으로 변환되어 들린다.

엄마, 작부 차림이다. 술 취한 모습. 학교에서 돌아오는 고등학생 무
송… 엄마를 쳐다보고 있다.

손님 목소리 (음악 소리와 함께 소리만) 어디 갔어? 안 들어와? 봉달
 댁, 빨리 오라고!

엄마 들어가요! 들어간다고요!
 (뒤를 보며) 형님. 조용히 누워 있으세요. 소리 내지 말
 고 조용히. 손님들이 싫어해요. (사이) 뭐라고요? 미안
 하다고요? 그런 소리 하면 나 욕하는 겁니다. 형님 아니
 면 우리 두 모자 벌써 굶어 죽었습니다. 다 덕분에 이렇
 게 먹고 사는데 내가 고맙지요. 형님이 뭐 잘못했습니
 까? 뭐라고요? 퍼뜩 내가 안 죽고 뭐하냐고요? 그런 소
 리 하지 마세요. 제가 고생이라고요? (웃음) 몸뚱아리
 이게 뭡니까? 죽으면 썩어 벌레 먹이나 되는 거지. 이 몸
 뚱아리 달라고 할 때 주는 게 뭐가 나쁩니까? 다들 좋다
 고 저리도 좋아라 하는데 그러면서 돈도 주는데 고맙지
 요. 무송이요? 모르겠어요…. 지놈도 알건 아는 나이니
 까 알아서 하겠지요. 지놈 먹고 사는 게 누구 때문인지
 아는 나이가 되면 알게 되겠죠.

무송, 천천히 걸어 나온다. 산으로 간다.

손님 목소리 (다시 음악 소리와 함께 소리만) 어디 갔어? 안 들어와?

봉달댁! 빨리 오라고!

엄마 들어가요! 들어간다고요! (암전)

7장

아버지, 무덤 속에서 나비춤을 추고 있다.

무송, 소주병을 들고 술에 취한 모습이다. 무덤가에 큰절을 두 번 한다.

무송 (울음) 미안합니다. 저 때문에 물에 빠져 죽은 두 번째 아버지. 아저씨가 제가 불러본 처음 아버지예요… 진짜 아버지는 본 적도 없어요. 엄마가 말 안 했어요. 엄마가 밉습니다. 부끄럽습니다. 저 이제 여기선 살 수 없습니다. …아버지, 전 누굽니까?

무송, 무덤에 술을 뿌리곤 자기가 마신다.

아저씨 어이구 맛있다. 너도 한잔 해라… 나락이든 과실이든 언제 여무는지 가르쳐 줄까? 한여름 지나고 가을바람이 선선히 불어올 때… 마지막으로 폭풍우에 번개가 치는 밤이 온다. 이때 번개를 안으면서 그때 여물어지는 기라. 사람도 마찬가지제… (눕는다)
사람이 입을 다물면… 자연만물이 입을 연다고 하제. 달

376

밤에 달이 차오르면 까마구가 길을 가리킨다고 했는데 한 마리도 안 보이네. 모두들 환생하고 없는 갑다…. 무송아. 안 무섭냐?

무송, 일어나 산을 내려간다.

아저씨 바람 분다… 춥다. 어여 내려가라 (암전)

8장

조명 들어오면 병원이다. 무송이 휠체어에 앉아 있다.

형사 (소리 들린다) 여 무송이 학생 있는 데가 어딥니까? 아네… 요즘은 간호원을 얼굴 보고 뽑나… (등장. 무송을 발견하고) 니도 마이 뿌사졌네. 대가리도 터지고. 우짜노 니가 작살 낸 놈 금마는 마 중환자실에 독문 개구리처럼 뒤집어지가 있고. 죽을란가 모른다.

무심한 무송.

형사 어이 학생. 어린 놈의 새끼가… 그런나고 아를 아주 아작을 내나? 근데 너 좆됐어. 그 자식이 어느 집 자식인지

춤추는 소나무 **377**

알지? 김상봉 이 양반 가만히 안 있을 긴데. (김상봉 흉
내를 내며) 개뿔도 없는 새끼가 내 새끼를 병신으로 만
들어. 내가 이 새끼 죽이지 않으면 이 김삼봉이가 아니
야. 어서 이 개자식 잡아와 어서!⋯ 지랄 지랄 우리 서장
님한테 널 죽이라고 지랄을 하는데⋯ 십팔 내가 그 새끼
를 죽이고 싶더라고⋯ 운신하거든 토끼는 게 상책이다.
맞다. 내가 뭐라고 하노? 와 내 빙신 아니가? 내가 형사
인데 누구보고 도망가라고 하노? 빙신아 정신차리라.
(고함치며) 아줌마. 무송이 어무이요! 임마 토끼면 안
되니까 단디 지키보이소. 몸조리 잘하고 감방 가자.

엄마 (나타나 지켜보고 있다가 봉투를 내밀며) 이거 물래 말
래?

형사 정의 사회 구현, 물어야지!

엄마 (표정 바뀌며) 아이고 경찰 나으리. 아직 어린 학생 아닙
니까. 잘 부탁합니다.

형사 (봉투를 챙겨 나가며) 간호원 아가씨, 이 방 학생 잘 좀
챙기주이소. (퇴장)

엄마 이게 무슨 짓이야? 술도 처먹냐? 공부하는 학생이.

무송 엄마도 먹는데 왜 나는 안 돼?

엄마 머리 많이 아프지? 시골 의사들 나이롱 아닌지 몰라. 제
대로 집었는지 모르겠다.

무송 아프다 치워라.

엄마 멀 그리 오랫동안 집는다고 한참을 기다렸네. 밥도 못

먹었다. 옛날에 머리통 박 터지면 된장 바르면 됐는데…
움직이지 말고… 미안해할 필요 없다. 사내 새끼들 니만
할 때 안 싸우고 크는 놈 어디 있냐.

무송   나 학교 그만둘 거다.

엄마   안 그래도 퇴학이란다.

무송   엄마 우리 집 밥집이야 술집이야? 어서 말해봐.

엄마   누가 뭐라 하더나? 그럼 우리 집 밥집이지.

무송   술도 팔잖아…

엄마   밥도 팔잖아…

무송   학교 애들이 나보고 뭐라고 하면서 놀리는 줄 아냐고?
십팔.

엄마   고함치지 마라 겨우 집은 데 터진다. (붕대 감은 머리를
만지려고 하며)

무송   손 치워. 과부집… 과부 둘이 있는 데 하나는 병신이라
고 벙어리 작부집이라고.

엄마   이것들이 미쳤나? 왜 우리 집이 작부집이야. 그냥 밥 팔
다 보면… 술을 반주로 찾는 손님이 있는 거고… 어…?
왜 우리가 도둑질했어 무슨 죄 지었냐고?

무송   그만해. 누굴 바보로 알어? 엄마는 작부다. 나 이 동네에
서 못 산다. 그 새끼들 다 죽이고 난 떠날 거다.

무송이를 때리는 엄마. 무송의 비명 소리 커진다.

엄마 가라 나쁜 놈! 지 처먹고 처 입고 오늘날까지 살아 있는 게 누구 덕인 줄도 모르고… 벙어리 큰엄마하고 돌아가신 너거 아버지 아니면 우린 벌써 굶어 죽었어.

이때 형사가 와서 말린다. 무송의 고함 소리 들려온다. 눈 뒤집혀 흥분해 있다. 의자를 들고 내리찍으려는 모습. 엄마 도망치듯 소리치며 나간다.

무송 나와 개새끼야. 말리지 말라고!

형사 내다 임마! 놔라! 형사다 임마! 와 자꾸 개새끼라 해쌌노? 마 놔라! 이 새끼 진짜 호로새끼네… 엄마한테… 아 참 아지매… 와 두 장이라더만 봉투에 한 장밖에 없노? 어 아지매 어디 갔노? (퇴장)

암전

엄마의 교태스런 웃음소리와 함께 엄마와 김삼봉 등장. 술에 취해 춤을 추고 있다.

엄마 천천히. 어머 왜 이러세요? 옷부터 벗기려고 하세요? 자 먼저 한잔 드시고. 어르신.

삼봉 어르신이라 하지 말라고… 삼봉 씨 해봐라. 니는 내 낀데… 어이 이리 온나.

엄마 아무리 좋아도 벌건 대낮에 뭘 하자고.

삼봉 니는 내 껀데 뭐가? 이 김삼봉이 하는데 누가 뭐라 하는 새끼 있나? 나와봐라.

엄마의 웃음소리와 노랫소리 높아가고 암전. 어둠 속에서 무송의 고함 소리 들린다.

무송 뭐 이 새끼, 뭐라고 다시 말해봐. 이 새끼야. 아버지도 없는 새끼? 왜 내가 없어. 있어 엄마. 입 닥쳐 새끼야… 우리 엄마 갈보라고? 작부라고? 이 십새끼가 니가 봤냐 봤어? 너 주둥이 안 닥치면 내 손에 죽어. 입 닥쳐 새끼야!

조명 들어오면 교도소 안 무송, 형광등 불빛 왔다리 갔다리 한다. 무송 조용히 눕는다.

엄마 등장

엄마 무송아. 힘들지? 영치금은 충분하니까 많이 챙겨 먹어라. 벌써 몇 번째냐? 엄마가 어떡하든 널 빼 볼 텐데 너무 걱정 말고. 재판정에선 무조건 빌어라. 아무 소리 말고 성질 죽이고 그냥 죽을 죄를 졌습니다, 하곤 무조건 잘못했다고 빌어 알겠지? …엄마는 괜찮어. 이 엄마가 무슨 짓을 해서라도… 합의 보고 널 풀어줄게. (퇴장)

사이렌 소리.

무송   여기요. 형광등 나갔어요. (암전) 어둡다고요. 불 좀 바
꿔줘요. 무섭다고요. 무서워요! 엄마!

세월이 흐른다. (영상) 봄, 여름, 가을, 겨울 영상 속에 강생이 뛰어 다
닌다.
무송, 교도소다. 늙은 엄마 나타나며 면회다.

엄마   참말로 멀리도 왔네. 장삿집 오래 비워두면 안 되는데…
얼굴 좋네.

무송   …

엄마   오는 데 한나절 걸리더라. 기차 타고 버스 타고… 한참
을 왔는데… 이 엄마 술장사 안 해야겠다. 맨날 째리가
살다 보니까… 이제 정신이 나갔는지 깜박깜박한다…
안 보고 싶은 엄마가 와서 싫냐? 갈까?

무송   엄마.

엄마   안 잊어먹었네. 내가 엄마라는 건. 어디 아픈 데는 없어?

무송   없어. 면회 오지 마라.

엄마   이제 오라 해도 오기 싫다. 몇 번째냐… 뭐 잘난 아들이
라고… 나쁜 짓 그만해라.

무송   이제 안 할 거다.

엄마   안 해야지 나이가 얼마인데…

무송	가.
엄마	출소하면 엄마한테 제일 먼저 와라.
무송	싫다. 안 가.
엄마	안 와도 된다. 하지만 벙어리 큰엄마… 보고 싶어 한다… (기침) 나도 할 말이 있고.
무송	할 말 있으면 지금 해.
엄마	일어날게… 이제 여기서 보지 말자. 뭐 좋은 데라고… 간다.
무송	찾지 마라.
엄마	왔다 가라. 요즘 살아온 모든 게 잊고 싶은지 자꾸 다 잊어먹는다. 계산도 안 되고 외상값도 모르고…. 이제 술장사 안 할란다. 니놈 때문에. 출소하면 꼭 왔다 가라. 간다. (퇴장)

암전됐다 다시 불 들어온다. 철창문 열리는 소리. 무송이 걸어 나온다.

9장

강생이 나타나 무료하게 놀고 있다. 교도소에서 돌아온 무송, 강생이 반기며 뛰어나간다.

무송	작은 오두막집. 탁 트인 창문 하나로 작은 햇살 비추

고…

강생이 창문 넘어 앞산에는 진달래가 온종일 피어나고 (왈왈)

무송 밤이 되면 별빛 달빛 그 창문으로 문 두드리면

강생이 한여름 초저녁은 반딧불이 앞마당에서 너울너울 춤을 추고…

사이,
침묵.

강생이 여기 엄마 없다. 산에 있어… 아버지 산…. 벙어리 큰엄마도 같이. 따라와… 엄마. 무송이 왔어요. 무송이가 돌아왔다고요. (퇴장)

무송 머리 뒤로 저 멀리 산이 보인다… 온 동네가 내려다보였다. 저 멀리 까닭 모르는 연기가 피어 올랐다. 가슴이 이유 없이 미어졌다.

무송 천천히 되돌아 걸어 나간다. 나타나는 강생이

강생이 산에 안 가? 엄마 안 만날 거야… 기다리는데…. 어디가?

무송 ….

강생이 엄마 안 보고 싶어?

무송, 천천히 나간다.

강생이   어이 무송이… 어딜 가? 엄마, 무송이 왔어요. 근데 무송이가 도망가네요. 엄마, 엄마 무송이 도망가요! (퇴장)

엄마, 소복을 입고 나타난다.

엄마   무송아. 봉달 아버지 죽는 날 난 알았어. 이 모든 죄가 이 어미라는 사실… 굶어 죽어가던 우리 두 모자를 살린 사람이 그분이었다. 하지만 난 그분 덕분에 잘 먹고 잘 살게 되자… 나이 많은 그 사람의 둘째 부인으로 살아간다는 사실이 미치도록 싫어졌다. 벙어리 큰엄마도 보기 싫고 어서 이곳에서 벗어나고 싶었다. 하지만 두렵더라. 다시 널 데리고 굶고 살아가야 한다는 사실이…
난 그 사람이 벙어리 큰엄마를 작은방에 두고 내 위로 올라올 때마다 그분이 죽었으면 했다. 왜? 죽고 그 사람의 재산이 내 것이 되면 그때 너랑 도망가려고 생각하며 참았다. 나쁜 년. 물에 빠져 죽은 아버지. 내 저주 때문일 거야 하는 죄책감… 평생을 괴롭히더라. 벙어리 큰엄마를 버리지 못한 것, 그 죄의식 때문이 아니야… 다른 사람의 눈… 큰엄마를 잘 데리고 산다는 소리… 이웃들의 칭송… (웃음) 우습지? …벙어리 큰엄마는 병신인데 저렇게 부자 남편이 있는데 난 자살한 남편에 (웃음) 난 예쁜데… 내가 저 여자보다 뭐가 못하지? 질투심… 나쁜 년이라고 욕해도 좋다.

무송아 널 가졌을 때 바다 한가운데 춤추는 소나무를 봤다. 해풍에 흔들리는 소나무. 너무나도 아름답고 고귀했단다. 무송!

무송아… 네놈이 나쁜 놈이 될 때마다 이 엄마는 나의 그 나쁜 맘 때문이라는 생각이 들어 언제나 내 잘못이라고 생각했다.

여기가 벙어리 큰엄마, 이게 봉달리 큰아버지, 여기가 내 자리다.

엄마, 무덤에 들어간다.

10장

기차 소리… 다시 파도 소리. 현재, 여자의 집.

무송   저예요… 엄마. 여기 무송이… 엄마… 보고 싶어요!

여자   무송아! 여기로 와! 엄마야!

경찰차의 사이렌 소리. 귀를 막는 무송이.

파도 소리 들리며

여자　　　바다가 왜 파란색인 줄 아세요?

무송　　　(깨어나며) 모릅니다.

여자　　　(천천히 다가가며) 깊은 산 옹달샘에서 태어난 물이… 시냇물을 따라 강으로 가요… 새하얗게 맑은 물이… 거친 바윗돌에 부딪치고 상처가 나죠… 그리고 섞여 들어온 똥물도 만나고요… 그러면서 결국 피멍이 들어서 저 바다에 모여들죠… 멍이 든 물… 그게 바다예요. 저 파란색의 바다.

무송을 안으며

여자　　　무송아!

무송　　　엄마!

이때 나타나는 형사.

형사　　　떨어져! 그 여자 손대지 마… 걱정 마 내가 구해줄게… 어서 손 올리고! …어서. 나와, 넌 나오라고…

떨어지는 여자. 형사 갑자기 여자를 뒤로 보내곤 권총을 꺼내 무송이를 협박한다.

형사	넌 누구야? 뭐 하는 놈이냐고?… 어서 말해.

무송과 여자, 아무런 반응을 하지 않는다.

형사	어서 말하라고 새끼야 (무송에게 다가가며) 왜 조용해? …갑자기 벙어리라도 된 거야?
무송	벙어리? 우리 큰엄마는 벙어리였어.

여자, 웃는다.

형사	웃지 마. 왜 웃어?
무송	아무 말 못하고 참아야 했던 벙어리… (웃음)
여자	나도 벙어리야. (웃음)
형사	가지 마. 세상엔 미친놈이 많아 믿지 마. 저 자식! …너 뭐야 임마?
무송	나? 물에 빠진 사람… 우리 아저씨가 구해줬어… 날 살리고 그 아저씬 죽었어.
여자	저 사람을 살리고 그 아저씬 죽었어… 아주 나쁜 놈이래. (웃음)
형사	손들어. 난 경찰이야. 난 아무도 믿지 않아… 왜? 세상에는 단 두 사람밖에 없어… 나쁜 놈과 좋은 놈… 내가 만난 범죄자들은 모두들 너처럼 평범한 사람이었어… 어떻게 저런 사람이… 저런 살인을 할 수 있을까… 하지만

아니었어… 나의 예상은 빗나갔어…. 넌 누구야? 어서 말해.

무송   누구냐고? 내가 누구죠? … 나? 나도 날 모르는데…. 알면 가르쳐 줘.

여자   (웃음)

형사   어서 떨어져… 저 새끼 미친놈이야. (컷 암전)

무송, 총을 든 형사에게 다가가자 형사, 무송의 머리를 총으로 내리친다. 기절하는 무송. (암전)

사이, 다시 피도 소리 들리면 조명 틀어본나.

무송, 깨어난다. 술을 마시고 있는 형사.

여자   괜찮아요?

형사   여기 마을 이름이 뭔 줄 알아? 화인리… 꽃 같은 사람들이 사는 곳이라고 화인리… 내가 처음 여기 왔을 때 용하다는 무당이 있었어. 그 사람이 경찰과 폭력범은 사주팔자가 같다고 하더라고…. 왜 같을까? (웃음)

여자   한끗 차이겠지… 폭력이지… 그래요. 모든 게 하나 차이로 운명이 달라지지.

형사   (술을 병째 마신다. 다음 무송에게 준다) 무송이라고 했나?

무송 (마시곤) 하나 차이로 운명은 달라진다?

형사 나의 선택…. 팔자를 거꾸로 하면 (그림을 그린다) 어떤 길을 선택하느냐… 하나의 길을 갈 수밖에 없다. 안 가 본 길… 저 길로 갔더라면 내 운명은 어떻게 되었을까.

무송 내가 선택하지도 않았는데… 가는 길도 있어. 내가 교도 소에 있을 때 어느 사형수가 말하더라고… 그걸 숙명이 라고 하는데… 운명은 앞에서 날아오는 돌이라 피할 수 있다. 하지만 뒤에서 날아오는 돌이라… 피할 수 없는 숙명…

여자 그래 모든 것은 정해져 있지. 내가 선택할 수 없는 내 인 생. 바로 내 인생을…

형사 무송이… 교도소에 있었다고? …교도소를 떠나 다시 감 옥으로 왔구만… 여기도 교도소야. 감옥! 언젠가 저 여 자가 말했지. 이곳은 자신이 만든 감옥이라고… 어서 도 망가지!

여자 그래 여긴 어둠의 감옥이지… 내가 만든… 한 줄기 빛도 없는 그런 곳. (일어나며) 과거와 현재, 그리고 미래는 지금 여기 있었다. 과거라는 놈은 언제나 내 가슴속에 또아리를 틀고 바람처럼 슬금슬금 나타났다. 현재는 안 개 속의 바람이었다. 미래는 어둡고 축축하다… 그게 바 로 나야.

여자, 일어나서 무송에게 다가간다.

무송   과거와 현재 그리고 미래는 언제나 여기 있었다.

여자   (나타나며) 과거는 내 가슴에 또아리를 틀고 바람처럼 나타났다.

무송   애써 지웠던 기억… 잃어버렸던 그 무엇이 갑자기 나타났기 때문이지.

여자   …애써 지웠던 기억? …지우면 기억이 사라진다고? (웃음)

무송   기억은 또아리를 틀고 내 가슴 저 깊숙이 남아 있는데. (웃음)

여자의 웃음소리가 요란스럽다. 배꼽을 잡고 웃는다.

여자   기억! 바람! (웃음) 검은 안개! (웃음) 기억이라고? (웃음) 지운다고?

무송   벙어리. (웃음) 애써 지운 기억. (웃음) 몸부림. (웃음)

여자   검은 어둠?

무송   과거, 현재, 미래는 함께 있었다…

여자   그래 안개 낀 검은 어둠 속에 바람.

형사   그래 맞어… 바로 그거였어. 애써 지우고자 몸부림쳤던 그 기억.

형사가 말리자 뿌리치고 여자, 갑자기 뛰쳐나간다… 무송, 따라 나간다.

혼자 남은 형사.

형사   (침묵 속에 혼자 웃어 본다) …감옥! 과거의 기억으로부
        터의 감옥. 강생아! 강생아! 저 여자 잡아… 잡아야 돼.

암전.

파도 소리 요란하다. 여자, 신을 벗고 춤을 추는 듯 걸어 나온다.

여자   처음 여기 왔을 때 맨발로 한없이 걸었어요. 여기 이 바
        다가 보일 때까지… (춤을 추며) 걷는 것이 아니라 춤을
        추는 것 같았어요. 여기에 나의 감옥… 어둠의 감옥을
        만들었어요. 왜? 이제 말하고 싶어.

천천히 나타나는 무송

무송   말하지 마.

여자   난 벙어리가 아니야.

무송   바람 부는 날… 바다를 보러 갔다가…

여자   애써 지운 기억… 이제 말하고 싶어.

무송   (손을 잡고 걸어 나간다) 바다 보러 갔다가… 그냥 바위
        만 안고 왔다.

여자   나 여중생 때 식모 생활했다…

딩동! 딩동!

여자   네 나갑니다. 복자, 나간다고요! (암전)

11장

여자의 젊은 날, 식모다. 예쁜 옷을 들고 들어온다.

여자   진짜 난 행운아였어. 가난한 집에서 입 하나 덜겠다고 중학생 나이에 갔던 식모살이…. 고맙습니다. 사모님. 엄마라고 부르라고요? …너무나 선하고 곱던 사모님, 언제나 둘째 딸이라고 하면서 학교 못 보낸 걸 미안해했어. 식모로 온 아이한테 말이야.

여자, 옷들을 만지면서

여자   내가 식모 사는 집, 언니, 성악을 공부하던 언니가 있었어.

(언니)   복자야! 이 옷도 너 입어.

여자   어머나 그 옷은 안 돼. 언니가 아끼는 옷이잖아.

(언니)	괜찮아. 난 이제 안 입어. 니 옷이야.
여자	식모 사는 집에 무남독녀. 얼마나 착하고 이쁜지 몰라. 나에게 진짜 언니 같았어. 너무 예뻐요. 이 옷.

노래 부르는 여자.

여자	성악을 공부하던 언니. 천사가 따로 없었어⋯ 나도 언니 처럼 대학생으로 보일까?

사이,

영화관이다.

여자를 따라나선 대학생.

대학생	저요! 저 잠깐만요!
여자	왜요?
대학생	저 아까부터 따라왔어요. 영화관까지⋯ 어느 대학 다니 세요? 시간 좀 내 줄 수 있나요?
여자	시간 없어요. 이젠 집에 들어가야 해요.
대학생	미안해요. 잠시면 돼요⋯ 저 당신 집도 알아요. 제일 큰 집. 부잣집.
여자	(화내며) 날 미행한 거예요? 어머 나쁜 사람이네.
대학생	아닙니다. 미안해요⋯ 저 진짜 용기 내서 오늘만큼은 꼭 말해 보리라, 하고 용기 내서⋯

여자	됐습니다. 저 다시는 따라오지 마세요. (퇴장하는 듯하다 돌아선다)
대학생	미안합니다. 잠깐만요… 10분만… 아니 5분만… (따라가며 퇴장)

무송, 일어나며

무송	한 아이가 있었어. 물속에 또아리를 틀고 앉아 있던 아이… 그대로 물속으로 사라질 것 같았지… 그때 나타난 아저씨의 큰 손… 왜 잡았을까.
여자	그 대학생을 만난 후 난 철저히 그 집 언니 행세를 했지. 언니가 들려줬던 그 이야기들이 모두 다 내가 경험한 것처럼 난 말했어. 정말 내가 주인집 언니처럼 성악 전공하는 음대생 행세를 한 거야.

노래하는 여자. 대학생, 나타나며

대학생	많이 기다렸지? 미안해. 아르바이트하는 집에서 좀 늦게 나왔어.
여자	이렇게 늦게 오면 어떡해요?
대학생	내가 저녁 살게. 기다려줘서 고마워. 영화 좋아하잖아. 영화 보여 줄게. 나가자. 어서.

손잡고 두 사람 나가다가 여자만 남는다.

여자   정말 꿈 같았어. 내가 대학생의 애인이 되고… 중학교도
         못 나온 내가 말이야. 거짓은 그렇게 행복을 가져다 주
         더라… 그날 영화는 아직도 잊지 못해. 처절한 사랑에
         대한 이야기인데 마지막 이별 장면…. 진짜 평평 울었으
         니까.

무송   그 후 내가 미친놈처럼 개망나니로 살 때 우리 엄마보
         다… 큰엄마가 날 보고 더 아파했다. 자기 자식도 아닌
         데 말이야.

여자   나 진짜 진짜 그때 말하고 싶었어. 나 대학생 아니야…
         그냥 식모라고 그 집 그 부잣집 식모라고… 그때 말해
         야 했어.

무송   우리 큰엄마… 말 못했어. 벙어리니까.

여자   그런데 차마 날 사랑한다고 하는 사람에게 그 말은 못
         하겠더라고… 그날에도 말이야.

빗소리가 들려온다.

무송   비가 오네.

여자   그날 그 대학생이랑 작은 여관에서 함께 보낸 밤. 그날
         도 비가 왔어. 바다가 있는 도시였으니까… 파도 소리가
         들려왔어. 제일 먼저 내가 한 일은… 커튼을 닫았어…

자그마한 테레비가 있었어. 신승훈이 가요톱텐에서 일
등을 했는데… (노랫소리) 그리고 침대가 빨간색이었어.
처음 본 여관방이 왜 그렇게 안온하고 따뜻했는지… 아
직도 모르겠어. 그 기분. 난 진짜 처음이야. 진짜 처녀였
는데.

거울을 보는 무송.

무송 내가 그때 처음으로 엄마에게 욕을 했는데… 뭐라고 했
는 줄 알어? …엄마. 난 뭐야? 뭐냐고?

여자 거울을 봤는데… 네기 옷을 다 벗었는데 내가 너무 작
은 거야. 내 몸이 아기 같아 보였어. 벌거벗은 내 모습
이 하나도 부끄럽지도 않고 그냥… 그 남자에게 안기는
데… 꼭 아기가 아빠 품에 안기는 것처럼… 따뜻하더라.
무송… 나 한번 안아줘.

무송, 안는다.

무송 엄마… 난 뭐야? 엄마가 날 보고…. 물… 그럼 나 때문에
죽은 아버진… 산.

여자 나 진짜 그 남자에게 안기면서 한 생각만 나더라. 아직
도 왜 그 생각만 떠올랐는지 모르겠어. 엄마, 엄마가 되
고 싶어. 그 사람이 날 만지고 애무하는데 뭐가 뭔지 아

무 생각도 나지 않고… 마음속으로 엄마가 되고 싶어요, 막 외치면서 말이야.

무송   비 그쳤네. 바람 부는 날… 바다를 보러 갔다가… 바다를 보러 갔다가… 그냥 바위만 안고 돌아왔다.

무송, 여자의 무릎에 머리를 두고 눕는다.

여자   어느 날 무송이는 이렇게 있었어, 이렇게 내 무릎에 무너지듯 누웠어. 아무 말 없이… 아이고 내 아기… 난 그때 내가 진짜 엄마가 된 느낌이 났어. 잊어버렸던 나의 꿈, 엄마가 되고 싶은 꿈… 그땐 무송이는 아기 같았어… 길 잃은 아이.

무송   길 잃은 아이?

여자   그래 아이. 엄마 배고파요.

무송   절망한 아이… 엄마 배고파요. 절망…. 그땐 그랬어.

여자   맞어 절망! (일어나며) 그래 절망이었어. 내 모든 것을 잃게 만든 그것. 바로 그거야…. 그 남자 군대 간다고 했어…. 군대 간대… 내 뱃속에 아기… 아주 작은 꿈이 자라고 있었는데.

대학생, 나타나며

대학생   미안해 군대 가야 돼. 그동안 잘 놀았어. 고마워.

여자	무슨 말이야? 나 기다릴게.
대학생	기다리지 마. 우린 여기까지야.
여자	왜? 우린…
대학생	(입에 손을 대며) 그만… 나, 너 거짓으로 산다는 것 알아. 진즉 알고 있었지만 너무 잔인한 것 같아서… 말 못 했어… 어떻게 말하냐… 너 대학생 아니지 음대생도 아니고…. 그 집에 식모살이한다는 걸.

여자, 주저앉는다.

여자	미안해. 언젠가 말해야 한다고 했었는데 못 했어. 잘못 했어… 기다릴게.
대학생	미안해 안 해도 돼. 나도 사실 대학생 아니야. 그냥 아무것도 아니야. 나도 널 꼬시고 싶어서… 여대생과 사귀고 싶어서 거짓말했어. 우리 서로 미안해 안 해도 된다. 그지… 그동안 잘 놀았으면 됐지? 안녕.

대학생, 사라진다.
여자, 갑자기 배를 때린다.

여자	나쁜 년… 죽일 년… 개 같은 년… 더러운 년. (갑자기 웃으며) 절망. 절망… 참 이 말 이쁘다. 막 거짓도 절망이라고 하면 용서되는 것 같아지네. 그지…. 절망 그래

절망!… (온 방을 춤추며 돌며) 그날부터 이 배가 막 불러오는데… 낙태했다. 내가, 엄마가 소원이라고 그렇게 해놓고 말이야. (웃음 높아진다) (아기 울음소리)

여자가 웃음을 참지 못하자… 무송, 그녀의 목을 조른다. 그만둔다.
사이,

파도 소리.

여자 바로 저 소리였어요. 한없이 걸었다고요. 그때 저 너머로 보이던 바다….

(영상) 검은 바다.
여자, 영상 앞으로 간다.
이때 나타나는 무송.

무송 어디에 있어요? 아무것도 보이지 않아요. 여기요?

여자 검은 바다… (긴장하며) 시커먼 머리카락을 풀어헤친 검은 바다… 내 몸으로 달려들 듯이 다가왔어. 무서워… 무섭다고.

무송 (동화되어 여자에게로 달려들며) 검은 바다… 어젯밤 나에게도 다가왔어… 무서워… 무섭다고.

여자 어둠 속에 들려오던 그 소리… 바로 이 소리였어. (아기의 울음소리) 여기야! 여기! 울지 마. 아가야! … 소리가 사라지자 다시 어둠은 나의 배와 가슴을 때렸어요.

무송 어디 있어요? 아무것도 안 보여요!

여자 온통 어둠이야. 아무것도 보이지 않아.

무송 들어가지 마. 위험하다고…

여자 (영상 앞에) 이건 뭐야, 뭐냐고. 왜 검은 어둠이냐고.

무송 어두워 무섭다… 무섭다고… 여기 사람 있어요… 어두워요! 어디야 여기 어디냐고. 무서워 아무것도 보이지 않아. 여기 사람 있어요!

두 사람 소리치며 헤맨다. (암전)

이때 파도 소리 작아지며 강생이 소리 들린다.

사이,

아침. 잔잔한 파도 소리. 다시 작은 조명 빛 들어오고 밝아진다.

형사, 술병을 들고 서 있고, 두 사람 무대 위에 누워 있다.

형사 어젯밤 또 한 사람이 죽었다. 자기 스스로 자신을 죽인 거지. 그가 남긴 말… 유서에 뭐라고 써 있는 줄 읽어줄까? …히말라야에 가 본 적이 있나요? 눈이 덮인 하얀 산… 여기에 한고조라는 새가 사는데… 찰 한, 고통 고, 새 조… 이 새는 둥지를 틀지 않고 살기 때문에 밤만 되면 사나운 눈바람을 그대로 맞으며 온몸이 얼어붙는 괴로움으로… 그때마다… 날이 밝으면 꼭 아늑한 둥지 내

집을 지을 거라고 다짐을 하지… 그러나 날이 밝으면 따스한 햇빛… 설산의 화려한 풍광에 혼을 뺏겨 잊어버린다… 또 밤이야… 밤이 되면 똑같은 다짐을 하며 추위에 떨다가… 일생을 마감한다. 말하라고. 왜 조용해? 갑자기 벙어리가 된 거야?

무송 …햇빛 …따뜻하다.

여자 …정말 따뜻하다.

형사, 두 사람 옆에 눕는다. (암전)

작품론

「나무 목 소리 탁」작품론

'자랑도' 섬으로부터 불어오는 소리

배진아(극작가)

「나무 목 소리 탁」에서는 '흑산도'와 '자랑도'라는 두 개의 섬 이름이 거론된다. '흑산도'는 룸살롱 접대부 혜리(본명은 영란)가 팔려 가게 될 섬으로 설정되어 있다. 이 섬은 '전라남도 신안군 흑산면 진마을길 11'이라는 주소의 실제로 존재하는 섬이며 규모도 꽤 크다. 우리나라 행정구역상 최서남단 해역에 위치하고 있으며 "바닷물이 푸르다 못해 검다"고 하여 흑산도라는 이름이 붙여졌다고 한다. 그런 반면 '자랑도'는 주인공 고민우가 태어나 유년 시절을 보낸 곳이지만 오랜 시간 갈 수 없었던 고향이자, 실제 지명이 아닌 작가가 창조한 허구의 공간이다.

'대비'는 작품 전반에서 빈번하게 활용된다. 두 섬의 의미가 대비될 뿐만 아니라 과거와 현재의 시간적 대비, 은유와 비유를 활용한 감각적 요소들의 의미 대비, 본 무대와 부분 무대와의 공간적 대비를 통하여 사건과 심리를 전달한다. 그러면서 인물의 관계와 직업, 사건에 '공통적'인 요소들을 배치하여 연관성을 가지도록 하였다. 극 중 인물들은 모두 현재를 옭아매는 과거를 가지고 있다. 그것이 부정적이든 긍정적이든 서로에게 영향을 미친다. 극은 과거와 현재를 지속적으로 오가며 이 점을 상기시킨다. 극 중 인물에서 나아가 관객들에게도 과거와 현재, 삶과 죽음, 만남과 헤어짐, 선과 악, 인연의 굴레 속에 있는 진정한 '나'를 자각하고 발견하는 시간이 되기를 바란 작가의 의도는 마지막 장면에서 확인할 수 있다.

뿌리의 진실을 찾아서 고향 '자랑도'로 돌아가는 길

극은 자랑도도, 흑산도도 아닌 곳에서 정착하여 살고 있는 민우의 삶과 함께, 빚더미에 앉아 섬으로 팔려 갈 처지에 놓인 혜리(영란)를 보여주면서 시작한다. 이때 한 젊은 탁발승이 민우가 운영하는 횟집에 들르고, 도마 위 칼 소리와 스님의 목탁 소리가 조우한다. 비슷한 듯 대조적인 소리의 만남이 이후에 일어날 변화를 예고하였다.

민우 (목탁을 두드리며) 이 소리와 내 칼 소리가 비슷하네.

스님 같을 수도 있고 다를 수도 있지…

민우 뭐가요? 뭐가 같고 뭐가 다르다는 겁니까?

스님 당신이 더 잘 아는 것 같은데…. 하나는 죽이고 하나는 살리고.

- 2장 '횟집 요리사' 중에서

목탁 소리나 나무 도마 위의 칼 소리는 나무에 부딪쳐 나는 소리라는 비슷한 점이 있다. 그러나 그 소리 이면에는 상반되는 의미가 담겨 있다. '쇠'는 죽음을 부르는 물질이며, '나무'는 생명력을 이어가는 물질로 그 쓰임과 의미가 대조적이다. 평소 칼을 쓰는 민우가 스님의 목탁을 쳐 본 후, 상반된 의미를 가진 두 소리에서 비슷한 점을 알아차렸다.

스님의 목탁 소리를 듣기 전, 민우의 쇠칼과 나무 도마가 부딪쳐 나는 소리는 엄밀한 '살생'의 소리였다. 민우는 횟감을 다듬으며 죽어가는 물고기를 관찰했다. 인간의 입맛을 위한 죽음은 '즐거움'이라 말했고 죽음 앞에서 꿈틀대는 몸짓을 '춤'으로 보았다. 심지어 물고기의 생명이 끝나가는 순간의 칼 소리는 '아름다움', '사랑', '황홀한 비명'이라고도 표현하였다. 무엇보다 민우는 "칼을 잡으면 잡념이 사라지고 분노도 가라앉고 가슴도 시원"해지기 때문에 횟집 일을 시작하게 됐다고 한다.

혜리(영란)는 "조폭 양아치나 횟집 요리사나 똑같아. 안 그래? 사람을 죽이나 물고기를 죽이나 사시미 쓰는 것은 똑같잖아"라며 생명을 앗아가는 칼의 쓰임새에 주목했다. 곧이어 자신을 잡으러 온 마담과 깡패들에게 민우의 칼을 빼앗아 휘두르며 아수라장으로 만들어 버린다. 혜리(영란)는 "나란 인간이 왜 이렇게 사냐고" 스님이니까 알지 않느냐며 묻는다. 한편으로는 이 질문 자체가 스스로에게 던지는 불행한 현재 삶에 대한 반문이자 과거에 대한 후회처럼 들리기도 한다. 혜리(영란)의 삶은 철저하게 상품화된 모습을 보여주었다. 돈이 삶의 수단 이상으로서 목적, 목표가 되었고 그녀의 운명까지 정하는 데 이르렀다.

스님은 극 중 다른 인물들과 달리 속세의 과거가 문제되지 않는 유일한 인물이다. 탁발승이 되기 이전에는 선방에 머무르며 참선을 했었다. 그때 스님은 고통과 번뇌를 이겨내지 못하자, 큰스님으로부터 호통을 듣고 절에서 쫓겨나게 됐다. 스님이 산천을 선방 삼아 떠돌게 된 원인은 과거에서 비롯된 것이지만, 오히려 과거의 일로 인해서 개인적 수행에 그치지 않고 보다 많은 사람들의 삶에 긍정적 변화를 가져다줄 수 있게 되었다.

민우   스님은 어떻게 스님이 될 생각을?

스님   (웃으며) 왜 불쌍해 보이오?

민우   아니요. 자유롭게 보여 부럽기도 하지요.

스님   자유라?⋯ 수행이지요. 수행은 규율 속에서 자기를 지키기 위한 몸부림.

민우   군대의 군인처럼 말입니까?

스님   아닙니다. 군대보다도 엄한 규율⋯ 군대는 가야 하는 의무지만 수행승은 스스로의 선택.

민우   스스로의 선택?⋯

스님   군대란 적을 죽이기 위한 훈련이지만⋯ 수행은 자기를 살리고자 하는⋯ 나 스스로의 선택, 바로 자기 결정.

- 3장 '만행' 중에서

여기서 민우와 스님의 상황이 마치 '칼'과 '목탁'처럼 다시 한번 대비된다. 스님은 자유롭게 세상을 돌아다닐 수 있는 반면, 민우는 어항 속 물고기처럼 횟집에 묶여 지내야 하는 처지였다. 민우는 스님의 육체적 자유에 대한 부러움을 표현했다. 그러나 정작 스님은 육체적 자유가 주어지는 만큼 더 엄격한 자기 절제와 통제가 따른다는 점을 강조한다. 즉, 수행에서 정신적인 면을 이야기한 것이다. 이것은 민우가 온전히 경험해보지 못한 부분으로, 군대에서의 경험 정도를 떠올리는데 스님은 그것보다 혹독한 것이라 일러주었다. 절제와 통제를 의무로서 하는 것과 자기 선택에 의해서하는 것의 차이점을 죽음과 삶에 빗대어 말했다. 이 대화는 민우 삶의 변화를 가져다주는 시작점이 되었다. 민우는 고통의 근원을 풀기 위해서 고향 자랑도에 가야겠다는 결심을 한다.

스님은 민우의 머리카락에 있는 '하얀 먼지'를 알아보고 떼어 주었다. 민우는 자랑도에서 살았던 어린 시절부터 줄곧 상념 속에 나타나는 의문의 여인 때문에 괴로워했다. 그 여인은 다름 아닌 민우의 어머니였다. 민우가 태어나고 얼마 지나지 않아 죽게 된 그녀를 알아보지 못할 뿐이다. 극에서는 어머니의 존재를 '하얀 먼지'에 빗대고 있다. 마을사람들은 민우 어머니에 대한 이야기를 들먹이며 손가락질했고, 그럴수록 민우는 폭력적 성향과 어머니에 대한 의문들만 키워 갔다. '어머니의 부재'라는 상황은 '오이디푸스 콤플렉스' 증후를 나타낼 가능성이 있다. 실제로 심리학에서는 오이디푸스 콤플렉스를 가진 사람들에게서 폭력적 성향을 발견할 수 있다는 점을 밝혀내기도 했다.

자랑도는 유일한 혈육인 아버지 고씨가 살고 있는 곳이다. 하지만 민우는 군 복무 중 탈영해서 자랑도에 갔었던 게 마지막이었다. 민우의 탈영은 두 가지 의미가 있다. 첫째, 과거로부터 이어져 내려오던 폭력적인 군대 문화에 대한 반발이다. 둘째, 민우에게는 나라를 위해 '목숨을 건다'는 식의 정신 교육이 죽기 전에 필사적으로 알아내야만 할 것이 있다는 것을 자극하는 요소가 되었다. 민우가 탈영하여 자랑도를 찾았던 이유는 어머니에 대한 진실을 알기 위해서였다.

마침내 고씨는 단 한 번도 들려준 적 없었던 민우 어머니에 대한 이야기를 시작했다. 과거 고씨는 생을 마감할 곳으로 자랑도에 들어왔다가 물에 빠진 한 여인을 구해냈다. 각자의 사연이 있는 두 사람은 서로의 과거는 묻지 않기로 하고, 죽으러 들어왔던 섬 자랑도에서 부부의 연을 맺을 수 있었다. 어느 날, 고씨의 군대 선임 오씨가 민우 아버지를 찾아오기 시작하면서 평화가 깨지기 시작했다. 오씨는 허구한 날 돈을 요구하고 급기야 임신한 아내를 탐하려고 했으며 부부의 과거를 폭로하기에 이르렀다. 오씨로 인해 부부는 서로의 과거를 알게 되었다. 행복할 줄로만 알았던 부부에게 삶의 변화가 생겼다.

민우는 자신의 횟집을 정리하여 혜리(영란)의 빚을 갚아주고 스님과 함께 마을을 떠난다. 혜리(영란)는 더 이상 지긋지긋했던 현실에 묶여 있지 않고 새로운 출발을 할 수 있는 자유의 몸이 되었으나 민우에 대한 애정과 고마움으로 그를 따라 함께 마을을 떠나기로 했다. 이들의 발길이 닿은 곳은 배가 없는 항구였다. 여기서 다시 민우는 며칠간 고민 끝에 영란에게 잔고가 남은 통장을 건네

주고 스님과 함께 자랑도로 들어가는 배에 올랐다.

'어머니'는 '고향'의 다른 말로도 쓰인다. 고향과 어머니는 태어나고 자란 곳, 생명의 근원을 이야기할 때 일맥상통하는 의미가 있기 때문이다. 그런 의미에서 허구의 섬 '자랑도'는 비단 민우의 고향만은 아니다. 모든 인물들이 자신의 과거로부터 기인한 현재 삶의 이유와 의미를 찾아가는 여정이 되었기 때문이다.

자랑도에서 마주한 진실

극은 실존하는 섬 흑산도가 아닌 작가가 창조한 허구의 섬 '자랑도'에 무게를 둔다. 개인에게 가장 먼 과거는 태어난 순간이다. 자랑도는 공간적으로 '고향'의 의미를 가지면서도 시간적으로는 '과거'를 의미한다. 민우, 영란, 스님을 비롯한 극 중 등장인물들은 과거로부터 자유롭지 않은 현재의 삶을 살고 있었다는 공통점을 가지고 있다.

스님　(일어나며) 히말라야… 눈이 덮여 하얀 산. 그 산에 한 고조라는 새가 살았지. 한고조, 찰 寒. 고통 苦. 새 鳥. 이 새는 둥지를 틀지 않고 살기 때문에 밤만 되면 사나운 눈바람을 그대로 맞으며 온몸이 얼어붙는 괴로움으로… 항상 날이 밝으면 꼭 아늑한 둥지, 내 집을 지을 거라고 다짐을 하지. 그러나 날이 밝으면 따스한 햇빛, 설산의 화려한 풍광에 혼을 뺏겨 잊어버려. 또 밤이야… 밤이 되면 똑같은 다짐을 하며 추위에 떨다가 일생을 마감하지.

영란   한고조… 참 불쌍하다. 나하고 많이 닮았다. 진짜.

- 11장 '바다' 중에서

'한고조'라는 새는 히말라야 설산에서 둥지 없이 고스란히 추위를 맞으며 살아간다. 혜리(영란)는 자신의 처지를 '한고조'와 동일시하며 심경의 변화를 보인다. 민우가 고향 자랑도로 들어갈 결심을 한 그날, 혜리는 옷과 머리를 단정히 하고 자신의 진짜 이름이 '영란'이라고 밝힌다. 그리고 혜리로 살게 되기 전이었던 과거를 회상하면서 아버지가 보고 싶다고 했다.

영란의 어머니는 집을 나가 돌아오지 않았고 장애가 있던 아버지는 매일 불편한 몸을 이끌고 성실하게 붕어빵 장사를 했다. 고등학생 시절, 영란은 그런 아버지를 부끄러워했고 가출을 했다. 시간이 흘러 고향을 찾았을 때, 같은 곳에서 여전히 붕어빵을 팔던 아버지 모습을 먼발치에서만 바라보고 돌아갈 수밖에 없었다. 그때만 해도 '돈 많이 벌어서 아버지 앞에 나타나겠다'고 마음을 먹었지만 현실에서는 빚만 늘었다.

영란이 겪은 불행의 근원은 불안정한 가정환경에서 시작된 것처럼 보였다. 성인이 채 되기 전, 부모의 관심과 사랑을 받는 대신 냉혹한 자본주의 사회의 바닥 생활을 경험했기 때문이다. 게다가 지금 이 사회는 더 이상 나이 든 '혜리'를 원하지 않는다. 삶의 끝자락에 선 영란을 구해준 것은 민우였지만, 그런 민우도 스님과 함께 자랑도로 떠나버렸다. 극 후반에 밝혀진 영란의 과거는 아버지 때문에 엇나간 비행 청소년이 아니었다. 고등학생 시절, 성폭행을 당한 적 있었다. 그때 가난하고 힘없는 아버지에게 도움을 청할 수 없었고 그 누구도 자신을 보호해줄 수 없을 것이라 생각했던 것이다. 그래서 스스로를 보호할 수 있는 수단은 '돈'이라는 사고방식을 갖게 되었다.

민우가 자랑도에 도착했을 때는, 아버지의 유언장만이 남아 있었다. "아들아! 왔구나…. 내 이제 너에게 말하마. 고맙다. 아비는 죽일 놈… 나의 일생은 단 한 번의 실수로… 그 실수로 다시 죄악을 낳고… 내 인생을, 너의 엄마를… 그리고 너를 망쳤다"라고 시작한 유언장에는 어머니에 대한 진실뿐만 아니라 아버지의 삶에 대한 고해성사와 같은 이야기들도 함께 적혀 있었다. 군부정권이 들어섰을 때, 군인들은 올바른 나라를 세우겠다는 일념 하에 부정축재자를 색출하여 처벌했다.

오씨   어차피 세상은 서로 먹고 먹히는 거야. 안 되면 죽기밖에 더 하겠어. 우리가 군인 아니면 뭐 할 줄 아는 거 있어 임마. 공부를 많이 했어, 학력이 있나… 물려받은 재산이 있냐고? 기회야. 타이밍! 세상이 폭풍 속으로 뒤집어질 때 우리 같은 떨거지들이 삐져나올 수 있는 거야… 힘 있을 때… 세상 속으로 뛰어드는 거야. 어차피, 그 새끼도 뺏은 돈이야…. 부정축재한 돈이라고. 우리가 눈먼 돈 가져간다고 어떻게 되는 것 없어. 언제까지 이렇게 구질구질한 개처럼 살아야 돼? 우리도 한탕 해야지….

저 새끼들 잘살 때 우린 뭐 했냐고? 언제까지 네, 네 하
면서 똥개처럼 살아갈 거야? (…) 그 돈 들고 아무도 모
르는 데 가서 잘살아 보는 거야. 군바리가 세상을 먹었
어. 나라를 먹었다고… 이제 말이다 (옷을 만지며 웃음)
…한탕 멋지게 하고 폼 나게 사는 거야.

-12장 '아버지의 비밀 – 지옥의 문' 중에서

　당시 직업 군인이었던 오 중사와 고 하사는 이 상황을 오히려
역이용하였다. 부정축재자를 색출하고 그 가족들을 찾아내서 돈
을 챙길 심산이었다. 그러나 이 과정에서 문제가 발생했다. 고씨는
저항하던 부정축재자 가족의 엄마와 딸을 목 졸라 살해한 것이다.
뒤늦게 그 사실을 알아차린 고씨는 권총으로 자신의 머리를 겨누
는데, 이를 말리던 오 중사의 다리를 총으로 쏘고 달아났다. 이후
오 중사는 두 여자의 시신을 홀로 야산에 묻고 교도소에서 죗값을
치르고 나왔다. 떠돌이 생활을 하던 그가 고씨를 찾아 자랑도로
들어왔고, 과거 사건을 빌미로 돈을 요구하기 시작했다. 거기다가
고씨 아내가 사달 항구의 직업여성이었다는 사실을 알게 된 후,
임신한 그녀를 겁탈하려고도 했다. 결국 오씨로 인해 고씨 부부는
서로의 과거를 알게 되었고, 아내는 자신의 과거가 폭로되는 순간
오씨를 살해한다.
　민우가 자랑도에서 마주한 진실은 자신의 부모가 살인자였다는
사실이다. 아버지 고씨는 아들에게 그 모든 진실을 감출 수밖에
없었고 생의 마지막 순간에 모든 것을 유언장에 털어놓았다. 고씨

는 과거에 우발적 살인을 저질렀고 죗값을 치르는 대신 도피하여 스스로 목숨을 끊는 방법을 생각했었다. 즉, 진실을 은폐하는 쪽을 선택한 것이다. 이러한 선택 때문에 그 사건의 전말을 모두 알고 있는 오씨로부터 협박과 괴롭힘을 당해야 했다. 고씨의 아내는 오씨를 낫으로 찔러 죽였고 오씨의 시체를 고씨가 땅에 묻었다. 이러한 부부의 행동은 과거로부터 자유롭지 않은 삶을 더욱 선명하게 보여준다. 마치 고씨 아내의 행동은 남편이 과거에 부녀자를 우발적으로 살해했던 것과 같았고, 남편 고씨의 행동은 과거 오씨가 고씨 자신이 죽인 부녀자 시체를 대신 묻었던 것처럼 아내가 죽인 자를 대신 묻어주게 되었다.

극은 고씨가 과거에 청산하지 않았던 죄를 아내에게, 그리고 본인 스스로에게 더욱 가중시키면서 비극적인 최후를 맞는 형국을 보였다. 아내는 그 사건 이후 정신 이상 증세를 보였고 민우를 출산하였다. 고씨는 자신의 손으로 아내를 살해하고 아내의 시신과 모든 진실을 함께 땅에 묻었다. 결국 고씨는 평생 동안 그 누구에게도 말할 수 없는 비밀로 인해 무거운 짐을 지고 살아야 했다. 늘 초조함과 괴로움을 안고 살아가야 했으며, 유일한 혈육인 아들마저 죽는 날까지 볼 수 없다는 외로움까지 더해야만 했다.

등장인물들은 과거가 현재를 옭아맸다는 점 외에도 각 세대 간의 직업적인 면에서 공통점이 있었다. 고씨는 군인이었고 그때 살인을 하게 되었다. 아들 민우는 군 복무 중 탈영을 하게 됐고 이후 살인은 아니지만 매일같이 살생을 해야만 하는 횟집을 운영하였다. 고씨의 아내와 영란은 직업여성으로 일했고 '섬'으로 가야 할 운명이었다는 점에서 공통점이 있다.

그러나 세대 간의 차이점도 있다. 바로 이 차이점이 더 큰 불행의 대물림을 막을 수 있었던 요소가 되었다. 부모 세대에서 저지른 살인은 폭력적 성향을 가진 아들을 만들었지만, 아들은 부모와는 다른 방식으로 과거에 대한 고통을 해결한다. 우선 진실을 대하는 태도에서 고씨는 은폐했지만 민우는 파헤쳐 알고자 하는 욕망이 있었다. 직업여성으로 일했던 고씨의 아내는 섬으로 들어가 스스로 목숨을 끊으려 했지만, 영란은 민우의 도움 덕분에 섬으로 들어가지 않아도 됐다. 무엇보다 아버지 세대의 인물들은 '돈'을 중요한 가치와 목표로 둔 인물들이다. 그러나 민우와 영란은 그렇지 않았다.

민우와 영란(혜리)이 겪은 불행과 고통은 결국 과거로부터 기인한 것이었다. 민우는 자신의 뿌리에 대한 진실을 알기 위해서였다. 반면 영란은 '혜리의 삶'과 그 이전의 '영란의 삶'으로 나눠서 생각해 볼 수 있다. 직업여성 혜리의 불행과 고통의 원인이 '돈'이었다면, 고등학생 영란은 집을 떠날 수밖에 없었던 사건이 있었고, 집을 떠남으로써 또 다른 불행과 고통을 겪어야만 했다. 따라서 영란에게 불행의 근원은 돈이 아니었다. 영란의 불행과 고통을 끝낼 수 있는 방법은 둥지가 되어줄 집으로 돌아갈 용기를 내는 것이다.

극은 눈에 보이지 않는, 혹은 볼 수 없었던 '진실'들을 마주할 수 있는 다양한 방법들을 시도하였다. 극 중 인물들의 직업과 관계의 배치, 시·공간의 대비, 시·청각적 요소들을 통한 감각적 표현 등을 고루 활용하였다. 이러한 특징들을 집약적으로 보여주는 핵심은 바로 '자랑도'라는 공간이다. 실존하는 섬이 아닌 '허구'의 섬을 배경으로 설정함으로써 주제 의식을 심화시키는 효과가 있다. 자랑도는 논리와 이성만으로는 설명할 수 없는 무한한 것들의 진폭을 경험할 수 있도록 이끌었다.

하늘에 닿은 나무의 소리

극에 설정된 각각의 요소와 기법들은 복합적으로 작용하면서 그 의미의 확장을 꾀하였다. 고통의 근원은 시간적 배경이 현재로부터 멀어질수록 뚜렷해지는 양상을 보였고, 고통이 미치는 범위는 개인에서 가족, 사회로까지 확장된 형태를 보였다. 민우와 영란이 겪은 고통은 아버지 혹은 어머니라는 윗세대로부터 원인을 찾을 수 있다. 영란의 아버지는 장애가 있었고, 민우의 아버지와 어머니는 살인을 한 후 도피, 은폐하였다. 윗세대의 불행은 그 아랫세대인 민우와 영란에게 또 다른 비극을 대물림하게 된 셈이다. 그러나 민우가 '죽이는 소리'는 관두고 '살리는 소리'를 택함으로써 변화가 생기기 시작했다. 이러한 점에서 미루어 보면 자랑도에 함께 들어가지 못한 영란 역시 그녀만의 자랑도로 돌아갔을 것이라 짐작해 본다. 보고 싶었던 아버지 곁으로 돌아가 더 이상 '한고조'와 같은 삶을 되풀이하지 않고 둥지를 틀었을 것이라 기대해 본다.

극의 마지막 장면에서 스님은 살아 있는 모든 것은 영원할 수 없다고 말한다. 그리고 "정지되어 있는 것은 살아 있는 것이 아니다"라고 말한다. 생명이 아닌 목탁 '소리'마저도 "저 구멍으로 나와 저 구멍으로 다시 사라지는 것"으로 보았으며, 사라져 버리는 소리의 움직임을 통해 그 생명력을 확인하였다. 그리고 객석을 바라보며 나 자신을 알고 싶다면 목탁을 두드리라고 말한다.

작가는 이 극을 통해서 땅과 하늘이 세상 만물을 이루는 하나인 것처럼, 생명의 태어남과 죽음에 대해서도 하나로 보고 있다. 인간은 어디서 오고, 어디로 가는 것일까. 「나무 목 소리 탁」은 인간으로 태어나 우왕좌왕하면서 고향으로 돌아가는 여정을 그린 이야기이다. 드넓은 세상에 비하면 좁디좁은 무대에는 오래된 거목 한 그루가 서 있다. 이 거목은 거친 풍파 속에서 모든 진실을 받아들이며 묵묵히 제자리를 지킨다. 막이 내려도 뿌리 깊은 거목의 생명력은 무대 너머 자랑도로, 관객들의 마음속으로, 하늘 끝에 닿은 진실로, 어제, 오늘 그리고 다가올 수많은 내일들로 계속해서 뻗어갈 수 있을 것이다.

배진아, 「'자랑도' 섬으로부터 불어오는 소리」,
『한국희곡』 75호, 한국극작가협회, 2019.

옷에 대한 가녀린 수다

김남석(부경대 교수, 연극평론가)

극단 자유바다의 「옷이 웃다」(2016년 11월 19일~26일, 청춘나비 소극장)는 2016년 부산 연극계가 내놓은 중요한 성과 가운데 하나로 꼽힌다. 우선, 이 작품이 주목되는 이유는 희곡 자체가 지닌 무게 때문이다. 부산의 극작가 정경환은 모처럼 신작 희곡을 발표했는데, 그 안에 내려앉은 관조의 더께는 가벼운 희곡이 성행하는 부산 연극계에 다소 가볍지 않은 충격을 주었다고 판단된다. 따라서 그 충격을 다소나마 충실하게 들여다볼 필요가 생긴 것이다.

「옷이 웃다」는 '옷 수선집'을 중심으로 다양한 인간 군상을 살피는 구조로 짜여 있다. 이 작품에서 수선집은 마치 교차로처럼 이곳저곳에서 몰려든 사람들을 편안하게 구경할 수 있는 지점을 제공한다. 이러한 지점을 확보하는 일은 희곡에서 요긴한 일이 아닐 수 없다. 자연스럽게 만화경 같은 인생들을 구경할 수 있는 요충지를 확보할 수 있기 때문이다. 하지만 이러한 장점에도 불구하고 예상되는 한계도 분명 존재한다. 자칫하면 옷 수선집은 여러

인물들이 들락거리는 편의적 통로로 전락하여, 극적 제재로서 옷이 담보해야 할 의미가 그 두께를 잃어버릴 수 있는 위험을 안겨 주기 때문이다.

실제로 옷 수선집을 운영하는 자숙(강혜란 분)을 찾아오는 일련의 인물들은 서로 다른 개성을 지닌 인물들로 짜여 있다. 자숙의 고향 친구도 있고, 자숙을 이용하여 금전적 이익을 취하려는 이웃도 있다. 몸에 밴 우아함으로 주위의 감탄을 자아내는 부인이 있는가 하면, 불필요한 허세로 눈살을 찌푸리게 만드는 여인도 있다. 하지만 적지 않은 차이에도 불구하고 이들은 모두 옷이라는 공통의 기호로 인해, 동시대를 살아가는 현대인의 대표 단수가 되고자 했다.

1. 옷으로 보는 남자의 척도

흥미로운 인물 몇몇을 별도로 구경해보자. 수선집을 찾아오는 이들은 대부분 여자이지만, 간혹 남자도 있다. 희곡에서는 '호남자'로 호칭되는 한 명의 남자가 등장한다. 일반적으로 옷 수선집에 여자 옷을 맡기러 오는 남자라면 으레 처나 딸의 옷을 들고 올 것으로 예상될 것이다. 하지만 이 호남자가 맡기는 옷(그리고 맡겨왔던 옷)은 그의 소유였고, 이 남자는 여성의 옷을 선호하는 일종의 크로스드레서이다.

한때 한국 사회를 비롯한 많은 사회에서, 남성이 남성답지 못한 것에 대한 질타와 공박이 심각하게 행해졌다. 남성이 박력 있게 행동하지 못하거나, 관심을 가져서는 안 되는 영역(가령 가사나 동성

애)에 발을 들여놓았다고 생각되는 순간, 이 남성은 사회로부터 격리되거나 매도의 대상이 되곤 했다. 그러한 일 중 하나로 옷에 집착하는 행태를 꼽을 수 있다. 20~30년 전만 해도 남자가 옷에 신경을 쓰거나 치장을 다소 요란하게 하면 주위의 비난이 쏟아지곤 했다. 모름지기 남성이란 묵묵하게 자신의 영역에서 활동해야 하며, 세세한 일에 신경을 쓰듯 옷 같은 신외지물(몸 이외의 것)에 불필요한 관심을 가져서는 안 된다는 윤리가 한국 사회를 전반적으로 지배했던 것이다.

「옷이 웃다」의 호남자는 이러한 사회였다면 문제적 인물로 치부될 수밖에 없는 인물일 것이다. 그는 남자임에도 여자 옷을 입는 취미를 가지고 있다. 사실 크로스드레서의 입장에서는 여자 옷을 입는 일은 취미가 아니라 절박한 내면의 필요에 해당하지만, 이를 바라보는 타인의 시선은 크로스드레서의 절박한 필요 따위는 안중에 없는 경우가 대부분이라고 해야 한다.

극 중에서 1인 2역을 맡은 배우 양성우는 한편으로는 사랑하는 아내를 위해 자신을 희생하는 숭고한 남편 역을 맡았지만, 다른 한편으로는 아직은 사람들이 질색할 수도 있는 여자 옷을 입는 특별한 남자 역을 맡아, 서로 다른 가치관이 팽배한 사회의 두 모습을 보여주고 있다. 사실 이러한 1인 2역은 별도의 두 배우가 두 역할을 개별적인 역할로 수행해도 괜찮다는 점에서 다소 우연적인 배역 할당임에는 틀림없다. 하지만 결과적으로는 서로 다른 두 남자의 역할을 한 배우가 함으로써, 그동안 제대로 들여다보지 못했던 남성다움의 가치를 돌아보는 계기가 된 것도 부인할 수 없는 사실이다.

호남자로 호칭되는 이 남자 역은 변화된 혹은 아직도 변화에 인색한 한국 사회의 일면을 측정할 수 있는 기준이 될 수 있을 듯하다. 여자 옷을 입어야 직성이 풀리는 한 남자의 바람을 '절박한 욕구'로 볼 것인가, 아니면 '사치스러운 유난'으로 볼 것인가, 혹은 '중대한 범죄 행위'로 볼 것인가라는 자연스러운 갈림길을 제공하기 때문이다.

흥미롭게 부산 관객의 반응은 절박한 욕구까지는 아니더라도 범죄 행위는 될 수 없다는 중간적 입장이었다. 다소 이해는 되지 않지만, 그럴 수도 있다는 양자 겸용의 반응이라고나 할까. 사실 이러한 관객의 반응은 새로운 생각을 불러일으켰다. 우리 사회가 남자들에게 요구하는 가치는 어느 정도인가에 대한. 그만큼 남자의 가치를 측정하는 기준이 달라졌으며, 이러한 변화를 측정하는 하나의 척도로서의 옷이 유용했다는 의미이기도 할 것이다.

2. 과거의 인내와 보상으로서의 사치

옷 수선집을 운영하는 자숙은 놀라운 솜씨를 가진 수선사로 등장한다. 그녀는 예리한 눈썰미로 옷을 맡기는 사람들의 마음을 흡족하게 하는 실력을 갖추고 있을 뿐만 아니라, 넉넉한 마음으로 고객들에게 편안함을 줄 수 있는 인물로 묘사된다. 그래서 수선집은 찾아오는 사람들로 늘 붐비는 장소가 되었다. 또한 그곳을 찾아온 고객들은 수선 실력 못지않게 인정 어린 마음씨에 반해 그녀를 다시 찾을 수밖에 없었다.

텍스트에서 적극적으로 부각하는 점은 이러한 자숙에게 환영처럼 떠오르는 아픈 과거이다. 작품은 그녀를 찾아오는 내면의 번민을 죽은 '두식'(남편)으로 형상화하고 있다. 걸려 있는 옷들을 헤치고 나타나는 한 남자의 형상(환영)은, 수선집 사장 자숙이 되기까지 거쳐야 했던 과거를 현재로 불러내는 역할을 한다. 물론 이러한 과거의 사연에는 자숙을 지금의 자숙으로 만든 고통도 함께 담겨 있다.

자숙은 가난한 집안 출신이었고, 소위 말하는 '시다'를 거쳐 오늘의 자리에 온 인물이다. 부유하지는 않지만 자신이 하고 싶은 일을 할 수 있고, 주위의 신망을 얻고 있다는 점에서 현재 그녀는 실패하지 않은 인생을 살고 있다. 이른바 중산층을 대변하는 인물이기도 한데, 이러한 인물의 과거에 진폐증을 일으킬 만한 먼지로 가득 찬 열악한 공장이 있었다는 점은 주목된다. 그녀는 누구 못지않게 열심히 일했고 자신의 삶을 일으키기 위해서 고난을 인내해야 했다. 그러한 그녀의 인생에서 사치는 찾아보기 힘들었으며, 늘 자신을 찾아올 미래를 위해 참고 인내하는 삶만이 우선적으로 존재했다.

그러던 그녀가 평소에는 언감생심 꿈도 꾸지 않았던, 화려한 옷을 만들기 시작한다. 누구나 한 번쯤 사치스러운 자신을 상상할 때 자신에게 입힐 법한 그러한 옷을 말이다. 수선집을 들락거리던 인물들도 그 옷에 이내 빠져들고, 결국 자숙은 유일한 사치로 꿈꾸었던 그 옷을 잃어버리고 만다. 이러한 자숙의 옷은 작지 않은 파장을 남긴다. 결코 사치스럽지 않았던 자신의 인생에서 한 번쯤

부려보고 싶은 '만용'이라고나 할까. 오늘의 '나'를 만들기 위해서 참고 참았던 과거의 인내를 어쩌면 일시에 보상받고 싶은 '충동'이라고 할까.

그런데 만용과 충동은 사실 우리 안에 있는 것들이었다. 자숙이 꺼내 보이기 전에도, 가끔씩 꺼내 보는 이들이 적지 않았던 나름의 비밀일 것이다. 「옷이 웃다」는 그 '유일한 옷'이자 '한 번뿐인 사치'이자 '찬란한 보상'을 언어로 찍어내는 데에 일정한 성공을 거둔 경우이다. 분명 우리 안에 있지만, 아직은 보지 못했던 이들에게, 그 언어는 놀라운 것일 수도 있고 참담한 것일 수도 있다. 평소에는 감히 말하지 못했던 내면의 비밀을 들킨 듯.

3. 옷과 인생의 두 갈래 끝에서

이러한 사치를 보여주었다는 점에 비하면, 자숙이 옷을 잃어버리고 겪는 일련의 소동은 부차적인 것 같다. 서사의 전개상 필요한 설정인 것은 인정하지만, 이로 인해 모두의 욕망이자 누군가의 비밀인 옷의 의미가 다소 얄팍해지는 인상 역시 지울 길이 없어 보인다. 추후에라도 이러한 문제를 해결하면, 지금 이 작품이 닿지 못했던 또 다른 영역으로 가닿을 수 있지 않을까 싶다.

다시 옷의 의미로 돌아가 보자. 남자의 옷이 사회적 압력을 재는 척도가 될 수 있고, 자숙의 옷이 인생의 음미할 만한 가치가 무엇인지를 보여주었다면, 손님들이 옷을 고쳐달라는 요구는 끊임없이 자신의 인생을 수선해야 하는 삶의 일단을 연상시킨다. 억지를 부리며 수선비를 깎는 여자나, 허세로 자신을 감싼 여인이나, 심지어는 죽음 속에서 옷을 살려야 했던 자숙의 남편은, 옷을 고치고 그 옷으로 자신의 인생을 고쳐야 한다는 절박한 의미를 묻게 만들고자 했던 인물들이다.

다소의 편차는 있겠지만 우리는 계속해서 엇나가는 인생을 고쳐야 하고, 더욱 효율적으로 살아남기 위해서 궤도를 수정해야 한다는 점에서 이러한 인물들의 등장은 필요해 보인다. 또한 "고치지 않고는 되는 일이 없다"는 발언으로, 고치는 일은 죽을 때까지 해야 할 일이라는 전언도 어느 정도는 전달되었다. 극작가 정경환은 분명 이러한 신념과 상식을 옷의 비유를 통해 이중적으로 매설하고자 했다. 그래서 작품의 표면에는 옷을 고치는 행위가 인생을 고치는 행위로 연결될 수 있는 의미의 매복 지점이 군데군데 생성될 수 있었고, 서두에서 말한 대로 이러한 극작술은 이 작품을 삶의 무게를 담보한 작품으로 만드는 저력이 될 수 있었다.

하지만 동일한 측면에서, 이 작품은 보완할 여지도 있다고 본다. 아직 정경환의 극작 의도가 통일성 있게 구현되지는 않았다고 판단되기 때문이다. 남자와 자숙에게 '옷'은 현실의 옷이라는 실재적 설정을 투과하여 그 뒷면에 가려진 실체를 탐색해야 하는 당위성을 마련하고 있지만, 나머지 인물들에게 '옷'은 기표의 층위에서만 그 의미를 다하고 있다는 의혹을 쉽게 벗어던지지 못하기 때문이다. 가령 유흥업소 마담으로 나오는 영지라는 등장인물에게 입혀진 '옷'은 품위를 억지로 만드는 이유 외의 숨겨진 의미를 찾기 어려운 설정이다. 그것은 허세를 부리는 여인이나, 이웃집의 이기적인 카르텔에게서도 마찬가지이다. 그녀들에게는 있어야 할 다른 한 겹의 의미망이 부재하는 상태이다.

그렇다고 모든 인물이 옷에 대한 두 겹의 의미망을 지니고 있어야 한다는 뜻은 아니다. 다만 등장하는 인물이 그 등장의 이유를 보다 온당하게 확보하기 위해서는, 주요 소재이자 공통 모티프인 각자의 '옷'이 현실의 옷을 넘어설 수 있는 이유 하나쯤은 여벌로 가지고 있어야 한다고 믿기 때문이다. 그렇지 않다면, 그녀들은 아직 옷에 대한 수다를 떨 준비가 끝났다고는 볼 수 없다. 그 수다의 끝에 자신이 걸칠 옷이 없을 때, 그 옷을 갈아입어야 할 자리 역시 좀처럼 마련할 수 없을 것이기 때문이다.

김남석, 「옷에 대한 가녀린 수다」, 『연극평론』 84호, 연극평론가협회, 2017, 83~86면.

정경환 프로필

주요작품 경력

1993년 극단 자유바다 창단

〈구달〉 작, 연출 – 전국소극장페스티발 초청공연

〈난난〉 작, 연출 – 16회 부산연극제 희곡상수상작

〈카바레에서 만납시다〉 작, 연출 – 마산국제연극제 초청공연

〈꽃2〉 작, 연출

〈이씨전기〉 작, 연출 – 부산연극제 희곡상 수상, 거창국제연극제 초청공연

〈태몽〉 작, 연출

〈나! 테러리스트〉 작, 연출

〈나의 정원〉 작, 연출

〈아름다운 이곳에 살리라〉 작, 연출 – 부산연극제 연출상 수상

〈안녕! 갈매기〉 재구성, 연출 – 안톤 체호프 서거 100주년 기념공연(부산시립
    극단공연)

〈달궁맨션 러브스토리〉 작, 연출

무용극 〈금강산 가는 길〉 작, 연출 – 포천시립예술단 정기공연

뮤지컬 〈이제 다시 시작이다〉 작, 연출

2010년 〈이사 가는 날〉 작, 연출 – 자유바다 소극장

2011년 〈이사 가는 날〉 대학로 알과 핵 소극장

2011년 〈돌고 돌아 가는 길〉 작, 연출 – 부산연극제 최우수 작품상, 희곡상 수상

2011년 뮤지컬 〈다시 일어나다!〉 작, 연출 – 제천 의병문화제 초청작

2012년 〈돌고 돌아 가는 길〉 작, 연출 – 밀양여름연극축제 초청작

2012년 국악 오페라 〈이순신〉 재구성, 연출 – 전남 도립국악원 주최

2012년 〈나무 목 소리 탁〉 작, 연출

2013년 〈전설의 블루스〉 작, 연출

2013년 〈나무 목 소리 탁〉 통영연극축제 – 대학로 소극장페스티발 초청공연

2013년 〈오늘 부는 바람〉 작, 연출 연우소극장 – 2인극 페스티발, 남해 공연
예술축제 초청

2014년 〈전설의 박도사를 불러라〉 작, 연출

2015년 〈바람 바람〉 작, 연출

2016년 〈웃이 웃다〉 작, 연출

2016년 〈어머니〉 연출, 찾아가는 문화활동

2017년 음악극 〈한 움큼의 빛〉 작, 연출

2017년 무용극 〈죄와 벌〉 재창작, 연출

2017년 〈달궁맨션 405호 러브스토리〉 작, 연출

2017년 〈벽속의 왕〉 작, 연출

2018년 〈2018 맥베스〉 재창작, 연출 – 부산시립극단

2018년 〈춤추는 소나무〉 작, 연출

2018년 창작오페라 〈백산 안희제〉 작, 연출

2019년 〈달〉 극본 연출

2019년 가족뮤지컬 〈해피커플〉 작, 연출

2019년 가족뮤지컬 〈바보 한스〉 극본, 연출

2019년 가족뮤지컬 〈벌거벗은 임금님〉 극본, 연출

2019년 〈갯마을 어머니〉 작, 연출

2019년 창작뮤지컬 〈철마 장군을 불러라〉 작, 연출

2020년 가족뮤지컬 〈성냥팔이 소녀〉 극본, 연출

2020년 가족뮤지컬 〈어린왕자〉 극본, 연출

2020년 〈나의 정원〉 작, 연출 – 한형석연출상 수상

2020년 〈웃이 웃다〉 작, 연출 – 부산예술제 초청작

2021년 〈아이 캔 두〉 작 – 작강연극제 최우수작품상 수상

2022년 〈선물〉 작, 연출

2022년 〈사할린의 바다〉 작, 연출

2022년 〈바람 따라 구름 따라〉 작, 연출

영화시나리오 〈어부〉

드라마극본 〈거제의 푸른 바다〉

미공연 희곡 〈호랑이 산다〉〈도망자〉〈꽃의 회고록〉〈보고 싶은 얼굴〉 등 10
　　여편 외 무용대본, 시극, 등 다수

수상경력

부산연극제 희곡상 3회 수상(1998, 2000, 2011년)

부산연극제 연출상 수상(2003년)

부산연극제 최우수작품상 수상(2011년)

2011년 올해의 한국희곡상 수상 〈돌고 돌아 가는 길〉(한국극작가협회)

2015년 제1회 한형석연극상 수상 〈전설의 박도사를 불러라〉

2016년 올해의 베스트작품상 수상 〈웃이 웃다〉(한국연극협회)

2020년 한형석연출상 수상 〈나의 정원〉

희곡집

2009년 정경환 공연 희곡집 『나 테러리스트』, 산지니

춤추는 소나무

초판 1쇄 발행 2022년 12월 22일

지은이 정경환
펴낸이 권경옥
펴낸곳 해피북미디어
등록 2009년 9월 25일 제2017-000001호
주소 부산광역시 동래구 우장춘로68번길 22
전화 051-555-9684 | 팩스 051-507-7543
전자우편 bookskko@gmail.com

ISBN 978-89-98079-69-7 04810
ISBN 978-89-963292-1-3 (세트)

＊본 도서는 2022년 부산광역시, 부산문화재단 '부산문화예술지원사업'으로 지원을 받았습니다.